ワルツを踊ろう

Shichiri Nakayama

中山七里

幻冬舎

ワルツを踊ろう

ブックデザイン　山田満明
カバー作品制作・撮影　所正泰

目次

一　ドナウはかくも青く美しく

1

日本間六畳の寝室にドナウが流れる。

溝端了衛《みぞばたりようえ》はうっすらと目蓋を開く。ミニコンポのタイマーセット機能で、午前七時ちょうどになるとスピーカーから曲が流れるようになっている。

ヨハン・シュトラウスⅡ世作曲〈美しく青きドナウ〉。言わずと知れたワルツの名曲だが、クラシックに疎い者でも映画『２００１年宇宙の旅』で劇中に使用された曲と言えば合点するだろう。

了衛はクラシックが趣味だが、分けてもこの曲が好きだった。洗練されているのにどこか牧歌的で、雄大な曲想なのに耳に優しい。

元々、一八六六年の普墺戦争（プロイセン王国とオーストリア帝国の戦争）で大敗したウィーン市民を慰めるために作られた曲だ。相反する二つの要素が同居する理由は、多分その辺りにあるのではないかと了衛は推測している。

この名曲の録音は数々あるが、了衛のお気に入りは一九八九年、ウィーン・フィルハーモニー管弦楽団恒例のニューイヤー・コンサートでカルロス・クライバーがタクトを振った演奏だった。本コンサート史上最高の名演と謳われ、聴いてみるとなるほどと思わせる。タイマーセットしてあるのも、もちろんその盤だ。この演奏のライブＤＶＤを初見した時には唖然とした。指揮者のクライバーは演奏中、ともすればタクトを振るのを止め、自らもワルツの旋律に身を任せて踊っているように見える。指揮者自身が愉しんでいる演奏が、聴く者に愉しくないはずがないではないか。

不思議なもので、好きな曲が目覚ましで鳴ることを知っていると、自ずとその曲が流れる寸前で目が覚めるようになった。自分のドナウ好きも相当なものだと苦笑する。

十分少々の曲なので、しばらくすると演奏が終わった。了衛はのっそりと起き上がり、窓のカーテンを開く。

窓の外には雑草で荒れた庭、遠方に低い山脈が見える。近年、ライフラインは地下敷設が増えたが、ここではまだ電柱が幅を利かせており、庭の向こう側に立ち並ぶ数本が見える。〈美しく青きドナウ〉が醸し出す牧歌的な雰囲気とそぐわなくもない。

だが、ここはれっきとした都内だった。

東京都西多摩郡依田村竜川地区。半径三百メートルほどの範囲に七戸の家屋が点在している集落。それが今や自分の終の住処になろうとは、二週間前には想像もしていなかった。

今日は快晴だった。了衛は裏庭に出て井戸の方へ歩く。祖父の代から残る井戸はテコの原理で地下水を汲み上げる撥《は》ね釣瓶《つるべ》式で、驚くことに未だ現役だった。

柄の端を上下に漕ぐと、桶に水が入ってくる。両手に掬《すく》って顔に叩きつける。冷たい。だが清新だ。すぐに眠気が吹き飛ぶ。

続いてひと口飲んでみる。

美味い。喉から流し込んだ水が、そのまま全身を循環して指先まで行き渡るような気がする。五臓六腑に沁み渡るとは、きっとこういうことを言うのだろう。

井戸水は地下をゆっくり流れる間にミネラル分を溶かし込む。また病原菌や汚染物質についても、地中の微生物による分解や土壌の吸着作用によって殺菌消毒される。これほどいいこと尽くめなのに、聞けば集落の中でも井戸を使っているのは自分の家だけらしい。お蔭で井戸水に慣れてしまった今は、水道水など飲む気になれない。

生まれ変わったような気分で背を伸ばし、深く深く息を吸う。

近隣に工場と名のつくものはなく、見渡す限り田畑が広がっている。土と水、そして畦道に咲いたレンゲと野アザミの香りが空気に混じっている。以前、街中に住んでいた頃には気づきもしなかったが、空気にもちゃんと味がある。それを知ったのは、ここに移り住んでからのことだった。

朝食をトーストで軽く済ませてから身支度する。身支度といっても下は綿パン、上はポロシャツという軽装なのだが、近所への挨拶回りならそれで妥当と思えた。

実家に移って来たのが一週間前、住民票を異動させたのが五日前、まだ引っ越しの挨拶も済ませていない。隣が地区長の家なのでちょうど都合がいい。

もっとも隣といえども隣接している訳ではない。三、四十メートルは離れているだろうか。お蔭でよほどの大音量を出さない限り近所迷惑にもならない。

木造二階建ての地区長宅は七戸の中でも一番まともな家屋だった。築年数はそれなりに古いが、おそらく壁の塗り替えをしているために外観はさほど古びていない。

玄関を見回してみたが、どこにもチャイムらしきものはない。仕方がないので引き戸に手を掛けると、施錠もされておらず戸はするすると横に移動した。そう言えば、田舎では碌《ろく》に鍵も掛けないと聞いたことがある。

「ごめんくださあい」

声を掛けると奥の方から返事があった。ややあって老婦人がひょこひょことした足取りでやって来た。地区長の妻、多喜《たき》だった。

「ああら、了衛さん。どうしたの、こんな朝早《はよ》うに」

七十過ぎだというのに、声はまだずいぶんと若々しい。真っ白な頭髪さえ無視すれば五十代でも通りそうだった。

「引っ越しの挨拶に伺いました」

「それはどうもご丁寧に」

答えながら多喜は了衛の手元に視線を走らせる。それが何を意味するのかは分からなかった。

「主人は奥におりますから。ねえ、あんたあ。お隣の了衛さんが来たよ」

「おーう、上がってもらえ」

低いがよく通る声が返ってきた。了衛は多喜に連れられて廊下の奥へと進む。

通されたのは居間らしい。らしい、というのは中央にソファとアームチェアはあるものの、部屋中に小物や雑誌や衣服が散乱しており、あまり来客をもてなす部屋には見えなかったからだ。

地区長の大黒豪紀《だいこくひでのり》はアームチェアに陣取っていた。

タヌキ顔というのだろうか、丸い顔に小さな目をしている。体型も腹が出ていて、どことなくタヌキを彷彿させる。

「おお、よう来た了衛さん。まあ、掛けんさい」

この場合、掛けるとしたら対面にあるソファだろう。しかしそのソファは数カ所が破れているらしく、ガムテープで補修されている。無事なのは右隅なのでそこに座るしかない。

「あの、父の葬儀の時にはお世話になりました」

「うん。まあ何ちゅうても享保《きょうほ》さんとこはお隣だしな。一人息子のあんたも不在では地区長のわしが取り仕切らんとどうしようもないだろう」

了衛の父親は病院で亡くなった。遺体の引き取りについては了衛が行ったが、火葬や葬儀となると地元から離れてずいぶん経つので要領が分からない。あたふたしている間に地区長の大黒が葬儀一切を仕切ってくれたのだ。

「それで今日は?」

「引っ越しの挨拶に来ました」

「おお、引っ越しの挨拶?　ほう、それはご丁寧に。ところでそのなりはどうした」

「なり、ですか?」

「えらく軽装じゃな。あんたが前にいたところでは、自治会長とかへの挨拶はそんな服装で済ますんかい」

皮肉な物言いで、やっと大黒の言わんとすることが理解できた。

「あ、こ、これは」

「しかも引っ越しの挨拶じゃちゅうに手土産の一つもないとはな。やはり街から来たモンはしきたりには鷹揚とみえる」

ついさっき多喜が自分の手元を見ていた理由も今分かった。

「あの、すいません。わたし、全然気がつかなくって」

「了衛さん、中学まではここにおったんじゃろ」

「ええ」

「今、齢《とし》はいくつじゃ」

「三十九です」

「そうしたら二十年以上、こっちにはおらんかったということか。それでもなあ、戻って来たんなら、やっぱりここのしきたりを覚えた方がいいぞ」

了衛はしきりに頭を下げながら恐縮する。以前に住んでいたところと言われても、そもそも寮住まいだったから、そんな決まりなど存在しなかった。社員同士でも部署が違えば濃密な人間関係はなく、隣室の住人とは顔を合わせたことすらなかった。

「それはそうと了衛さん。あんた勤め人だったんか」

「はあ」

「どんな勤めさ」

「えっと……銀行、のようなものですね」

「何や、のようなものって」

「預金よりは資産運用とか投資が主たる業務でしたから」

了衛が社名を告げると、大黒は大袈裟に驚いてみせた。

「ほほう！　その会社ならわしも知っとる。ようＣＭとか出とるなあ。そうしたら何や、了衛さんはエリートっちゅうことか」

「いやあ、そんな」

「そんなも何もあるかい。依田から他所《よそ》に行った人間はいくらでもおるが、そんな大した会社に勤めておるんは了衛さんくらいのもんじゃぞ」

「別に、大したことないですよ」

「いーや、大したことだ。いったい給料はどんだけもらっておったんかね」

「えっ」

一瞬、何かの聞き間違いと思った。まさか単なる隣人の関係で、そこまで突っ込んだことを訊かれるとは思ってもみなかった。

「えっ、じゃない。いったい給料はいくらだったと訊いとるんだ」

「あの……それって言わないといけないことなんでしょうか」

「言ったらまずいことなのかい？　それとも言えないことなのかい？」

「そ、そういう訳じゃないんですけど、その、所謂《いわゆる》個人情報というものなので……」

「はっ、個人情報ときたか！」

大黒が膝を叩くと、ちょうどそこに多喜がやって来た。

「あんた何よ、大きな声出して」

「いやな、今了衛さんに給料はいくらなのか訊いてみたら、それは個人情報だから教える訳にはいかんと言われてな」

「まっ、個人情報。何か大袈裟な話だねえ。そんなもの知られたところで誰か泥棒に入る訳でもないだろうに」

「そういうこと。最近は街の病院や図書館でも何かちゅうと個人情報だ。ふん、馬鹿馬鹿しい。誰がどの病室にいようがどんな本を読んでいようが、そんなに大層な情報なもんかねえ。ただ格好つけてるだけじゃねえのか」

「それがここと街の違いかねえ。ここじゃあ誰がどんな病気か分かってなきゃ面倒も看てられんし、趣味が分かってなきゃ本の貸し借りもできんしねえ」

「その通りさ。大体の収入知らなきゃ近所付き合いの加減も分からんしな」

また意味不明の言葉が出てきた。

「近所付き合いの加減ってどういうことですか」

「どこかに誘う時でもな、そいつの懐具合を知らなかったら、逆に肩身の狭い思いをさせちまうことがあるんだ。ほれ、ここは高齢者が多いだろ」

「はあ」

取りあえずそう答えたが、住民全員の年齢を知っている訳ではない。葬儀の際に参列した面々がいずれも高齢者に見えたのをうっすらと記憶していただけだ。

「するとだ、当然生活保護で暮らしているヤツもいるって訳だ。そういうモンを気軽に呑みに誘えるかい？　もし誘ったのが仇になってそいつの生活を困窮させたら、逆に迷惑になっちまう。こんな狭い場所で額くっつけるように生活してるんだ。個人情報もクソもあるかってんだ」

「本当よねえ」

二人の会話を聞きながら頭が混乱してきた。確かに一理あるだろうが、二人の物言いには、それ以前にプライバシーについての配慮がほとんど感じられない。

困惑していると大黒がまたこちらを見た。

「了衛さんもアレかい。街の流儀に従って自分のことは最低限しか教えるつもりはないってことかい」

「いやっ、そんなことはないです。はい」

「じゃあ、いったいいくらもらっておったんだ」

大黒と多喜の視線が自分に集中する。どう好意的に受け取っても、親切心で訊いているような視線ではない。

こんな場合は答えをぼかすに限る。

「えっと、その……外資系っていうのは出来高払いの部分が結構ありまして、その、波があるんですよ。悪い月はいい月の半分、みたいな」

もちろんそんなことはないが、どうせ会社の内情を知られている訳でもない。それにトレーダー部門の社員は給料の一部が出来高制になっているので、完全な嘘でもない。

「だから、まあ、取りあえず生活保護は受けていない程度で。ぼちぼちといったところです」

すると大黒夫婦はあからさまに不満そうだったが、それ以上追及するつもりはなかったようで、視線を外した。

「そんなこと言って。きっととんでもないお給料だったんでしょ。何ていってもエリートなんだもの」

「婆さん、やめんか。人には話したくないことの一つや二つはあるだろう。了衛さんにとってはそれが給料なんだ」

いつのまにか自分の収入の多寡が機密事項のような扱いになっているので当惑した。

そして、大黒は口調を変えて切り出した。

「で、こっちに越してからは日中も家の中におるようじゃが、もう忌引きは済んだんだろ？どうして会社に行かんのだ。それとも今流行りの在宅勤務というヤツか」

いきなり不意を突かれた気がした。どうもこの夫婦は触れられたくない部分を狙って急襲をかけてくるようだ。

もちろん隠すという選択肢はあるが、この夫婦の場合、隠せば隠すほど大騒ぎしそうだ。しかも嘘が行使できる話でもない。これからも在宅が続けば必ず怪しまれる。ここは真実を話した方がいい――。

ただの引っ越しの挨拶が何かの審問にすり替わってしまっている。居心地の悪さもあるが、それ以上に理不尽さが胃の辺りを重くしている。

「あの、会社は辞めたんです」

「辞めたぁ？」

夫婦は異口同音に叫んだ。

「何でまた、そんなもったいないことを！　高給取りだったでしょうに」

「何か会社で問題でも起こしたのか。上司と喧嘩か？　それとも女が原因か？」

「いや、喧嘩とか女とか、そういうんじゃなくて――ホントに一身上の都合で」

「一身上の都合なんかでそんな会社を辞めるなんて、いい身分だな。やっぱりエリートってのは違うんだな」

何でそうなるんだよ――たちまち五つほど反論が思い浮かんだが口には出さなかった。今の状態では何を言っても、新しい話題の呼び水になるだけだ。

「あのう、了衛さん。その一身上の都合とやらも、やっぱり個人情報なの？」

「やめんか婆さん。それだって他人には知られたくない秘密に決まっとるじゃろう。何せ近所の人間に話せないことなんだから」

これではまるで犯罪者扱いではないか。

「しかしな、了衛さん。そうするとあんたは無職ということになるが、これからどうやって生活していくつもりなんだね」

尊大な物言いは地区長という立場ゆえのものなのか、それとも大黒生来のものなのか。

そんなこと、あんたに関係ないだろう――喉まで出かかった言葉をすんでのところで呑み込む。

「ちょうど父が亡くなったのと重なって……今はまだ色々と落ち着かないので、しばらくしてから考えようと思ってるんです」

「まあ、それがいいだろうね。わしらみたいな老いぼれはともかく、あんたはまだ若いんだから。そんな齢で無職なんていったら白い目で見られるんだからね。落ち着いたら一刻も早く次の仕事を見つけなさい」

「……無職は白い目で見られますか」

「当たり前じゃないか。ニュースを見てみなさい。ちっちゃな子供を誘拐したり詐欺なんかに手を染めたりしているのは大抵が無職か、自称何とかというヤツらだ。無職というのは立派な犯罪予備軍なんだ」

思わず耳を疑った。

確かにニュースを見ていると、容疑者として逮捕されるのは圧倒的に無職とされる人間が多い。しかし、だからといって逆もまた真なりと言い換えるのは非論理的に過ぎる。第一同じ無職であっても、そうなった理由は千差万別だ。中には生き方として無職を選択した者もいる。そういった人間たちを十把一絡げにして論じること自体が乱暴極まりない。

だが当の大黒はそれを正論と信じて疑っていないようで、鼻の穴を開いて傲然としている。

「じゃあ当分、あんたは暇な訳だな」

「……そう、ですね」

「だったらちょうどいい。おい、婆さん。昨日、役場から届いたあれ、持ってこいや」

「あ、はいはい」

いったん多喜が部屋を出て、すぐに戻って来た。見れば青いファイルを小脇に抱えている。

「じゃあ、これ」

手渡されたので開いてみると、表題に〈平成25年　竜川地区定期健診のお知らせ〉とあった。

「これは？」

「見りゃ分かるだろう。毎年この時期になると依田の役場でやってる定期健診の告知だ。竜川地区七戸分の告知、それから受診可否について取り纏《まと》める用紙も添付してある」

ページを繰るとなるほどその通りだった。ただし既に大黒が自分の分として抜き取ったのか告知は六枚しかなかった。代わりに受診可否の用紙には『大黒』という印が捺《お》されている。

「了衛くんが印鑑を捺す前に、他の五軒を回ってくれ」

「えっ」

意味を測りかねて、了衛はファイルと大黒の顔を代わる代わる見た。

「で、でもそれって回覧すれば済むんじゃないですか」

「どうせ遅かれ早かれ、他の住人にも挨拶することになるんだろ。だったら、これがいい機会じゃないか。これ配るついでに顔を見せてこい。そうすりゃ、そんな格好で押しかけても誰も怒らんだろ」

確かに効率的かも知れないが、使い走りをさせられているような気もする。

しかし地区長からの指示とあれば従わない訳にもいかない。逆らえば、この先住みづらくなるのは目に見えている。

「分かりました。じゃあ行って来ます」

「用紙に記載された順番に行った方がいい。ここはそういうことにうるさいから」

確認すると順番は、大黒→雀野《じゃくの》→野木元《のぎもと》→多々良《たたら》→久間《きゅうま》→溝端となっている。

数が合わない。これでは六戸だ。

「これ、一軒足りませんよ」

そう言うと、大黒は煩わしそうな顔で答えた。

「地区の外れに能見《のうみ》の家があるのを憶えてるか。足りないのはその分じゃ。行きたきゃ行けばいいし、行きたくなきゃ行かんかったらいい」

その口調で、大黒自身が能見を疎んじていることが窺えた。どうせ回るのなら五軒も六軒も同じだ。

「じゃあ失礼します」

「この時間から野良仕事に出掛けるところもあるから急いでな」

　そして了衛は大黒の家を後にし、二軒目雀野の家に向かった。


　ほんの二週間前まで了衛は川崎市内の外資系金融会社に勤めていた。新卒で入社、会社の業績も堅調で自分の人生も順風満帆と思えた。三十代半ばくらいに結婚して家庭を持ち、いずれはＦＰ（ファイナンシャル・プランナー）として独立する――。自ら描いた人生設計も必ず実現すると思い込んでいた。

　ところが二〇〇八年九月、突如金融業界を襲ったリーマン・ショックが了衛の人生設計を根本から崩壊させた。ひと晩で倒産するようなことはなかったものの、了衛の会社もサブプライムローンを多く抱えており、その損失は年を追う毎に巨額になっていった。

　窮地に陥った外資系企業ほどドラスティックなものはない。大幅な経費節減はリーマン・ショックの二カ月後から始まった。給与はいきなり二割減、ボーナスに至っては前年比五割減となった。それだけではない。不採算店舗の閉鎖、所有不動産の売却と、会社の資産は見る間に痩せ細っていった。

　そんな中でも了衛は堪えていた。景気変動は世の常だ。嵐が過ぎ去るのを待っていれば、いつかはまた穏やかな日々が戻ってくると信じていた。

　だが了衛の祈りも空しく、会社の業績は一向に好転の兆しを見せなかった。日に日に同僚の姿は消えていく。そのほとんどはリストラだった。日本企業と異なり、早期退職制度もリストラに関わる支援制度もある訳ではない。すぐに再就職の口があればまだよかった。しかし金融不況のタイムラグと重なり、その頃の一般企業も軒並み業績を落とし、三十五歳過ぎの人間を中途採用するような優良企業は皆無だった。

そしてまた、ここで了衛のエリート意識が転職の障害になった。有名大学卒、そんな自分が中小企業に勤めるなどということがあって堪るものか――。そうかと言って遅まきながら始めたFP資格の取得はどれほど勉強しても三級どまりだった。FP資格三級では独立起業など夢のまた夢でしかない。

こうして会社の業績が下降線を辿るのを内側で見ながら外にも飛び出せず、鬱々《うつうつ》と仕事を続けるうち、遂にこの三月に勤務先の支店が閉鎖、了衛も解雇の憂き目を見ることとなった。

まさかこんなことになろうとは。

了衛はそれが現実の出来事だとはとても思えなかった。

住まいは会社の寮だったので退職後は速やかに退去しなくてはいけない。だが給料の目減り分を取り崩していたため、退職金を含めても通帳残高は心細いものとなっていたのだ。

いったい四月から、自分はどこでどのように生活していけばいいのか。

禍《わざわい》は連続するものらしい。了衛の失職と時を同じくして、予《かね》てより病気療養中の父親が亡くなった。享年七十五。最期は看取る者もおらず、孤独な病院死だった。

母親はとっくの昔に他界しており身内は了衛だけだった。急遽《きゅうきょ》、依田村の実家に戻って形ばかりの葬儀を済ませたのだが、ここで禍が福に転じた。

父親名義の土地建物、そして田畑は全て了衛が相続することになったのだ。しかも不動産のいずれも評価額が呆れるほど安かったので相続税も発生しなかった。

葬儀を終えてから了衛は実家に移り住んだ。これで取りあえず住居は確保できた。家賃が要らないのであれば、貯金の取り崩しだけで当分は生活できる。再就職は焦らずじっくりと決めればいい。

新生活は優雅な田舎暮らしからスタート——そう思った矢先、大黒からプライバシーに関わることを根掘り葉掘り訊かれたのだ。

どうやら田舎暮らしも、それほど優雅ではないかも知れない。晴れ渡った空の片隅に黒雲を見た思いだった。

2

大黒家から道路沿いに五十メートルほど進むと、そこに雀野の家があった。

ここの家屋も木造二階建て。しかし大黒の家に比べるとやや傷みが散見される。中学の頃に眺めた印象よりも明らかに古びていた。漆喰には罅《ひび》が入り、玄関のドアは端がめくれ上がっている。そして、ここにもチャイムは存在しない。

「ごめんくださあい」

声を掛けると、すぐにはいはいと軽やかな返事があった。ドアから顔を出したのは小柄な雅《まさ》美《み》夫人だった。

「あれ、了衛さんじゃないの」

「遅れましたがこちらに戻って来たので挨拶をと思いまして。あと、これを」

ファイルを差し出すと、雅美はぱらぱらと中身を見て納得したようにうんうんと頷く。

「爺さんが仕事に出掛ける前でよかった。じゃあ、上がってちょうだい。碌なお構いはできんけど」

碌なお構い、という言葉だけが妙に強調されたように聞こえた。

「いや、そんな、こちらこそ」

恐縮しながら了衛は家の中に上がる。

「それにしても了衛さんもずいぶん大きくなったねえ」

雅美は大仰に言う。二十四年も離れていたのだ。それで前と同じだったら、そっちの方が気味が悪い。

昔、雀野の家には何度か訪れたことがある。記憶を辿れば確か了衛が小学生の頃だ。当時はここに同級生の忠雄《ただお》がいたので互いの家を行き来したのだ。ただ、その忠雄も了衛と同様、中学卒業とともに竜川地区を出た。依田村の隣町に中学があり、そこまでは通学も可能なのだが、高校になるとそれも叶わない。距離はともかくバス・電車などの公共交通機関が不便だったのだ。当然、進学を望むのなら村の外で下宿するより方法がなかった。

高校時分、その話をクラスメートにするとひどく驚かれた。それは本当に東京の中の話なのか、という理屈だ。

了衛としては現実だったと答えるしかない。その時点でも竜川地区の住民は五十人を切っていた。そんな場所にバス停を作ったところで赤字が累積するのは目に見えている。バス会社が竜川地区を路線から外したのは賢明な経営判断だった。

「そう言えば忠雄、どうしてますか」

半ば機嫌取りのための質問だった。だが意に反して、雅美の反応は至極素っ気ないものだった。

「結婚して子供もおるけどねえ。もう長いこと帰って来んよ」

意外でもあったが、反面頷けないこともない。いくら実家といえど、バスも通っていない七戸きりの集落に戻って何が楽しいものか。孫がいてもそんな場所では退屈するだけだ。

奥の部屋に行くと、野良着姿の雀野が立っていた。

「おや、了衛さん。いらっしゃい」

雀野善兵衛《ぜんべえ》、竜川地区副地区長。小柄で細面、飄々とした風情は昔のままだ。

「遅れましたけど、引っ越しの挨拶に伺いました」

「ほっ。こっちに住むことに決めたのかい。そりゃあいい。これで竜川地区の住民の平均年齢がぐんと下がるなあ。ま、ま、座りなさいよ」

人懐っこさも変わらない。大黒の尊大さを目の当たりにしてきたので、余計に好ましく感じる。

「だけどこっちに住むのはいいけどさ、通勤が大変じゃないのかい」

一瞬躊躇《ためら》ったが、どうせもう大黒夫妻には伝えてある。こんな狭い集落では半日も経たないうちに話は広まる。それに雀野には抵抗なく話せる気がした。

「いいんですよ。俺、会社辞めちゃったし」

「えっ、辞めたの」

雀野は少し驚いたようだが、やがて片方の眉を搔いてから苦笑いした。

「最近はよく聞くねえ、そういう話を。えっと、勤めは川崎だったっけ」

「はい」

「新聞とかテレビとかでも報じておるでしょ。都会の若いモンはすうぐに仕事辞めちゃうって。やっぱりアレかねえ。昔みたいに終身雇用じゃないから、会社に未練とかがないのかな」

「ああ、俺の会社もそうでしたよ。もう完全に能力主義で、年功序列なんてどこの国のお伽噺《とぎばなし》だってもんですよ」

「世知辛い世の中だねえ、全く。それでも都会には求人が沢山あるから、別に困りはしないんだろうけどさ」

「いやあ、それだって結構年齢制限はありますよ。やっぱり三十五歳過ぎちゃうと、途端に条件のいい求人の件数が激減しますから」

これはリストラされた直後、ハローワークや求人サイトから仕入れた情報なので大きな間違いはないはずだった。適齢をとうに過ぎた了衛には苦々しい話だが、雇用する立場に立ってみるとよく分かる。技術職など特殊な資格を必要とする職種はともかく、人手が不足しているのは多くがサービス業だ。接客を担当させるなら、当然若者の方が店の印象がよくなるし覚えも早い。哀れ中年以上は人目につかない清掃係か倉庫管理に回されるが、そこでは人が足りているという寸法だ。

「でも、そうしたらさ。その三十五歳以上で仕事にありつけない人はどうするんだい。実家にでも帰るのかい」

「俺もその辺はよく知らないんですけどね。首都圏にはホームレスの集落みたいなのが何カ所もあって、失業した人はそっちに流れていくみたいですよ」

「実家には帰らないのかい」

「帰る人が多かったら、ホームレスもあんなには増えないでしょうね」

「何で帰らないんだろうね。実家に戻りゃあ、少なくとも食べていくことくらいはできるはずなのにさ」

雀野は不思議そうに言う。

その疑問について了衛は一つの見解を持っていたが、口にする気はない。口にすれば雀野が気を悪くすると思ったからだ。

彼らは帰らないというよりも、帰りたくないのだ。

勤めていた頃、通勤途中の河原でホームレスたちの姿を毎日のように眺めていた。彼らは概して清潔で、身なりだけではとてもホームレスには見えなかった。朝はちゃんと顔を洗い、晴れた日には洗濯物を干していた。決して近寄り難い存在ではなかった。

行動様式を見れば凡《おおよ》その見当はつく。皆それぞれに元は職を持ち、決まった時間に出勤し、決まった時間に就寝していたに違いない。でなければ規則正しい生活が身についているはずもない。

そんな彼らが故郷に帰らず街に留まり続けるのは、きっと現状よりも惨めな気分を味わいたくないからだ。定職がなかろうが、ちゃんとした住居がなかろうが、自分はまだ街の人間なのだという思い込みが辛うじてプライドを支えている。それすらも捨てて故郷に逃げ帰ったのでは、ただの負け犬だと自分で認めてしまうことになる。

勤めていた時にはぼんやりとしていたことが、リストラで自分も同じ目に遭った時に明瞭になった。街で弾かれ、故郷に戻らざるを得ない口惜しさは、正直了衛にもある。了衛の場合には、父親の葬儀で実家に戻ったのがちょうどいいきっかけになったに過ぎない。

「街は色々と便利なんですよ。定期的に救世軍やＮＰＯの炊き出しとかあるし、そうでなくても深夜のコンビニからは賞味期限切れの食い物が放出されるし」

「店が捨てたモノを拾って食うってのかい。情けないねえ。そんな真似までして街に住んでいたいものかしらん」

雀野の語尾はわずかに怒りを孕《はら》んでいた。

「街にどれだけ未練があるのか知らないけどさ。どうして生まれた場所に帰らないんだよ。鮭や鮎だってちゃあんと戻って来るんだよ？　帰って来たら田舎も賑わうし、賑わったら新しい家族や施設が増えるのにさ。大体だね、自分を育ててくれた親や土地に対する感謝の念というものがないんだよ」

温和だった表情が俄《にわか》に険しくなる。

「結局、自分のことしか頭にないんだ。自分さえよければいいと思っている。自分さえ安楽なら、家族や田舎が朽ち果てても構わないと思っている」

「いや、みんながみんなそうだとは……」

「だったら、どうして竜川地区みたいな場所が増えるんだい？　この間も役場に行ったら住民課の職員がこぼしておった。依田村はどこもかしこも高齢者揃い。ところがそんな地区は日本中に六万以上もあるっていうじゃないか。若いヤツらはみんな勝手だよ、そうに決まっとる」

それは了衛も耳に挟んだことがある。雀野が言うそんな地区というのは、国土交通省が〈過疎地域〉と呼称するものを指している。高齢者が住民の半数を占め、居住地域としての機能が維持できず、近い将来には消滅が予想される地域――竜川地区はその典型だった。

「ところで了衛さん」

雀野は意味ありげにこちらを見る。

「あんた、まだ結婚はしないのかい？」

ああ、またた。

了衛は胸の裡《うち》で舌打ちする。折角心を許したのも束の間、今度は雀野にまでプライバシーを突かれる羽目になるとは。

「忠雄と同い年だから、そろそろ四十だろう。いい加減年貢の納め時じゃないのかい」

了衛は憤懣《ふんまん》を包み隠して、殊更《ことさら》陽気な口調で応える。

「こういうのは縁ですから……元の職場って拘束時間がえらい長くって、女の子見つける暇もなかったんですよ」

「ふうん。ウチの忠雄よりはよっぽど男前な顔してんのになあ。本当はさ、街でいい人見つけて所帯持って、そのまま田舎に帰ってくれたら、年寄たちゃあ願ったり叶ったりなんだけどねえ」

雀野の言い分はもっともに思える。確かに集落を出た者が次々と家族を引き連れて戻って来れば、過疎地の抱える問題も緩やかに解消されていくだろう。

だが雀野は戻って来る側の都合を全く考慮していない。

若い家族が過疎地に戻らなければならない理由など、何一つないのだ。

一家を養っていかなければならない父親に、必要充分な収入をもたらす職場があるのか。

日常品の購入さえ困難な場所で、母親は何を楽しみに生活していけばいいのか。

友だちも教育施設もない場所で、子供はどう学んでいけばいいのか。

雀野は若いヤツらが勝手だと言うが、了衛には残った年寄も勝手を言っているようにしか思えない。

「忠雄もさあ、昔は親に冷たいヤツじゃなかったんだけどなあ」

今度は口調が急に湿っぽくなった。

「昔は盆暮れに帰って来てたんだよ。それがなあ、結婚して子供ができた途端に足が遠のきやがった。畜生、年に二回くらいは孫の顔見せに来いってんだ」

何だ、結局は忠雄に対する愚痴が昂《こう》じているだけなのか。

それでつい追従してしまった。

「そうですよね。忙しかったら、せめて孫の姿を写メールなり何なりで送信してくればいいのに」

「あのね、了衛さんよ。ここじゃケータイの類は使えないよ」

あっと思った。

父親を荼毘に付してから葬儀や引っ越しで忙殺され、しかも退職した身で話す相手もなかったので気がつくこともなかった。

「まさか、ここって圏外なんですか」

「ああ、竜川地区はどこもそうだよ。だからどこの家でも未だに固定電話が大活躍だ」

「それじゃあ、ケータイはどこに行けば」

「さすがに役場の近所まで行けば電波が届くらしいけどね。まあ普段使ってないから、なくっても不便とは思わんし。あれば便利なモノっていうのは、結局なくてもいいモノなんだよね」

雀野に印鑑をもらってから、了衛は次の家に向かった。雀野宅から更に百メートル先に野木元の家がある。

大黒の話では、その家に野木元雅幸《まさゆき》が一人で住んでいるという。

野木元という男について、了衛はあまり鮮明な記憶がない。家同士が端と端で離れている上、遊び相手のいる家ではなかったので中に入ったこともなかった。

ただ、昔は妻と成人の息子が同居していたはずだ。現在一人暮らしというのなら、他の二人はどこへ行ったのだろう——。

そこまで考えて了衛は慌てて首を振った。

住民の好奇心の旺盛さに辟易した自分が、他所の家庭の事情に興味を持ってどうする。

それとも、早くも大黒や雀野の毒気が伝染したのか。

目指す家は木造平屋建てだった。五十メートル手前からでも切妻屋根が歪んでいるのが分かる。建物全体がひどく老朽化しているのに、ほとんど手入れがされていない。

玄関先に着くと、家の荒廃ぶりは更に顕著になった。庭に設《しつら》えてあった花壇は鬱蒼と生い茂る雑草で地面が見えない。廃棄物同然となった自転車や外装の剝げ落ちた家電製品が山と積まれ、足の踏み場もない。

それでも何とか玄関に辿り着き、中に向かって呼んでみた。

「野木元さあん」

返事はない。もう野良仕事にでも出たのだろうか。念のため、少し大きな声で再度呼んでみると、今度は返事があった。ただし家の中からではない。裏の方からだ。

「こっちー。ぐるっと回って来てー」

塀も何もないので回り込むのは簡単だった。畑を背に裏庭が現れる。その縁側に野木元が腰を下ろして雑誌を読んでいた。近づくと雑誌のタイトルが見えた。

『パチンコ必勝ガイド』

「何だ。溝端の了衛さんかい。聞き慣れない声なんで誰かと思った」

「裏から失礼します」

「構わないよ。玄関の戸が壊れちゃってさ、上手い具合に戸が開かねえんだ。だから今はこっちが玄関」

野木元の背後に家の中が見えた。

思わず腰が引けた。まるでゴミ屋敷だったからだ。

部屋の隅、大きめの段ボール箱を屑入れにしているらしいが中のゴミが外に溢れている。その溢れたゴミが雪崩の形になって畳の上に流れ出ている。お蔭で室内はゴミの海だ。

プラスチック容器、ビニール袋、雑誌、衣類、目に見えるほど積もった埃、酎ハイの空き缶、ところどころが斑《まだら》に変色した寝具――。

見ているうちに異臭が漂ってきた。了衛は咄嗟《とっさ》に顔を背けた。

「ひ、引っ越しの挨拶に来ました」

「へえ、こっちに住むことにしたんだ。まだ若いのに物好きだね、あんたも」

「ええと、それからこれ。回覧板です」

「はい、ご苦労さん」

野木元は回覧板を受け取ろうともせず、また雑誌に目を落とす。

了衛はしげしげと野木元を観察した。中肉中背、年寄ながら半袖から覗く腕は筋肉質だ。細面で禿げた頭頂部はいくぶん尖り気味になっている。大阪で有名なビリケンに少し似ている。だがビリケンが福々しいエビス顔であるのに対し、一瞬こちらに向けた顔は猜疑心に凝り固まっているように見えた。

しばらく様子を見守っていたが野木元が一向に顔を上げる気配を見せないので、もう一度話し掛けてみた。

「あの、すみません」

「ああん？　何だよ」

「回覧板、今度の定期健診についてなんで参加するかどうか印鑑を捺してもらわなきゃならないんです」

「定期健診ー？」

野木元は駄々っ子のように語尾を跳ね上げた。

「ええ。印鑑を捺すだけ」

「印鑑なんてずいぶん使ってないからどこに仕舞い込んだか忘れちまったよ」

「ええと、じゃあ署名でも構いません」

「どっちにしたって面倒臭いんだよ。いいよ、どうせ健診なんて受けないし」

「でも、地区長は全員に見せろって」

「いいんだって。大黒さんも立場上そう言ってるだけだから。第一なあ、こんな齢になってもまだ長生きしたいかあ？」

「俺に言われても……」

「老い先短いんだからよ、注射やらクスリやらで無理に長生きするより、ぱあっと楽しいことやって面白おかしく暮らした方がいいぞー」

投げやりな物言いに、生来のお節介が頭を擡《もた》げた。

「健康だと高齢でも仕事を続けられるじゃないですか。ほら、雀野さんみたいに」

「ああ、あの人はあれでいいんだよ。7人のこびとなんだからよー」

「7人のこびと？」

「知らねえか。ディズニーに出てくる小人だよ。あいつら年がら年中ハイホーハイホーって働いてるだろ。ああいう風に、働くのが根っから好きってヤツは働いたらいいんだよ。だけど俺は働くより好きなことがあるからな」

そう言って雑誌の表紙を指で弾く。

「でも、働かなかったら生活ができないでしょ」

「馬っ鹿じゃねえか、あんた」

野木元は蔑むように了衛を見た。

「別にこんな年寄が働かなくてもよお、国がちゃあんと面倒みてくれてるじゃないか。偶数月の十五日になったらよ」

偶数月の十五日――年金支給日のことか。

「知ってるかあ？　こんな土地でコメや野菜作って農協に納めてもよ、いくらにもなりゃしねえんだ。真面目な話、一年間汗水垂らして働いてたって、年収なんか数十万円。それよりはよ、仕事なんか一切やめて生活保護受けた方が得なんだぜ」

その手があるか。

自営業の場合、役場に廃業届を提出すれば他の条件と併せて生活保護の対象になる。

だが真っ当に働くよりも、生活保護を受けた方が潤うので遊び暮らすというのは理屈としては正しいのだろうが、どうにも納得し辛いところがある。

思っていたことが顔に出たのだろうか。了衛の表情を見た野木元が顎をしゃくり上げた。

「んんー？　何か言いたそうな顔だな」

「いや、別に……」

「ああ、そう言や、あんた街の人間だったんだな。やっぱり都会じゃまともに働いているヤツが大多数だから、わしみたいな福祉にぶら下がって生きとる者は軽蔑されるんだろう」

「そ、そんなことはないですよ」

「嘘吐かんでいい。いいよ。好きなだけ軽蔑してくれて。軽蔑されようがどうってこたあない。逆に尊敬されたって腹は膨れんしな」

野木元は卑屈に笑ってみせた。

「憶えとるかなあ。ここには以前、嬶《かかあ》と息子も住んでいた。二人がどうしていなくなったか、地区長か誰かから聞いたか」

　了衛は無言のまま首を振る。

「二人ともちょうど今のあんたと同じ顔をしていたなあ。わしがパチンコに行くたんびに、こう眉を逆ハの字にしてな、そんなことに使うカネがあるんなら家に入れろとか、遊びのために貯金取り崩すのはやめろとかな。もう、うるさいことうるさいこと。あんまりうるさいんで二人とも足腰が立たなくなるくらいに殴ってよ、家の中にあったカネ全部持ち出してやった。そのカネ、パチンコで全部スって帰るとよ、二人とも家を出て行った後だったんだよ。な？　男だろ、わしって。わははははは」

　野木元はしばらく哄笑していたが、ふと気づいたように腕時計を見た。

「おや、もうこんな時間かい。あんたと無駄な話をしてたら、すっかり遅くなっちまったじゃないか」

「どこかに出掛けるんですか」

「パチンコだよ、パチンコ。村役場のすぐ傍に一軒だけパチンコ屋があるんだ。もうすぐ開店時間の十時だからよ、急がないと」

　そう言うなり野木元は読んでいた雑誌を家の中に放り、縁側で外出用の靴を履くと駆け出した。

　了衛は慌てて追い掛ける。

「あの、印鑑か署名をお願いします！」

「知らん。あんたが勝手に書いておいてくれ」

そういう訳にいくか。

「お願いします」

「パチンコ銭くれたら書いてやってもいいぜ」

それが捨て台詞だった。齢の割に足が速い。道路に出た野木元はあっという間に見えなくなった。

了衛は力なく肩を落とした。

追い掛けたところで、また押し問答を繰り返すだけだ。仕方がない。本人の意見を尊重して代筆するとしよう。

幸いボールペンを持ち合わせていたので『野木元』と記された欄にその名を書く。

書き終わった途端、寒気のするような虚しさが襲ってきた。

何が快適な田舎暮らしか。

何が第二の人生か。

井戸水が喉に流れ込んだ時の爽快感は、微塵に吹き飛んでいた。

鬱屈、怨嗟、荒廃、そして怠惰。

たったの数十分間で絶望のフルコースを見せられた思いだった。

3

野木元の家の裏手は山沿いの崖に続いており、坂道を二十メートルほど上がっていくと、そこが多々良万作《まんさく》の家だった。直線状に三軒が建ち並び、坂の一番上の家で道路は袋小路になっている。これより外には舗装された道路がないため、集落としての竜川地区は端の家までとなる。

多々良の家は野木元ほどではないが、やはり荒廃が進んでいた。外壁の漆喰はところどころが剝がれ落ち、窓ガラスは白く濁っている。風雪に耐えてきたといえば聞こえはいいが、言い換えれば建物としての寿命が限界に近づいている。体当たりでも食らわせれば、あっという間に倒壊しそうだ。

多々良は元より一人暮らしだった。以前は両親も同居していたのだが、多々良がずっと独身でいるうちに相次いで亡くなってしまった。こんな田舎の独身男に嫁ぐような物好きもおらず、以来多々良はずっと一人で住んでいるらしい。

多々良は縁側に出て、何やら長い筒状のものを布きれで熱心に拭いていた。

「多々良さん、回覧板で……」

最後まで言葉が続かなかった。

多々良が拭いていたのは銃身の長いライフルだった。

思わず足を止めると、多々良がこちらを見た。

「何だ、溝端の坊主かよ」

多々良は斜視気味の目で了衛を一瞥《いちべつ》するが、銃身を磨く手を止めようとはしない。

「あ、あの、それってライフル……ですよね」

「そうだよ。他の何に見えるってんだ？」

多々良は銃身を拭き終わると、傍らに置いてあったスプレー缶を取り上げ、全体に吹きつける。了衛のいる場所からでもそれが防錆剤であることが分かる。風に乗って防錆剤の臭いが鼻を衝く。鉄錆とアルコールを混ぜたような嫌な臭いだった。

目を逸らせないでいると、多々良はそれを横目で見ながら唇の端を上げた。

「物騒なモン、持ってるって顔してるな」

「いや、その」

いきなり多々良は銃口をこちらに向けた。

「うわ」

突然のことに了衛は後ずさる。

「ふん。そんなにびびるなよ。手入れの最中に装弾するはずねえじゃねえか」

多々良は銃口を外してまた防錆剤の塗布に余念がない。

「これでも猟友会だからな。ちゃんと許可は取ってる」

「許可って……依田村周辺で熊でも出るんですか」

「何だ。お前、中坊までここに居たのに知らねえのか。この辺りはイノシシやらサルやらが作物荒らしに山から下りてくるんだ。言ってみりゃあ害獣だ。役場のお墨付きがあるから天下御免で銃が撃てる」

「イノシシは分かりますよ。でもサルって撃ち殺してもいいんですか」

「まあ、サルの死骸を役場に持って行っても、誉めちゃくれねえだろうな」

多々良はへらへらと笑う。

「地区にとって害獣かそうでないかは役場が決めることじゃねえ。住んでいる俺たちが決めるんだ。だからサルだろうがシカだろうが撃つ。サルの死骸なんざ川にでも流しゃあ、二日もあれば魚が始末してくれる」

つまりは無届の狩猟という訳か。

「しかしよ、害獣だから撃つってのは、まあ言い訳だよな。ハンターは撃ちたいから撃つんだ。それ以外の目的は大義名分みたいなもんだ」

「大義名分?」

「戦争と一緒だ。大義名分で正当化してるが、結局人間は人殺しがしたいのよ。要は理由が欲しいだけだ」

それは真理なのかも知れない。しかし、多々良の口から出ると、まやかしにしか聞こえなかった。

「で、回覧板って何の知らせだよ」

「依田の役場でやってる定期健診の件で、参加するかどうか……」

「けっ、俺はそんな検査必要ねえよ。そういうのは地区長や雀野の爺いたちがするもんだ」

「けど」

「大体、俺が健康不安に見えるか。ん？」

多々良は銃を片手に立ち上がった。

多々良は今年で六十歳になるはずだが、立ち姿からは年齢など微塵も感じさせない。首から胸、そして腰に至るまで服の上からでも筋肉質であるのが分かる。シャツの袖から覗く二の腕は、了衛の倍ほども太かった。

「確かに、健康そうですね」

「毎日獲物を追って山野を駆け巡ってみろ。自然とこういう身体になってくるんだからよ」

そう言って、今度は山の方に銃口を向けて構えてみせる。堂に入ったもので、銃を構えると上半身も下半身も微動だにしない。

「動物と同じ気持ちになって草叢《くさむら》に潜む。獲物を見つけたら神経を集中させて、呼吸も浅くする。一瞬たりとも獲物から目を離さない。どんな動物にも静止する一瞬がある。絶対にそれを見逃さない。急所も外さない。それから息を止めて、静かに引き金を引く……バン！　俺の殺気が獲物を射貫く。そういうことを毎日繰り返してみろ。無駄な肉はつかんし、神経も研ぎ澄まされる。齢なんか取るものか」

構えを外し、また縁側に腰を据える。

「しかし、お前の父ちゃんも小心者だったが、お前も相当だな。こういうのには全然興味ねえのか」

「あまり、ありません」

了衛は正直に告げる。会社員時代の同僚でサバイバルゲームに没頭している者がいて、何度も誘われたが固辞していた。たとえ本物の痛みや流血がなくとも、刃物を振り翳《かざ》したり銃口を他人に向けたりすることには抵抗感があったからだ。

「何でも街じゃゼニ勘定ばっかりしとったそうだな。まあ、そんなヤツにはウサギも撃てんのだろうが」

「多々良さんは猟で生活しているんですか」

「ふん」

多々良は鼻で笑った。

「昔はそういうヤツも多かったが、今は少なくなった。俺のは完全に趣味だな。だが狩りを商売にするつもりなんざ、最初っからねえ。狩りってのは男のロマンだからな。まあ、揃いも揃って軟弱なお前ら父子には死んでも分かるまいよ」

「ちょっと待ってください」

さすがに言葉が引っ掛かった。

自分に対してだけならともかく、父親まで悪し様に言われるのは聞き捨てならない。確かに享保は覇気に欠けるところがあり、子供心に物足りなさを感じたこともあるが、それを他人からとやかく言われる筋合いはない。

「どうしてわたしの父親が軟弱なんですか」

「俺が折角猟友会に誘ってやっても断りやがった。趣味じゃないとか言い続けたが、ありゃあ単純に意気地がないだけだ。きっと銃に触っただけで小便洩らすんじゃないのか」

「その言い方はあんまりです」

「死んだ人間の悪口は許さねえってか？　けっ、死んだからって偉くなる訳じゃねえ。それなら俺が撃ち殺したキツネやタヌキは今頃神様になってらあ」

多々良は片手をひらひらと振ってみせる。

「葬式じゃみんな大っぴらには言わんかったけどな。お前の父ちゃんはそりゃあ役立たずな男でよ、はっきり言って足手纏いだったな」

「あ、足手纏いって」

「ここはたったの七軒しか家がないからよ、雨漏りの修繕やら大雪の時の雪下ろしとかは、地区全体で協力してやるんだ。役場に頼んでも埒が明かないし、業者に依頼するカネもないしな。ところが、お前の父ちゃんときたら屋根には上れないわ、雪かきはできないわ、ただそこに突っ立っているだけでよ。邪魔以外の何物でもないのな。こんな田舎じゃ多少読み書きできるくらいじゃクソの蓋にもなりゃしねえ」

言われてみれば、確かに父親は体力が自慢の男ではなかった。依田の人間には珍しく、身体を動かすことよりも頭を動かすことを好んだ。畑を耕すことよりは本を読むことを好んだ。だからこそ依田村では生き辛そうにしていた。

今更ながらに思い出す。了衛が中学を卒業してすぐに依田村を離れたのは、やはり父親と同様にここで住むことに苦痛を感じていたからだった。田舎者は余計な知識などつけず、ただ毎日働いていればいい――村に蔓延《はびこ》る戒律が嫌で嫌でしようがなかったのだ。

だが、それは選択の問題であり、良し悪しの問題ではない。体力がないことをまるで罪悪のように指弾するのは、それこそ狭隘《きょうあい》というものだ。

「そう言やあ坊主。お前も父ちゃんに似て本を読むのが好きだったよな。それで目一杯賢くなって、大学出て、いい会社に入って、さあ、今はどうだ？」

「何が」

「役場の誰それが教えてくれたが、お前、ここに転入届出したんだってな。戻って来ると言やあ聞こえはいいが、要するに負けて逃げて来たんだろ」

どうして実家に舞い戻っただけで、こんな悪口雑言を浴びせられなければならないのか――多々良の物言いが、性格の悪さからくるものと知っていても腹に据えかねた。

「結局、お前も父ちゃんも揃ってろくでなしだってことさ。いくら竜川が田舎でもな、そんな役立たずなヤツは要らん。おっても邪魔になるだけだ」

「体力さえあればいいってもんじゃないでしょう」

売り言葉に買い言葉。つい口をついて出てしまった。

多々良はそのひと言を決して聞き逃さなかった。片方の眉だけを上げ、肩を揺すりながら了衛に近づいた。

「いいや、ここでは体力さえあればいい。本を読むような趣味なんか必要ない」

違う。

本を読むのは趣味ではなく、教養だ。

少なくとも了衛はそう父親から教えられてきた。

「口で言っても分からんようだから身体で証明してやろうか」

言うが早いか、多々良はいきなり了衛の背後に回り込み、両腕で羽交い絞めにした。

「た、多々良さん。いきなり何を」

抗議の声にも耳を貸さず、今度は了衛の膝を折ると、そのまま地べたに自分の身体ごと倒す。

地面に激突し、胸が瞬時に圧迫される。肺の中の空気が一気に排出され、了衛は息もできなかった。

その隙に両腕を後ろに取られ、馬乗りされた。

「どうだ。本を読んだ頭でこの体勢を崩せるか」

両手を封じられ、腰は多々良の体重で押さえられている。了衛は身を捩《よじ》ることさえできない。

「う、動けませんよ。こんな風じゃ」

しばらくその体勢を楽しんだ後、多々良はようやく了衛を解放した。

「ひ、ひどいじゃないですか。突然襲いかかるなんて」

「身のこなしがよければ充分に避けられた。もうちょい体力があれば背筋と腹筋で撥《は》ね除《の》けられた。もしも俺が人殺しだったら、お前は三秒で死んでいる」

「そんな馬鹿な話」

「そんな馬鹿な話は有り得ないって？　そりゃあどうかな。今日びは有り得ないことが有り得るのが普通じゃないか。いつ、どこで、どんな風に暮らしてたって災いは突然やってくる。街も田舎も関係ない。その時頼りになるのは体力しかねえだろ」

了衛はのろのろと立ち上がる。身体の節々にはまだ痛みが残り、ポロシャツと綿パンには庭の泥がこびりついていた。

ついでに屈辱感もこびりついていた。自分と齢が二十以上も離れている人間に、苦もなくねじ伏せられたのだ。

不意に子供の頃を思い出した。同い年の中でも了衛はひ弱な方で、よく村のガキ大将たちから苛められていた。信じられないことに、体力が劣っているというだけの理由で、小突かれ、蹴られ、馬鹿にされていたのだ。子供の理屈は単純で理不尽だ。要は体力以外に自慢できるものがなかったから、自分たちより成績のいい了衛を体力で見返そうとしただけだった。

そうだ。あの出来事が村から出るきっかけの一つだった。

「お前もここに戻って来たんなら、精々身体を鍛えておくこった。護ってくれる者はいないからな、自分の身くらい自分で護るようにしないとな」

「竜川という場所はそんなに物騒なんですか」

「ここに限らず、世間なんてどこだって物騒だろうよ」

そう嘯《うそぶ》いてから、多々良は回覧板を手に取り、氏名欄に名前を書き込むとそのまま了衛に放って寄越した。

「あ、あの告知文は」

「説明しただろ。俺にそんなもん必要ねえよ。何ならお前が捨ててくれて構わねえぞ」

多々良はまた縁側に座り、今度は円形金網を取り出した。どうやら銃身内部の汚れを取り除くつもりらしい。

「用が済んだらとっとと帰れ。目障りでしょうがねえ」

その声に追われるように了衛は庭から出た。まるで逃げ帰るような体裁に情けなくなったが、今はただ一刻も早く多々良の視界の外に出たかった。

また一つ思い出した。了衛が生まれ故郷を嫌った理由の一つがこれだった。依田村では理屈が通用しない。当たり前の人間が当たり前だと思っていることが通用しない。ここに厳然と居座っているのは力の論理と、無教養が生み出す粗暴さだ。

敷地から抜け出すと、ほっとした。改めて服についた泥をはたき落す。それだけで泥はずいぶん落ちた。

だが屈辱感は胸にこびりついたままだった。

多々良の家からしばらく歩く。次は久間達蔵《たつぞう》の家だった。

久間達蔵には了衛もいくつか思い出がある。

当時、久間は依田の村役場で働いており、村の中でもインテリで通っていた。主要産業が農業と林業しかない依田村では、役場と郵便局は学校の成績がいいエリートたちの就職口と相場が決まっていたのだ。

だからという訳ではないが、久間の家には山ほどの蔵書があった。その多くは政治やら経済の専門書だったが、中には文芸書があったため、了衛もよく借りてきたのだ。

久間の家も他と同様に老朽化が進んでいた。木造平屋建てモルタル造り。そのモルタルが欠け落ちて、壁が斑模様になっている。

玄関の表札には〈久間達蔵　久枝〉とあり、久枝の部分は縦に二本線が入っている。これは了衛も憶えている。妻の久枝は、了衛がこの村を出る前年、肺炎を拗《こじ》らせて物故したのだ。

竜川地区には珍しく、久間宅の玄関にはチャイムが備えつけられている。竜川地区に限らず依田村に個人のプライバシーという概念はない。家のドアはノックなしに入るものであり、チャイムなどの無粋な装置はコミュニティを阻害するものだと考えられている。

だが、幼い了衛はこのチャイムを鳴らすのが好きだった。久間の家には蔵書が溢れている。玄関は言わばそこに通じる扉だ。だから、チャイムを押すことは厳粛《げんしゅく》な儀式の一つだった。

およそ四半世紀ぶりにボタンを押してみる。しかし残念ながら、家の中からはうんともすんとも音が聞こえない。どうやら壊れたままらしい。仕方がないので玄関から声を掛ける。

「久間さあん、溝端です」

すると、しばらくしてからドアが開けられた。立っていたのは紛うことなき久間だ。

「了衛くんか。お上がりなさい」

父親の葬儀の際、ちらりと見ただけだったが、やはり久間にも老いによる荒廃が迫っていた。了衛の記憶によれば今年で七十二歳、額と目尻の辺りに決して小さくない老人斑、顔中に皺が走り、首まで伸ばした頭髪は真っ白になっている。

だが寄せ来る老廃をものともせず、変わらないものもあった。

目だ。

了衛がどれほど経験を積もうと、どれだけ研鑽しようと、決して辿り着けないような叡智がそこにあった。瞳の深奥が鈍い光を放っており、さながら森の知恵者であるフクロウを連想させる。

先導されて居間に通される。かつて本棚を占領していた蔵書はその後も増殖を続けたらしく、本棚から溢れた書物が畳や机の上に散乱している。

「散らかっていて申し訳ないね。この齢で一人暮らしとなると、横の物を縦にもしなくなる」

久間は卑下して言うが、最前に野木元の家を見ているので、まだこの家はずいぶん整頓されているように思える。

「そんなことないですよ。本が溢れ返っているのは昔のままだし……今はどんな本を読んでるんですか。わたしが中学生だった頃はハイデッガーとかドラッカーとか読んでたでしょう」

「政治やら経済はもうずいぶん前に飽きてしまってな。今はもっぱら三国志と水滸伝だよ。あれはいいぞ。えらく長いし、終わったらまた最初から読める。了衛くんは何を読んでおるんだ」

「わたしは根っから軽い読み物に終始してます。とても久間さんに自慢できる内容じゃありません」

「どんな読み物であれ、愚にもつかんテレビやらゲームやらに現《うつつ》を抜かしておるよりは数段マシさ。ああいうものを見続けていると、脳味噌がスポンジのようになるぞ」

了衛は何気なく床に落ちていた本を取り上げる。

『恍惚の人　有吉佐和子著』（新潮社）

さしもの久間も七十を過ぎると、こういう小説に興味が湧くのか――あまりのタイミングのよさに面食らいながら、よくよく観察すると表紙はかなり傷んでおり、しかも背表紙には分類ラベルが貼ってある。

これは図書館の蔵書だ。

「中学校からの払い下げだ」

久間はさほど気にする風もなく淡々と言う。

「学校の図書館も書庫に限りがあるからな。古い蔵書は倉庫に死蔵される。その中からめぼしいものを引き取らせてもらっているんだ」

「リサイクルって訳ですか」

「そんな洒落たものじゃない。廃品回収みたいなものだ。何せ年金で生活しておる身だからな、新刊本を買うゼニもありゃせん。もっとも今日びの薄っぺらい本より、こういう年季の入った本の方がわしは好みなんで願ったり叶ったりなんだが」

別の人間が口にすれば負け惜しみにも聞こえかねないが、久間の口から出ると痛快に聞こえるのは人柄のせいだろうか。

「まあ、そこらに座ってくれ。何か飲み物でも出そう」

「いや、結構ですよ。今日は回覧板を届けに来ただけですから」

「何の回覧かね」

久間は了衛から青いファイルを受け取り、中身を検《あらた》める。

「ふん、定期健診か。どうせ身体中C判定かD判定しか出んに決まっとる。ポンコツ車と分かっているものを車検に出して、いったいどんな意味があるのかね」

久間はひとしきり愚痴りながら、それでも告知文を一枚抜いて氏名欄に押印した。

「久間さん、健診には行かないんですか」

「多分、行くことになる」

「まるで他人事みたいですね」

「まるでも何も、本当に他人事だからさ」

久間は苦笑を浮かべた。

「役場の健康推進課が取り仕切っている仕事だからな。参加者が少ないと来年度から予算を削られかねん。参加するのは自分の健康のためじゃない。役場予算の健康のためさ。職員ＯＢとしては微力ながら尽力するしかあるまい」

なるほど、そういう考え方もあるのか。

「それより了衛くんよ。竜川に転入したそうじゃないか」

「それ、さっきも多々良さんから言われました。役場の誰それから教えてもらったと言ってましたけど、それって完璧に個人情報保護法違反じゃないですか」

「個人情報保護法違反ねえ……了衛くん、そんな法律違反、依田の住人には立小便ほどの罪悪感もないよ。そのくらいのことは君ならとっくに知っているだろう」

「それはまあ、昔から変わらないかなって」

「外の世界ではケータイやらネットが普及してサイバー空間とか何とか喧《やかま》しいが、住んでいる人間の意識が変わらん限り、そうそう新しい倫理や法律が根付くものか。役場だって机の上に置いてあるのは最新のパソコンかも知れんが、使っておる職員たちが情報の価値を真に理解できんのなら猫に小判だ」

　哀れ依田村のエリートも久間にかかれば猫同然か。

「だが、それはそれで構わんとわしは思う」

「どうしてですか」

「個人情報にも価値のあるものとないものがあってな。正直言って、竜川地区の住人に知られたくない個人情報なんてあると思うかね？　家族構成はどこも似たようなもんだ。固定資産税も年金支給額もほぼ同額、お互いに親類縁者がどこに何人いるかも把握している。若い時分にどんな悪さをしてどんな咎めを受けたかも熟知しておる。今更、個人情報保護も何もあったもんじゃない。以前、大黒さんとこに娘がいたが、地区の男ども全員がその娘の月経日を知っておったよ」

無茶苦茶な話だが実話だった。その娘の一件は了衛も耳にしたから憶えている。当時は月経日の何たるかも知らなかったので気にも留めなかったが、噂されている当人にしてみれば恥辱以外の何物でもなかっただろう。

「でも、それって法律以前の問題で本人は堪ったもんじゃないですよ。お互いに知っているから相殺しているだけの話じゃないですか」

「うん、それはその通りさ。だからものは考えようでな、竜川地区の住人を隣人と捉えるから都合が悪くなる。いっそ七世帯九人を家族として見做《みな》せば、それほど腹も立たなくなる」

瞬時に野木元の顔が浮かんだ。

あいつと家族だと。

「家族……ですか?」

「その顔が何を言いたいか大方の察しはつくがな。そもそも総勢九人なんて、昔なら一家庭当たりの構成人数だ。それに普通一般の家族だって、真っ当な者もいればそうでない者もいる。利発な者もいれば愚鈍な者もいる。どちらも似たようなもんじゃないか」

「つまりその、ここに転居した限りはそういう心づもりでいろってことですか」

「了衛くんは若いが、元々はここの出だ。その方が気楽になるのは承知しているだろ」

「理屈は分かりますけど……やっぱり抵抗あります」

「では逆に訊くが、都会暮らしはそんなに快適なものだったのかね？　嫌らしい言い方をするが、君にとってさほど魅力的ではなくなったから、ここに転居したのではないかね」

図星だったので、了衛はひと言も返せない。

都会は正業とカネがありさえすれば快適だ。インフラは整備され、人口の集中する場所は競争原理が働いてどこの店もサービスが充実する。財布が膨らんでいれば、買えない幸せはほとんどない。個人情報は悉《ことごと》く護られ、正社員であれば組織は身を護ってくれる――そう信じていた。

だが、それは砂上の楼閣のようなものだった。

カネがなく、組織から弾かれた者にとって都会は決して優しくなかったのだ。カネがあれば何でも買えるということは、裏を返せばカネがなければ何も手に入れられないという意味だ。組織を離れた者はその日から野良犬となり、住む場所にも事欠くようになる。

それに比べれば田舎はまだ住み易いのではないかと思った。多少プライバシーの保護には問題があるものの、近所付き合いさえ続けていれば飢えて死ぬことはない。組織を外れた者、敗走してきた者に優しく、同じ人間として接してくれる――そんな期待があった。

「かく言うわしも依田の村を出たことはないから大口は叩けんが、都会が快適なのはカネが潤沢に回っている時だけだ。カネというのは社会にすれば血液と同じだ。血が流れなくなったら、そこら中の器官に栄養が行き渡らなくなり、不具合が噴出する。仕組みが複雑になっていれば尚のことだ。もちろん、こんな田舎にもカネの問題はついて回るが、それだって街の比じゃない。人口集中、利便性、インフラ、どれも市場原理の上に成り立っているのなら、肝心の市場がガタガタになれば、その上に乗っかっている人間がガタガタになるのは自明の理でな。たかだか景気の良し悪しで住んでいる人間の生活が左右されるのは、惨めを通り越して滑稽ですらある」

「何だか辛辣ですね」

「辛辣に聞こえるのは事実だからさ。事実というのは大抵の場合、辛辣なものだ」

久間は悟ったように言う。見掛けが仙人のような久間が口にすると、何でも真理に聞こえてしまう。

「その点、依田のような村はそうした市場原理よりも地縁というものが機能しているから弱者を追放することはない。まあ、独特の戒律があり、それを破った者は村八分などという仕打ちもあるが、それだって慣習上の処罰であって生殺与奪の権を握ることじゃない。コミューンを維持するための自浄作用に過ぎん。だから、了衛くんが第二の人生の出発点としてこの地を選んだのは賢い選択とも言える」

「有難うございます」

「ただし今言ったように、コミューン独自の性格や慣習を頭から否定しない方がいいだろう。プライバシーのなさに閉口するだろうが、中年独身男性のプライバシーなど後生大事に護るような価値もあるまい」

あまりの物言いに少し凹んだ。

何にでもいい面とそうでない面がある。田舎暮らしに期待をしているのなら、そうでない面も受け止めるしかないのだろう。

「しかし、正直言ってあまり深く付き合いたくない人もいます」

「隣の多々良のことかね」

「ええ、まあ」

「アレは自分が本を読まん、脳まで筋肉でできているからな。わしのことを毛嫌いしておるようだが、齢がひと周りほど違うから大っぴらに貶《けな》す訳にもいかんのだろう」

「さっきはいきなり羽交い絞めにされましたよ」

「最初に腕力の差を見せつけて上下関係を構築させる。まあ、底の浅い者の常套手段だ。気にすることはない。とにかく、一刻も早く村の中に居場所を見つけるんだな。居場所さえ確保すれば、ああいう手合いもその中までは追って来んものだ」

「居場所というのは仕事という意味ですよね」

「仕事というのが卑近な言い方なら、存在価値と言ってもいい。肉体労働ができなくても、地区のために貢献できる人間を冷遇でききん」

「ふう。田舎というのは都会の競争に負けて帰った者に優しい、というのはわたしの独り合点だったんですかね」

「競争に負けた？　いや、それは違うぞ」

久間は淡々と言い募る。

「知っておるかな。実は数年前、依田村に都会から流れて来た男がいて、村で農業がしたいと申し出た。ここに骨を埋めたい、とな。村にしてみれば就業人口が増える訳だから願ってもない話だ。早速その男を農家に住まわせ、三度三度の食事を与えた上で農業のイロハを教授しようとした。教師役を買って出た農家も村のためになればと懇切丁寧に教えた。だが、その男は結局一カ月と保《も》たなかった。朝が早いだの仕事がキツいだの散々泣き言を喚き散らした挙句、夜逃げ同然に村を抜け出した。情けないのはな、このテの話がその男一人に限らず、今までに何度もあって裏切られることに免疫ができたということだ。そいつらは別に百姓をしたかった訳じゃない。ただ農業に逃げたかっただけだ」

淡々とした言い方だったが、久間の言葉は了衛の胸を鋭く抉《えぐ》った。

「もちろん街に住む者全員がそういうろくでなしだとは言わん。しかし、一方でこういう例もある。了衛くんはテント村というのを見たことがあるか」

「ええ、派遣切りやら何やらで職にあぶれたヤツらが、年末にテントを張って年越しするって、アレでしょう。俺が前に住んでいたところにも、そういうのありました」

「ある時、水産加工会社の社長さんがそのテント村を訪ねた。もしよかったらウチで働かないかと、何人ものテント村住人に声を掛けた。しかし、誰一人として手を挙げる者はいなかったそうだ。職にあぶれた身でありながら、社長自らがヘッドハンティングに来ているというのにだ」

久間はにやりと笑ってみせた。

「水産加工業というのは、つまり荷揚げされた魚を捌《さば》く仕事で、臭いもするしキツい仕事かも知れん。その社長さんもテント村の住人全てに声を掛けた訳でもないだろう。しかしな、ただの一人も手を挙げなかったというのは、彼らの就業意識をそのまま物語っておる。彼らはキツくて慣れない仕事はしたくないのだ。頭か手先だけ動かすようなスマートな仕事で楽に稼ぎたいと思っている。地方の片田舎ではなく、ネオン煌《きら》めく街で仕事をしたいと思っている。きっと自分にはそういう高級な仕事をする資格があると思い込んでいるのだろうな。もちろん日本国憲法は職業選択の自由を謳っているが、カネも住む宿もなく、他人様の世話になっているあぶれ者にさてどんな選択の自由があるというのか」

了衛の気持ちを知ってか知らずか、久間の言葉はますます辛辣さを増していく。

「彼らは、自分たちは競争に負けてテント村に追いやられたと被害者面をしているが、実はそれも妄想だ。元より彼らは競争すらしていない。競争と言えば互いにしのぎを削り合った結果、敗北したという文脈になってプライドが護れるからな。しかし実態は、ただ雇っている側が不要品だと判断したから弾かれただけのことだ。競争もしていないのに負ける訳がない。結局、彼らの価値はその程度だったということさ。そして、人的な価値は住む場所を替えたところで向上などするはずもない。会社から不要品と判定された人間が、都会の競争に敗れたとかの言い訳を背負って田舎に来られても邪魔になるだけだ。畑の肥やしにもならんよ」

久間の語っていることが一般論であり、自分のことでないのは分かっている。いくらプライバシーが保てない場所であっても、了衛が会社を辞めた経緯《いきさつ》については誰にも話していないのだから久間に伝わるはずがない。

それでも〈畑の肥やしにもならない人間〉という言葉は、そのまま胸に突き刺さり毒を撒き散らした。

すっかり忘れていた。久間達蔵という男は博識で冷静な判断を下す男だったが、それゆえに人情味が薄く社会的弱者には冷淡な一面を持っていたのだ。

了衛は胸の疼痛を堪えながら青いファイルを受け取った。

「回覧板はわしで最後だな」

「いえ、まだ能見さんの家が残ってます」

「能見の？　行くのか？」

「地区長さんからも言われたんですが、能見さんがどうかしたんですか。何だか腫れ物に触るような扱いみたいだけど」

「腫れ物だからさ」

久間はそれだけ言うと背中を向けてしまった。

4

久間の家から更に行くと、端に能見の家がある。そして、ここが竜川地区の外れでもある。

能見求《もとむ》についての思い出はあまりなかった。ただ、了衛が以前住んでいた頃は妻と息子の三人暮らしだった。それが四半世紀のうちに一人暮らしになったのがどういう経緯だったのかは知らされていない。

能見の家は久間の家と同じく壁がモルタル造りになっているが、こちらは老朽化で剝落しているどころではなく、驚いたことに穴まで開いている。しかも自然に朽ち欠けた穴ではなく、明らかに人為的な大穴が開いている。それを内部から板で押さえているのだ。

玄関を見てまた驚いた。引き戸に嵌《はま》っているガラス板は悉く割れており、裏側からガムテープで補修されている。まるで震災に遭った直後の家屋のようだった。

「能見さん、溝端です」

外から呼ぶと、すぐに応答があった。

「ああ、了衛さん」

玄関に出て来た能見は、人懐こく笑った。

齢はまだ五十九歳。了衛を除けば竜川地区で一番若い。だからということもないのだろうが、了衛に対しても偉ぶる様子はない。

「この間は本当にご愁傷様で」

そのひと言で忽《たちま》ち好感を持った。今まで全戸を回って来たが、お悔やみを言われたのは能見が最初で最後だった。

「こちらこそ有難うございました。こっちの葬儀の流儀なんて全然知らなかったので助かりました」

「いやいや。享保さんは誰にでも親切な人格者だったからね。そういう人の葬儀には、皆が協力を惜しまない」

「恐れ入ります」

話していて安心感が生まれた。

了衛もサラリーマン生活で何人もの人間を見てきたので分かる。この男は口調も物腰も至極真っ当だ。今まで会った七人の男女が揃いも揃って個性的だったので余計にそう映るのかも知れないが、少なくとも了衛と同じ常識を共有できそうな気がする。

「立ち話も何だ。よかったら上がっていきなさいよ」

地区長の指示は近所回りをして住民と親交を深めることだった。その際、能見の名前は出なかったが、話し込むことに文句はあるまい。それに能見だけが地区から浮いた存在のようになっていることも気になった。

「それじゃあ失礼します」

外壁と玄関の様子から家の内部もさぞや荒れているだろうと覚悟していたが、意外にも中は整理が行き届いており、六戸の中では一番小奇麗だった。

「何か用事があって来たのかい」

「あ。役場から回ってきたんです」

了衛はファイルから告知文だけを取り出した。能見の名前がない氏名欄は見せる気になれなかった。

「へえ、定期健診のお知らせか。回覧で見るのは何年ぶりかねえ」

能見はしばらくプリントに見入っていたが、やがて了衛に視線を移した。

「これを配るために全部の家を回っているのかい」

「ええ。地区長さんが皆さんに改めて顔見せして来いって」

「顔見せねえ。元々、了衛さんはここの人間なんだから、今更そんなことをする必要はないと思うけど……まあ、大黒さんらしいと言えばらしいかな。ただ、その皆さんの中に僕の名前は入っていなかったんじゃないのかい？」

一瞬、了衛は言い澱む。

「いえ、あの」

「ははあ、やっぱり図星か。じゃあ了衛さんは自分の判断で訪ねて来てくれた訳だ」

能見は了衛に向き直って頭を下げた。

「気にかけてくれて有難う。嬉しいよ」

「そんな。お礼を言われるようなことじゃ」

「お茶くらいしかないけど……少し待っててね」

能見は了衛を居間に通してから、自分はいそいそと台所に向かった。

一人残されて居間の中を見回す。余分な小物や家財などは一切なく、ひどくくたびれてはいるがちゃんと応接セットも揃っている。

部屋の隅には書き机があるので、居間が書斎代わりになることもあるのだろう。胸が痛んだのは、机の上のフォトスタンドを見た時だった。

写真の中で男の子を真ん中に夫婦が笑っている。父親は能見だ。子供には能見の面影が宿っている。

そこに能見が盆を持って戻って来た。視線を逸らして取り繕う余裕もなかった。

能見は含羞を込めた目で了衛を見る。

「ああ、しまった。お客さんを呼ぶ場所に置いておくものじゃなかったね。ここ数年は滅多にお客なんて来ることがなかったから、油断していたよ」

そして懐かしそうに写真の表面を撫でる。

「憶えているかな。了衛さんは中学卒業と同時にここを離れたけど、その時息子はまだ小学校低学年だった。この頃が一番可愛かったなあ」

愛でるようにしてからフォトスタンドを戻す。

「僕が写真嫌いなものだから、家族写真もあまり撮らなかったんだけどね。あの一枚だけでも残しておいてよかったよ」

了衛が中学三年生の頃は進学のことで相当悩んでいた時だ。近所に低学年の子がいても、とても気に留まらなかった。

「二人がいなくなったのは、あなたが村を出て行ってしばらくのことだったからなあ」

自分が出て行ってから妻と子供がどうなったのか――興味はあったが、おいそれと訊くような雰囲気でもなく、了衛はまごついた。

「小児結核だよ」

「結核?」

「今では治療薬もあるし怖い病気じゃないんだけどね。それでも当時、発見や治療が遅れると子供の場合は体力がないから深刻だった。医者に診せた時は、もう手遅れだった。それが女房にも感染しちまってね」

「じゃあ奥さんも……」

「うん。まるで息子の後を追うようだった」

「すみません、つまらないことを訊いてしまって」

「いいさ。もう二十年以上昔の話だ」

能見は腰を下ろし、自分から茶碗に手を伸ばす。

「残念だったのは、この家で葬儀をしてやれなかったことだ。二人とも依田の葬祭センターで弔ってやるしかなかった」

「どうしてですか。そりゃあ竜川地区は交通の便が悪いですけれど、参列者のクルマを停める場所には苦労しないじゃないですか」

「そんなんじゃないよ。地区長ほか何人かがね、結核がうつるから遺体を竜川地区に入れるなって申し入れたんだよ」

「え。だって結核って咳とかくしゃみとかの飛沫で空気感染するんでしょ。遺体からなんてうつるはずがないでしょう」

「地区長さんたちをはじめ、高齢者の人にはかつてこの国で結核が猛威を振るった時の記憶が消えないのだろうね。昔は労咳といってそれこそ不治の病だったからね。地区長さんたちが怯えるのも無理はない」

それを聞いて思い当たった。この地区の人々が能見を避けている理由はそれではないのか。

「ひょっとして村の人たちは二十数年経った今でも怖れているんですか。その、この家に結核菌が居座っていると思い込んで」

「まさか。いくら何でもそれはないだろうさ。放射能じゃあるまいし」

能見は破顔した。

「迷信深くて頑固だけどさ、連中もそれほど非科学的じゃない。ああ、そうか。僕が村八分の扱いを受けているのは、それが原因だと思った訳かい」

「そ、そんなことは」

「いいよ、そういう扱いを受けているのは事実なんだし。了衛さんは村八分の正式な意味を知ってるかい」

「いいえ。単純に仲間外れくらいの意味でしか」

「地域の中で共同してする仕事というのが十あってね。成人式・結婚式・出産・葬式・病気の世話・消火活動・新改築の手伝い・水害時の世話・年忌法要・旅行、これで十。そのうち遺体を放置すると周囲に迷惑が掛かるから葬式と、これまた延焼になれば周囲に迷惑の掛かる消火活動の二つを除き、あとの八つについては参加しないしさせない。これが村八分だ。まあウチは僕だけになってしまったからね。そういう扱いを受けても大して苦痛には思わないんだけど」

それは強がりではないのか、と了衛は訝《いぶか》しむ。

確かに妻や子供がいなくなれば、周囲から排斥されても実質的な損害は少ないだろう。しかし孤独な一人暮らしだからこそ身に堪えるものもあるはずだ。現に了衛が訪ねた際、能見はひどく嬉しそうだった。それは長らく地区の住民との接触が断たれ、人恋しくなっていたからではないのか。

そして嫌なことに思い当たった。

「あの……それにはウチの親父も参加していたんですか。皆に混じって能見さんを弾いていたんですか」

「ああ、それは……」

能見は言い難《にく》そうに口を噤《つぐ》んだ。

「こういうのは村の総意だからねえ。享保さんにその気がなくても、村の総意に逆らったら今度は享保さんが同じ目に遭う。右へ倣えは仕方のないことだと思うよ」

何てことだ。それでは父親も同罪ということではないか。

了衛は急に居たたまれなくなった。能見の話を聞く限り、能見の息子と妻の死は誰のせいでもない。いくら伝染病だからといって、その葬儀まで拒否するのは時代錯誤を通り越して犯罪的ですらある。その行為に自分の父親が加担していたのなら、それは不名誉以外の何物でもなかった。

父親はいくらか頑なではあったが常識人だと信じていた。それが村八分に同調していたとは——思ってもみなかった裏切りに遭い胸糞が悪くなった。同時に、目の前の能見に申し訳なくなった。

「すみません。ウチの親父が酷《ひど》いことをしてしまって……」

「気にしちゃいないよ。僕が享保さんの立場だったら、おそらく同じことをしただろうしね。享保さんを責める気なんて毛頭ないよ」

「でも結核が理由じゃないとしたら、どうして能見さんがそんな扱いを受けなきゃならないんですか」

「それは僕の方からは答えにくいなあ」

能見は頭を掻いた。

「こちらには何の落ち度もないと思っているから、扱われ方が不当だと受け止めている。でも村の論理というのは、あなたのように外の世界を知っている者にとっては摩訶不思議なものだからね。おそらくこうじゃないかというのはあるけど、そういうのって当人にはっきり訊かないじゃない。どうして僕を仲間外れにするんですか、なんてさ。だから未だに臆測の域を出ないんだよ」

「そんなあやふやな話で、こんな扱いに甘んじているんですか」

自然に語気が荒くなったので慌てて口を押さえた。

それを見ていた能見は目を細めた。

「あなたは正義感の強い人なんだね。最近では珍しい」

「いや、正義感とかそういうんじゃなくて」

「理不尽が許せない。そういうことなんでしょ？　そういう風に他人のために怒れる人を正義漢というんです。享保さんの育て方がよかったのかな。それとも都会の生活で培われたのかな」

了衛自身が会社から理不尽な扱いを受けたと感じている。理不尽な扱いに敏感になっているのはそのせいかも知れなかった。

「でも老婆心ながら忠告しておくとね、その正義感は胸の奥深くに仕舞っておいた方がいい。この地区の中ではあまりひけらかさないことだ」

「独りよがりの正義感だからですね」

「違うよ。この竜川地区の人たちはどんな形であれ、正義感というものがあまり好きじゃないのさ。それはあなたくらい賢明な人なら薄々感じていることでしょ」

問われた了衛は先の七人の顔を思い浮かべる。

地区長として自分の考えを押しつけたがる大黒夫婦。

田舎の論理に固執し、街の論理を厭う雀野夫婦。

快楽主義に身を委ねて放埓に生きる野木元。

独自の指針を持ち、それ以外は軟弱と決めつける多々良。

博覧強記で冷静ではあるが、それゆえ弱者には冷たい久間。

確かに彼らの前で幼稚な正義感を振り翳しても鼻で笑われるのがオチだろう。年寄の固定観念を覆すのが困難なことくらいは了衛にでも分かる。

「何となく、分かります」

「刀は無闇に抜くものじゃない。普段は鞘に収めておくべきだ。そうは思わないかい？」

「それはそうですけど」

「普段は鞘に収めておいて、時々は手入れをする。刀を磨き上げ、自己鍛錬を怠らない。そうすれば刃はいつまでも錆びつかない。いざという時に真価を発揮できる」

「真価を発揮するような機会なんてあるんですかね」

「あなたは今までに何度か経験しているでしょ。そういう機会に」

「はい……」

「他の人が事なかれ主義で流してしまう理不尽を決して看過できない人たちがいる。世の中の不正というのは、大抵そういう人たちが暴いてきた。きっと理不尽さを察知するレーダーが備わった人たちだったんだろうね。僕はね、たとえどんなに幼稚であったとしても、理不尽を憎む気持ちは必要だと思っているし、それを糺《ただ》そうとする人を尊敬します」

能見は了衛の肩にぽんと手を置いた。

「でも、僕のことなんてどうでもいい。あなたの正義感は別の誰かのために発揮しなさい」

能見の家を辞去して、了衛は元来た道を引き返す。

年寄の勧めには従うものだ。大黒の言いつけ通り全戸を回ったお蔭で、今まで見えなかったものが明確になった。

竜川地区はゆっくりと病んでいる。

狭隘、依怙地《いこじ》、放埒、嫉《そね》み、反目、冷淡。それぞれの感情が村全体を覆い、その重たさから住民が疲弊を感じているように思えてならない。牧歌的な見掛けとは裏腹に、経済面の不安と不平を含めて内部はきりきりと痛みを訴えている。人間に喩えれば余命いくばくもない重篤患者だ。

今更ながらに後悔の波が押し寄せる。ここを終の住処と決めたのは早計だったのかも知れない。

だが、手持ちの資金が乏しい現状ではまた新天地を探す余裕などない。好むと好まざるとに拘わらず、当分はこの地で生活していかなければならない。いや、ことによると当分どころかずっとだ。

自分の生活を確保することも大事だが、同時に竜川地区の現状を改善する必要がある。村が存続しなければ、個人の生活も立ち行かなくなるのは自明の理だ。

竜川地区を変えられるものはあるのか。自分に何かできることはないのか——そんなことを考えながら歩いていると、道端で雑草を齧る子犬に遭遇した。

柴犬の子供だった。片手で掲げられるほどの大きさで、夢中になって草を齧っている。首輪がないところを見ると、捨て犬なのだろうか。

ころころと可愛かったので腰を屈めて見る。子犬は了衛に気がついたが逃げる素振りは見せない。

「おいで」

手を近づけると、子犬はすぐじゃれついてきた。よくよく観察すれば腹が凹んでいて、どことなく元気もない。

了衛の手をしばらく舐め回してから、今度はくんくんとか細く啼《な》き始めた。

こいつも一人ぼっちか。

試しに抱え上げてみたが抵抗はしなかった。

不意に恋しさが募った。

「お前、ウチに来るか?」

すると、子犬がひと声吠えたので驚いた。まるで了解、と答えたようだった。

お前、運がいいな。

いや、運がいいのは俺の方かな。

了衛は子犬を胸に抱いたまま自分の家に向かった。

二　ぼくらのウィーンは君に挨拶をし

1

子犬はやはり相当に腹が減っていたとみえ、食事を与えるとようやく元気になった。全身を洗ってやると殊の外嬉しそうだった。

子犬にしては利口で、お手やお座りもすぐに覚えた。首輪をされる際も嫌がらずにじっとしていたのは、聞き分けのいい子供のようだった。こうなれば可愛くならない訳がない。

捨てられたのか最初から野生だったのかは判然としなかったが、竜川地区の中で早くも孤独を感じ始めていた了衛には相通じるものがあったのかも知れない。

了衛とは趣味が似通っていたのか、この子犬は〈美しく青きドナウ〉が流れるとまるで拝聴しているかと言わんばかりにお座りをして聞き耳を立てていた。

「何だ、お前もこの曲が好きなのか」

すると子犬はそうだという風にひと声吠えた。

名前は自動的に〈ヨハン〉に決まった。

自分でも意外だったのだが、了衛が生き物を飼ったのはこれが初めてだった。これも少し考えて合点がいった。子供の頃は山野に行きさえすればウサギやらタヌキやらに出くわすことが多く、家の中にまで動物を持ち込む必要性を感じなかったせいだ。

ペットがいるというのはいいものだ。孤独感が薄まるだけでなく、心が癒される。ヨハンと戯れている時は漠然とした不安や苛立ちを忘れることができる。

「昔っからそうだったんだけどな。この辺の人たちってみんな排他的なんだよな」

唯一の話し相手となったヨハンについ愚痴をこぼす。幸いヨハンは相槌までは打ってくれないものの、否定や反論はしないので聞き役としては理想的だった。

「思い出したんだよ。竜川地区っていうか依田村もそうなんだけど、仲間内では互いのプライバシー無視するくらいべったりなのに、他所から来た人間には鉄壁に武装するんだよ。それって俺みたいな出戻りにも一緒みたいだな」

子供の頃はそれが当たり前だと思っていた。それが田舎独特の空気であるのを思い知ったのは、他所で生活するようになってからだ。高校生、そして社会人ともなれば観察眼も養われる。客観的な見方もできるようになる。

「アメリカとかイギリスとかもさ、所謂貧民街やスラムでは似たようなもんなんだ。とにかく外部からの干渉を嫌って、内に内に籠もろうとする。あれはつまり劣等感から来てるんだろうなあ。劣等感っていうのは被害者意識を助長するっていうし」

正直、劣等感は了衛にもある。前の会社から解雇を言い渡された時、自分の価値はその程度だったのかと悲嘆に暮れた。自分が弾かれたのを他人のせいにしようと躍起になったこともある。性悪説とまではいかないが、人は虐げられれば屈折するのが普通なのだろう。

竜川地区の住民は言ってみれば外に出た子供から、そして社会から見捨てられた人々だ。この排他性もその被害者意識から来るものではないだろうか。

限界集落という言葉がある。人口の半数が六十五歳以上の老人で占められ、冠婚葬祭など共同体の維持が困難になった地域を指すのだが、その定義によれば竜川地区はれっきとした限界集落になる。

児童や若年層が外に出て行き、地区には年寄しか残らない。しかもその多くは独居老人だ。収入は先細り行動範囲も狭まるので、当然商圏からは外れていく。費用対効果が見込めないので食材などの移動店舗もここまではやって来ない。住民は自ら依田村役場近くの商店まで足を運ばなければならない。

税収もなく労働力もないので公共の施設や道路は荒れ放題になる。更に山野の手入れができないので、戦後に造った人工林が荒廃して人家にまで触手を伸ばしつつある。つまり人も含めて家屋までが消滅しようとしている。過疎どころではない。限界集落とは消滅一歩手前の集落なのだ。

「俺もここに住む羽目になったから、集落自体が消滅するような事態は避けたいんだよなあ。今のままだったら、どう考えても最後は俺一人が残ることになるから」

その光景を一瞬想像してみる。財産と言える財産もない三十九歳。頼りとする親族もいなければ地縁もない。こんな男の許にいそいそと嫁いでくる女性がいるとは思われず、下手をすればこのまま一生独り身を強いられる可能性が高い。そうなれば自分もやがて野木元や多々良たちのような晩年を迎えることになる。いや、その頃には他の住民たちも鬼籍に入っているから、山中の一軒家に了衛一人が孤独を託《かこ》つことになる。この人里から離れた、廃屋の建ち並ぶ中でただ一人。生活保護以外には何の収入もなく、娯楽と言えばすっかり古くなったミニコンポでクラシックを愉しむより他にない生活。

ぞっとした。

遠い将来の話ではない。これは、今そこにある危機だ。

「お前みたいな子供が沢山いれば、問題はないんだけどな」

悩ましげに話し掛けてみるが、ヨハンはクンと啼くだけだった。

何か現状への対策はあるのだろうかと、了衛は大黒を訪ねてみた。やはりこういう話は地区長に持っていくのが筋というものだろう。しかし薄々予想していた通り、大黒に確たる展望はないようだった。

「依田村はな、昔は林業で栄えたんだ」

大黒は昔を懐かしむように言う。

「あれは昭和三十年代、日本中に建築ブームが起きて建材があっという間に不足した。それでどこの村も山に植林して林業を始めた。依田村もその中の一つだ。最初は上手くいった。スギやらヒノキやらが飛ぶように売れて、一時は村の主要産業にもなった。しかし安い輸入木材が大量に入ってきたせいで、林業はあっという間に廃れちまった」

その時、働き盛りだった男たちも結構な高齢者になりつつあったので、今更別の仕事に鞍替えする訳にもいかず、細々と田畑を耕すしかなかったということだ。

「何せ山しかない場所だからな。林業が廃れりゃ村が廃れちまうのは道理だ。若い連中が次々と外へ出て行ったのも痛い。あんたが知っとるかどうか知らんが、この竜川地区も最盛期には百二十世帯もある集落だった。小学校の分校や郵便局の支所があったくらいだからな。それが今やこの体たらくだ。まあ、あっという間さ」

「何とか人を呼び戻す算段はないものでしょうか」

「ないな」

にべもない返事だった。

「十年も前だったか、過疎化に怯えた役場が子供手当の拡充を施策として打ち出した。子供を一人出産する毎に十万円の祝い金、その子が十二歳になるまでは毎月二万円の手当を支給するというものだった」

「えらく大盤振る舞いしたんですね」

「しかし結果は惨憺《さんたん》たるものだった。その施策を講じても村の出生率はさほど変わらんかった。当然だ。若い夫婦がいるにはいたが、全体からみれば大した数じゃない。一人二人赤ん坊が増えても、結局は進学の問題が絡めば村を出て行かんといかんからな」

大黒は自嘲するように笑う。

「ならばと役場が次に考えたのが、転入してきた夫婦には一戸建て住宅を無償で提供するというものだ。今度は子育て世代の家族を増やしてしまおうとしたんだな。もっとも一戸建てといっても、住む者のいなくなった廃屋に手を加えた程度のものだったが」

「応募、あったんですか」

「問い合わせは何件かあったようだが、実物を見た途端に皆、断りよった」

それはそうだろうと思う。住宅が無償で手に入るのは有難いが、日々の生活を考慮すれば、どうしても過疎地は選択肢からこぼれていく。言い換えればタダでも住みたくない、ということだ。

「役場とて予算が潤沢にある訳じゃなし、村で一番のエリートの自分らがここまでやって駄目なら、もう何をしても無駄じゃと言うて、地域振興策はそれきりになった」

「地区長はどうお考えですか」

「考えとは?」

「依田村役場がやって駄目だからといってもう諦めてしまいますか? 役場の連中がそんなに優秀だと本気で思っていますか?」

大黒が傲慢であるのを計算した上での挑発だった。

このまま手をこまねいて竜川地区を消滅させる訳にはいかない。何らかの振興策が必要だが、それにはまず地区長の大黒を巻き込まなければ話にならない。

すると予想通り、大黒はふんと鼻を鳴らした。

「村役場の連中は公務員試験を受かっているから、自分たちは一番賢いと思っとる。それに比べそれ以外の村のヤツらは全員どうしようもない馬鹿で無教養だとな。しかし、そんな連中が村の大事な予算を無駄な振興策に使ってドブに捨てちまった。あれだけの予算を他の用途に回せば、まだ村が潤っていたものを。全く大したエリートさんたちさ」

「じゃあ、何か代案があるんですか」

「いやにあんたは熱心だな。何かあったのか」

「急に不安になっただけですよ。このまま高齢者ばかりの竜川地区が消滅してしまうんじゃないかって」

「ふむ。確かに一番若いあんたが心配しそうなことだな」

大黒は見透かしたように言う。

「もうわしや雀野さんとかになるとお迎えが近いから、そこまで切実な問題でもないがな。もちろん、それは個人的な事情であって地区長としては憂慮しておるよ」

少しも憂慮しているようには聞こえなかった。つまり大黒自身に打開案はなく、ただ役場の無能さを嗤《わら》いたいだけらしい。

「そういう了衛さんに何か村の、というか竜川地区を豊かにする方策とかはあるのかね」

「まあ、その、全然ないという訳ではないんですが」

「ほう、さすがに外資系とやらで働いておった実績は伊達ではないということか。だがね、今のままではあんたがどんなに優れたアイデアを持っておっても、住民の賛同は得られんだろうなあ」

「どうしてですか。役場の振興策より優れた内容ならいいと思いますけど」

「内容云々の前にな、まずあんたの提案を皆が粛々と受け入れるかどうかだよ。もう雀野さん夫婦や他の住民に会ったのだろう？」

「ええ」

「どうだね、皆、あんたの提案を唯々諾々と聞き入れてくれると思うか。野木元や多々良はおとなしく聞いてくれるかな。久間にしても、ひょっとしたらあんたが提案しても色々と不備を指摘してくるんじゃないのか」

大黒の話はもっともだった。

雀野夫妻は大黒のとりなしがあれば聞いてくれるだろう。だが野木元は聞く耳を持たないだろうし、久間もアイデアの瑕疵を指摘せずにはおられないだろう。多々良に至ってはまたこちらを威嚇してくるかも知れない。結局、まともに相手をしてくれそうなのは能見くらいのものだ。

「いつも正しい理屈が通るとは限らん。時には理不尽だったり奇天烈だったりする暴論がまかり通ることもある。しかも、それで案外と上手くいったりする。どうしてそうなるかと言えばな、田舎の決め事というのは理屈よりも感情が先立つからだ。言い換えれば、あんたの言うことがどれだけ正しかろうと、あんたがこの地区に受け入れられない限り、何を言ってもまともに取り合ってもらえんということさ」

大黒の言葉自体が理不尽だったが、住民たちの人となりを見せられた了衛には頷ける話でもある。確かに竜川地区に都会の理屈は通用しない。ここでは地縁と声の大きさが優先する。

「まずは了衛さん。あんたが地区の人間から信用されんとな。話はそれからだ」

「わたしは少しでもこの地区をよくしたいだけなんですけどね」

「それが不遜に見える者もおるんだ。人の心も摑めん者が何を生意気に、と思うんだろうよ」

案外、それが大黒の本音なのか。傲岸な態度を見れば当たらずといえども遠からずのように思える。

鬱陶しさが募る。理屈よりは気分、趣旨よりは人徳。かつて働いた外資系の会社には、まるで無縁のものばかりではないか。了衛は元々、そうした機微を推し量るのが苦手だった。だからこそ実益優先、理論重視の職場が水に合っていたのだ。

「ここじゃあな、自分の言いたいことを通したいのなら、まず通るような道筋を作らにゃならんのさ」

自宅に戻ってから了衛は考え込んだ。

正直、これといって竜川地区の振興策がある訳ではないが、いずれにしても地区での発言権がないのでは具申もできない。要は真っ新《まさら》の新入社員と同じ立場ということだ。

意見を通すための道筋を作る――つまり住民たちから信頼されるような実績を作ってから、モノを言えという。まどろっこしい話だが、ここではそのまどろっこしさが大手を振って歩いている。郷に入っては郷に従え。了衛もその例外ではない。

では自分が住民たちからの信頼を勝ち取るにはどうしたらいいのか。

縁側に座った了衛は、ヨハンの頭を擦《さす》りながらずっと考え続けた。

翌日、了衛は道路からよく見える位置に立札を置いた。

〈生活アドバイザー始めました。将来設計、資産運用について無料で相談承ります〉

半畳分のベニヤ板に大書してあるので、家の前を通れば嫌でも目に付く。縁側からは道路が見渡せるので、通りすがりの者が足を止めれば了衛にも分かる。足を止めた者が少しでも関心を示したのなら、こちらから声を掛けることができる。

ひと晩考えた結論がこれだった。FP資格二級は取得できなかったが、個人的な資産運用であれば了衛でもアドバイス程度はできる。高齢者にとって一番の悩みは資産運用だが、金融機関にまで足を運んで相談を受ける者はそれほど多くない。理由の一つには窓口までの道程を遠く感じてしまうこと。もう一つは高齢者になればなるほど金融機関を信用しなくなるからだ。

だが、こうして身近な場所で、しかも無料ということなら必ず需要はある——それが了衛の考えだった。普段から悩んでいることを、快刀乱麻を断つように解決する。そうすれば竜川地区の住民も自分に全幅の信頼を置いてくれるはずだ。何といっても高齢者の身の拠り所はカネだ。カネに纏《まつ》わる問題を解決してやれば有難さはひとしおだろう。了衛にしても、このまま不要なものとして埋もれていく専門知識を生かせることにやり甲斐を感じることができる。そうなれば一石三鳥という訳だ。

ヨハンの相手をしながら往来を眺めていると、早速大黒の妻多喜が通りかかり、立札をしげしげと見つめている。

「大黒さん、興味ありますかあ?」

了衛が声を掛けると、多喜は胡散臭そうな顔をこちらに向けた。営業はこの胡散臭そうな顔を見ることから始まる。了衛は縁側を離れて多喜の許に向かう。

「ようこそいらっしゃいました」

「いえ、何かな、と思って見ていただけで……これは、了衛さんがよそ様の資金を預かって運用するという意味なの?」

「いや、そういうのじゃないんです。運用するのはあくまでお客さんであって、わたしはあくまで指南役というか、相談役みたいなものです」

「でも運用って……」

しめた。全くの拒絶ではなく、運用という言葉が出てくるのは興味を示した証拠だ。逃してなるかと、了衛は半ば強引に多喜を縁側に誘う。以前の会社に入社した時、最初に教えられたのが、〈カネの話と悩み相談は立ってするな〉だった。

「生活アドバイザーというのはですね、言ってみれば老後の不安を解消することなんです」

「はあ……」

「やっぱり齢を取ると、家賃収入でもない限り先行きは不安なものです。保険料の自己負担も高くなり、消費税も上がり、その一方で年金の支給額は見直しされているのが実情ですからね。生活アドバイザーは今ある資産を有効に活用して、少しでも老後を安泰に暮らしていただこうとするものです」

「へえ。それで了衛さんはタダで相談に乗ってくれるということ?」

「ええ、そうなんです。こういうことで皆さんのお役に立てれば、早く信頼が得られるような気がして」

「そう、それは感心ねえ」

多喜はそう言うが、表情は感心しているどころか冷笑さえ浮かんでいる。口と顔が違うことを言っているのは似た者夫婦といったところか。

「じゃあ、たとえばウチの地所を資産活用したいのだけれど」

「地所、ですか?」

「そう。道路を隔てた向こう側に一町(約一ヘクタール)くらいの田圃《たんぼ》があるんだけど、今は休耕地になってるの。その田圃、どうやったら有効活用できる?」

いきなりそうきたか。

了衛は返答に詰まる。元々竜川地区一帯は市街化調整区域であり、現在建物が立っている場所も許可がなければ新しい家を建築できない。農地を農地以外に転用するには更に都道府県知事の許可が必要になる。そんな煩雑な手続きをしてまで農地転用するようなメリットが果たしてあるのか? 交通の便や公示価格を考慮すれば否と答えざるを得ない。乱暴に言ってしまえば、竜川地区の休耕地など一文の価値もないのだ。

「……田圃はちょっと、どうしようもないですね」

「さっきは資産を有効に活用すると言ったじゃない。それともウチの田圃は碌な資産じゃないとでも?」

「いや、そういう訳じゃないんですが……あの、たとえばタンス貯金とか株式などはありませんか。そういう資産であれば……」

「タンス貯金?　それに株式?　そんなものがあったら、初めから苦労なんてせんわよ」

多喜は蔑むように了衛を見る。

「どうやらあたしたちを街に住む年寄たちと勘違いしておるようね。あんた、まだ甘ちゃんだわ」

そしてけらけらと笑い、立ち上がった。

「あーあ、とんだことで時間を無駄にしたなあ。あんた、もう少し賢い子かと思ってたんだけどねえ」

そして、後ろも見ずにその場を去ってしまった。

こんな田舎の年寄に嘲笑された。

言いようのない屈辱感と情けなさが胸を塞ぐ。しばらくは立札を見るのも嫌になった。

そして夕方になってから、向こう側から歩いて来た久間が立札を覗き込んだ。その目が明らかに興味を示していたので、了衛は声を掛けてみた。

「久間さんは資産運用に興味ありますか」

「これが君の居場所かね」

「えっ」

「前に進言しただろう。早くここに自分の居場所を見つけろと。この生活アドバイザーというのが君の見つけた場所なのか」

「あの、わたしにできることを考えたら、それが一番皆さんの役に立つと思って」

すると久間はうーんと呻いて頭を搔いた。

「これはアレだな。無人島で会話術の本を読むようなものだな」

「どういう意味ですか」

「もう誰か相談に来た者はいるのかね」

「地区長さんの奥さんが……」

「ほう、多喜さんが来たのか。それでどうだった？　アレは感心して君の話を拝聴しておったのか。おそらくそうはならんかっただろう。君がどれだけ懇切丁寧に説明しても、鼻で笑われたのじゃないか」

「……どうしてそれを？」

「それを訊く前に、君はこの地区の住民のおよその収入を知っているのか」

「いいえ」

「ふた月に七万三千円の年金。それが収入の全てだ。もっともわしは公務員だったから、それよりは多くもらっているがな。ふた月に七万三千円、ひと月で四万円足らずの生活費で、さてどうやって資産を運用しようなどと考えられる？」

ここに至って、了衛はやっと根本的な間違いに気づいた。

貧乏人に運用する資産はない。

「サラリーマンを辞めた老人なら退職金や多少の貯えはあるだろう。資産運用だって考えられるだろう。しかし竜川地区の住民はずっと国民年金だったから支給額もそれほど多くない。知っての通り、そもそも年金制度自体が老後の生活全部を保障するというものではないからな」

久間の言葉が虚ろに響く。自分がとんでもない馬鹿に思える。おそらく立札を見た住民たちも同じことを思っていたのだろう。

恥ずかしさに俯《うつむ》いていると、久間が呆れた顔でこちらを覗き込んだ。

「ゼニカネの問題を解決してやれば住民との距離が狭まるとでも思ったのか？　だとすれば浅薄としか言いようがないな」

あまりにも突き放した言い方だったので、つい逆らいたくなった。

「誰だって、カネは命の次に大事でしょう」

「それが君の思い上がりだ。カネで繋がった関係なんぞ、碌なものではない。どうやら君はサラリーマン生活で愚にもつかないことばかり学んできたようだな」

「愚にもつかないってのは、少し言い過ぎじゃないですか」

「愚にもつかないから、大黒の奥さんにも鼻で笑われた。そうじゃないのか」

言い返せなかった。

「地縁で結びついたコミューンに経済原理を持ち込もうとするから齟齬《そご》が生まれる。勧めている時にどれだけ辣腕を振るったかは知らんが、この世は自分の知らぬことの方が多いと自覚するべきだ」

久間の言葉は大抵、正鵠を射ている。平常心の時に聞けば有難い訓話にもなるだろう。しかし心のささくれ立った時に聞くと、これほど辛辣な批判もなかった。

「自分がカネに浅ましいからといって他人も同じだと見誤るから笑われるんだ。ひとりぼっちの子供が、カネをやるから仲間に入れてくれと言うようなものじゃないか」

「じゃあ、いったいどうすればいいんですか」

「ここに長く住むつもりなのだろう。だったら時間はたんまりとある。日頃の行住坐臥を通して地区に溶け込むように心掛けることだな」

それだけ言うと、久間は背を向けて敷地から出て行った。

何を訳知り顔に言っているのだと思う。

久間が人間観察に優れ、了衛よりも数段賢明なのは周知の事実だ。だが自分の愚かさをこうまで露呈されると、尊敬の念は薄れ、代わりに憎悪が湧いてくる。

後に残された形の了衛はしばらくその後ろ姿を眺めていたが、腹立ちが収まることはなかった。

2

会社員時代、了衛が上司から評価されたのは粘り強さだった。叱られて落ち込んでも、すぐに立ち直って前に進もうとする姿勢が高く買われた。

人間の本質というものはそうそう変化するものではないらしく、生活アドバイザーとして自分を売り込むことに失敗した了衛は、やがて別の方法を思いついた。

困窮した生活にカンフル剤を与えるような性急な方法ではなく、もっと日常的にじわじわと人の心に沁みていくような方法。

思い立つや否や、了衛は遠くのホームセンターまで出掛けて拡声器を購入してきた。両手でやっと抱えられるほど大振りの拡声器だ。これを屋根の上に取りつけ、寝室のミニコンポに接続する。

拡声器の設置は既に取りつけてあった地デジ用アンテナを真似たので楽だったのだが、ケーブルの取り回しが予想以上に厄介だった。ビニール被覆では雨露や直射日光に耐えられないので瓦の下に這わせながら、室内に引き込まなくてはならない。つまりは電線の引き込みと同じ要領だ。

作業している最中、大黒が物珍しそうにこちらを見上げていた。

「いったい何が始まったんかね、了衛さん。警報でも発令するつもりか」

警報の発令とはいかにも戦中世代の大黒らしい発想だ。

「そんな大層なもんじゃありませんよ」

「しかし、そりゃあどう見てもスピーカーだろう。警報でなけりゃ時報か何かか」

「時報というのは当たらずといえども遠からずですねえ。まあ見ててください」

意味ありげに笑ってみせると、大黒は片方の眉を上げて立ち去ってしまった。どうやら思わせぶりな回答がお気に召さなかったようだ。

結局、設置工事は一日がかりでようやく終了した。慣れない屋根仕事は普段使わない筋肉を酷使する。お蔭で風呂から出た後も身体の節々が痛んだが、不思議に気分は爽快だった。決して無駄働きではない。報われる労苦は自虐じみた快感にもなる。明日からは新しい毎日が竜川地区に訪れるのだ。


翌朝の七時少し前。

いつものようにタイマーが発動する直前に了衛は目覚めた。しかし今日は記念すべき日だ。布団から飛び起きて窓のカーテンを開ける。朝の光がいつにも増して心地いい。

モジュラーの時刻表示は6：58となっている。了衛は残り二分を、固唾を呑んで見守る。

あと一分。

あと三十秒。

そして、七時ジャスト。

アンプに電源が入り、〈美しく青きドナウ〉を奏で出す。

ただし今日は室内だけではない。屋根に設えた拡声器からも曲が流れているのだ。

窓を開けると確かに頭上から流麗な旋律が流れている。拡声器の口径が大きいので、かなりの音量にしても音が割れることはない。

緑豊かな田園に朝の光が降り注ぎ、その中を〈ドナウ〉が流れる。

何と心安らぐ光景だろう。

何とゆったりとした時間だろう。

了衛は自らの演出に、しばらく我を忘れる。

発想のヒントは久間の言葉にあった。日頃の行住坐臥を通して地区に溶け込む――久間独特の勿体ぶった言い回しだが、要は日常生活の中で他の住民と触れ合え、ということだ。

それなら自分にもできることがある。毎日訪れる朝を少しでも快適なものに変える。

それにはやはり音楽だ。朝の目覚め、一日の始まりに相応《ふさわ》しい曲を地区中に流し、住民の心を慰撫する。これこそ自分にしか思いつかない触れ合い方だった。

実を言えば選曲には少しばかり悩んだ。目覚めの一曲といえばグリーグ〈ペール・ギュント第一組曲〉の〈朝〉を筆頭に挙げる者が多いだろうし、その曲調からパッヘルベルの〈カノン〉という選択肢も捨て難い。

それでも了衛が最終的に選んだのは〈ドナウ〉だった。サラリーマン生活の中で精神がささくれ立った時も、この旋律を耳にすると不思議に和らいだ。企業戦士ともいうべき自分ですらそうだったのだ。様々な形で憤懣を抱える竜川地区の住民にも、必ずや効能があるだろう。少なくともこと音楽に関しては、縁のなさそうな彼らよりもクラシックに造詣の深い自分の判断が正しいはずだ。

弦楽器のトレモロに乗ってホルンが静かに主旋律を奏でる。この音楽で住民の心がわずかでも慰撫されればと願いながら、了衛は縁側に腰掛けて旋律に身を任せていた。


曲を流してから数分後、反応はすぐに返ってきた。

ただし了衛の想像していなかった形で。

「了衛さん、了衛さん!」

玄関の戸を忙《せわ》しなく叩きながら自分を呼ぶ者がいる。何事かと思い戸を開けてみると、そこに雀野が立っていた。

「どうしたんですか雀野さん。こんなに朝早くから」

「それはこっちの台詞だよ!」

何を怒っているのか、雀野は食ってかかる。

「こんなに朝早くからうるさいんだよ。いったいどういう了見なんだ」

「うるさい? あの、今流した〈ドナウ〉がですか」

「他に何があるって言うんだよ。ドナウだかドウナルだか知らないけど、朝っぱらから変なもの聴かせるんじゃないよ」

変なもの?

あの珠玉の名曲がうるさいだと?

この男こそ、いったい何を言っているんだ?

「雀野さん。失礼ですがあの〈美しく青きドナウ〉という曲はワルツの代名詞のような曲で、オーストリア第二の国歌とも称され……」

「そんな講釈を聞きに来たんじゃないよ。とにかく耳障りだからやめてくれないか」

「耳障りって……朝に相応しい、いい曲だと思いますよ。俺としては時報代わりにちょうどいいと思って」

「時報ならちゃんとした時報にしてくれ。あんたはどうだか知らないけど、軍隊ラッパじゃあるまいし朝から騒がしい曲流されたら、おちおち朝飯も食っていられないよ」

軍隊ラッパとはこれも古い。考えてみれば雀野も大黒と同じ戦中世代だ。

やはりこの世代に耳慣れた歌曲といえば軍歌か演歌くらいなのだろう。しかし、いくら彼らの耳に慣れているからといって、朝から〈軍艦マーチ〉や八代亜紀を大音量で流すのは余計に変だろう。

音楽というのはしばらく聴いていれば慣れるものだ。今は耳障りだと言っている雀野も、何日か聴き続ければきっと名曲だと認識を新たにするに違いない。だからここは適当にあしらっておくしかない。

「あの……すみません。俺、竜川地区の人たちに少しでも役に立てばと思って」

そう打ち明けると、雀野の表情に変化が現れた。

「そりゃあまた、どういう風の吹き回しだね」

「いや、俺は出戻りみたいなもんだし長いこと顔を見せてなかったから早く皆さんに溶け込みたくて……」

「それでこんなことをしたっていうのかい」

「ええ」

「まあ、そのこと自体は殊勝な心掛けだなあ。うん、うん。大事なことだよ、それは。しかし今回はちょっと間違ったな」

多少矛先が鈍ったものの、雀野は釘を刺すのを忘れない。

「年寄は朝が早いから野木元さん家《ち》を除けば、皆この時間は起きておる。しかし、もう少し考えてもらわんと」

「分かりました」

了衛の頭にはこの場をやり過ごすことしかない。先日訪問して言葉を交わした時から、雀野の性格の一端は窺い知れた。普段は温和なこの男は何かの拍子で突然怒りを露わにするが、それもこちらの対応次第ですぐに収まるのだ。

「じゃあ、頼んだからね」

既に怒りを収めた雀野はそそくさと敷地を出て行く。その姿が完全に視界から消えるのを見計らって、了衛は戸を閉める。

ごめんな、雀野さん。

クラシック曲はとっつき難いかも知れないけど、慣れたらこれ以上に素晴らしい音楽ジャンルはないんだよ。きっとあなたも気に入ってくれる。

縁側に昨夜の残飯を持って行くと、鎖に繋がれたヨハンが待ちきれないように後ろ足で立ち上がった。

「待たせたな、ヨハン。ほら、朝飯だ」

残飯の皿を差し出しても、まだヨハンは身を乗り出すだけで口をつけようとしない。

「よし」

了衛の合図でやっと残飯を貪り始める。行儀を躾ければ短期間でちゃんと覚える。以前から飼われていたかは不明だが、賢いのは確かだった。

ヨハンが食事に専念している間、了衛は再び〈美しく青きドナウ〉を流す。今度は拡声器を通さず、室内だけに留める。

お馴染みの曲が始まると、一心不乱に残飯を食らっていたヨハンが不意に顔を上げた。食事を中断し、室内から流れてくる旋律にじっと耳を傾ける様は、どうしても曲に聴き惚れているようにしか見えない。

了衛はひょいとヨハンを胸に抱きかかえる。

「どうも俺たちの音楽センスは一緒らしいなあ。ええ、おい？」

ヨハンはそれに答えるように短く吠える。

「この地区の人たちに、せめてお前レベルの音楽センスがあればいいんだけどな」

するとヨハンは、それは難しいとばかりに、くんと哀しげに啼いた。

「そうだよなあ、久間さんを除けば皆、クラシックを聴くようには見えないし、知ってる曲もベートーヴェンの第九くらいだろうしなあ。最初から〈ドナウ〉って選曲は問題だったかな」

違う、というようにヨハンが吠える。

「うん、そうだよな。やっぱり〈ドナウ〉は名曲だから、この選曲でよかったんだ。チャイコフスキーのヴァイオリン協奏曲だって初演時には悪評たらたらだったというからな。諦めずに毎日流していれば、そのうち皆の耳に馴染んでくる。終いには、この曲を聴かなけりゃ落ち着かないようになってくるさ」

了衛は自分に言い聞かせるように話す。ヨハンは戸惑うように、か細く啼いた。


翌朝、今度は音量を絞って〈美しく青きドナウ〉を流してみると、多喜が抗議にやって来た。

「地区の人たちのために何かしたいという気持ちは分かるけど、これは却《かえ》って近所迷惑だってウチの主人が言っていてね」

大黒の家は隣なので多少音量を絞った程度では変わらないのだろう。

これも慣れてもらうためだ。仕方がない。

「すみません、大黒さん」

頭を一つ下げて、多喜にはお帰りいただいた。

次の朝、また曲を流すと、雀野雅美が顔中に不満を溜め込んで押しかけて来た。

「ちょっと了衛さん！　あんたウチの爺さんから散々言われたのに、どうしてまた性懲りもなく」

「いや、ちょっとはボリューム下げたんですけど」

「そういう問題じゃないでしょ！」

「いや、ご近所の迷惑にならない程度の音量なら構わないと思って……」

ここが我慢のしどころだと念じる。あと数日。あと数日聴き続けたら、雀野夫婦もクラシックの魅力を理解してくれる。

「もう、迷惑かけないようにしますから」

決して音楽を流さないと言質を取られないようにするのが肝要だ。あれこれと言い訳を連ね、雅美夫人にもお帰りいただく。

四日目には遂に久間がやって来た。

「了衛くん、久間だ。いるかね」

了衛は応対に出るかどうか迷った。今まで抗議に訪れた者たちとは違い、久間には上手い言い訳を思いつかない。何をどう言っても論破されそうに思われた。

それで了衛は布団に包《くる》まり、居留守を使うことにした。

「了衛くん、了衛くん」

次第に久間の言葉が荒くなるが、そうなると余計に顔を出し辛くなった。

すみません、久間さん。

だけど、今ここでやめる訳にはいかないんです。もう少し我慢してやってください。

布団の中で了衛は一心に念じ続ける。

強情を張り続け、抗議から耳を塞いでいると目的と方法の区別が曖昧になってくる。現時点で朝の音楽を流すことが、自分の至上命題のように思えてきた。

久間は数分、玄関前で粘っていたようだが、ほどなくして帰って行った。

了衛はようやく布団の中からもぞもぞと這い出たが、この日の抗議活動がそれで終わった訳ではなかった。


昼近くになって了衛が台所にいると、いきなりヨハンの吠える声が聞こえてきた。威嚇するような声だったので庭先に出て、了衛は肝を潰した。

道路にライフルを手にした多々良が立っていた。

「な、何事ですか、多々良さん。そんなものを持って」

了衛は思わず二、三歩後ずさる。

一方の多々良はまるで何の緊張も見せず、感情の読めない目をこちらに向けている。ヨハンが一際激しく吠え立てたが、一向に気にする様子はない。

以前にも多々良からいきなり銃口を向けられたことがある。この男には常識外れのところがあり、行動が予想できない。

多々良は黙ったまま、ライフルを構えた。

「た、多々良さん」

了衛はすとんと腰を落とす。

銃口はすうっと上を向いた。

次の瞬間、乾いた銃声とともに破砕音が轟いた。ぎょっとして庭に飛び出してみると、屋根に設えてあった拡声器が木端微塵に吹き飛んでいた。

破壊された拡声器の欠片が屋根を伝ってぱらぱらと庭先に落下する。

「朝っぱらからうるさいんだよ」

吐き捨てるように言い、多々良はくるりと背を向ける。そして何事もなかったかのようにその場を後にした。

了衛はとても今起きた出来事が信じられなかった。いくら多々良が粗暴だとしても、そしていくら朝の音楽が耳障りだったとしても、問答無用でライフルを発射するなどと誰が想像できるだろうか。

「多々良さん！」

抗議のつもりで声を掛けたが、多々良はこちらを振り向こうともしない。

追い掛けるほどの勇気は持ち合わせていなかった。そのまま呆然とトランペット部分が破壊された拡声器を見上げていると、隣から大黒夫婦が飛び出して来た。

「何だ、今の銃声は。この辺りから聞こえたようだったが」

「多々良さんが撃ったんです」

了衛は屋根を指差す。

「あの拡声器を撃ったんです」

大黒夫婦は屋根の上に視線を移し、やがて納得したように頷いた。

「そうか。いや、それならいいんだ」

「いいって、何がいいんですか。あの人、たった今銃を乱射したんですよ」

「人聞きの悪いことを言うもんじゃない。乱射っていうのは辺り構わず撃ちまくることだろ。これはちゃんと狙いを定めている」

「そういう理屈じゃないでしょう！　これは器物破損です。立派な犯罪じゃないですか。地区長さんからも抗議してください」

「抗議？　わしがか」

大黒は意外そうに目を剝く。

「そりゃあ変だろう。破損されたのはあんたの持ち物だろう。何でわしが抗議する謂《いわ》れがあるんだ」

「第一、これは了衛さんのせいよ」

横から多喜が口を差し挟む。

「わたしたちの忠告を無視して自分勝手なことを続けるから反感を買っただけじゃない。自業自得よ」

「まあ、そういうことだな」

大黒はしたり顔で頷く。その仕草の一つ一つが癪に障る。

「多々良は多少乱暴で手のつけられん男だが、撃っていいモンと悪いモンの区別くらいはつけておる。まあ、誉められた話じゃないが、このくらいは許容範囲だろう」

「許容範囲？　人の庭先でライフルをぶっ放しておいて、それが許容範囲だって言うんですか。そんなの無茶苦茶だ」

「じゃあ、あんたのやったことは無茶苦茶じゃないのか」

「そうよ。朝早くに近所中に聞こえるような音で音楽を鳴らして。迷惑の度合いだったら、そっちの方が大きいくらいよ」

「自業自得、あるいは喧嘩両成敗。それでこの話は打ち切りにしなさい」

「う、打ち切りって。多々良さんの行為は完全に犯罪ですよ」

「あんたが前に住んでおった場所ではそうかも知らんが、ここは依田村だ。ここにはここのルールと価値観がある。ここに長く住まうのを決めたんなら、それに従わんとな」

「警察に通報します」

「通報してもどうにもならんぞ」

大黒は馬鹿にしたように言う。

「カラスを撃とうとして狙いが外れたとでも答えりゃ始末書程度で済む。それに比べ、あんたは連日近所の平穏を乱した。拡声器を壊されたのはあんただけだが、迷惑を受けた住民はたんとおる。派出所のお巡りだったら、さて、どちらの言い分に重きを置くと思う？」

了衛が返事に窮しているのを、夫婦は薄笑いを浮かべながら見ている。

了衛は胸の奥から昏《くら》い感情が湧き起こるのを止められない。

畜生。

黒幕は大黒だ。こいつが多々良に命じて拡声器を破壊させたに違いない。

「朝一番に音楽を聴かせられたからといって、皆の気分が晴れると思ったら大間違いだ。自分の趣味を他人に押しつけるな」

「俺は皆の役に立ちたくて……」

「どんなに立派な志でも、浅薄に事を進めると迷惑にしかならん。だから、こういうしっぺ返しを食う。よく憶えておくことだ」

「そうそう。了衛さんがどれだけ高尚な趣味だか知らないけれどさ」

立ち尽くす了衛を一人残し、大黒夫婦は鼻歌でも歌いそうな素振りで自宅に戻って行く。

くん、と足元にヨハンがじゃれついてきた。了衛は腰を下ろし、ヨハンを抱く。

そうしていなければ叫び出しそうになっていた。


家の中に引き返してから了衛は自問した。

日常的なことから住民の中に溶け込むという目論見は、これで頓挫した。考え方自体は間違っていなかったが、どこかでボタンを掛け違っていたのだ。

どうする。このままでは住民に溶け込むどころか、反感を抱かれただけで終わってしまう。

考え込んで袋小路に入り込んでいると、玄関の戸を叩く者がいた。

やれやれ、今度は誰が抗議に来たのか。

誰であったとしても最前の多々良以上のことはないだろうと、半ば捨て鉢な気持ちで玄関に向かう。戸を開けると、どこか申し訳なさそうに能見が立っていた。

「今度は能見さんですか。でも安心してください。拡声器はさっき多々良さんが破壊していきましたから」

「いや、違うよ。僕は銃声がこちらから聞こえたんで、心配になって来てみただけなんだよ」

「音楽が耳障りで抗議に来たんじゃないんですか」

「ああ、あの七時ちょうどに鳴るワルツかい。ああ、あれはいいね。朝の目覚めに相応しい曲だと思うよ。僕は好きだよ」

「あ、ありがとうございます」

朴訥ながら能見の言葉は胸に沁みた。今まで胸の底に溜まっていた澱が減じていく。少しだけ目頭も熱くなった。

「そう言ってくれるのは能見さんだけですよ」

「今しがた屋根を拝見したけどびっくりしたよ。破壊といっても、多々良さんが撃ったんだろう？」

「お察しの通りです」

「無茶なことするなあ」

能見は呆れたように溜息を吐く。

「しかし、あの銃声で他の住民たちが騒いでいないところをみると、地区長以下皆が黙認しているということだろうね」

「そうだと思います」

「いったいどういう経緯でこんな具合になったんだい」

そこで了衛は訥々と説明し始めた。竜川地区が消滅の危機に瀕しており、何らかの対策を講じなければならないこと。そして、自分の意見を取り入れてもらうためには、まず住民たちの信頼を勝ち取らなければならないこと。

全てを聞き終えると、能見は困ったように頭を掻いた。

「それは何というか……えらく遠回りだねえ。地区長さんも罪作りなことを言う」

「遠回り、なんでしょうか」

「間違っているとは思わないんだけどね。要は、竜川地区の住民とスキンシップを図れたらいい訳なんでしょう」

「ええ。ただ、それがなかなか……多々良さんや野木元さんみたいに個性的な人もいますから、一朝一夕には……」

「ううん、個性的と言えばその通りなんだけどね。了衛さん、ずっと会社員だったでしょ。会社というのは世代も考え方もばらばらの人たちが集まって、同じ仕事をするじゃない。その時、コミュニケーションが取れてなければ仕事に支障を来すはずだけど、普段はどうやってそれを回避しているんだい」

「まあ、大抵は呑み会やら個人的な雑談やらで、人となりを知るっていうか。お互いの性格や言い方が把握できれば摩擦は最小限に抑えられますよね」

「それをここでもやってみたらどうだろうか。そうだな、たとえば懇親会みたいなものを開くとか」

「懇親会？」

「今度のことだって、互いの趣味とか考え方が分からないから招いてしまったことだろう。それに田舎だからね。酒でも酌み交わしてしまえば、案外簡単に打ち解けることができるかも知れないよ」

能見の提案は単純過ぎるほど単純だった。だが、それだけに説得力は充分だった。何故、最初からこのことに思い至らなかったのだろう。

「僕は知っての通り村八分の身だから表だって何かはできないけれど、手助けや助言くらいはしてやれると思うよ。もちろん了衛さんの気持ち次第だけれど」

有難い。捨てる神あれば拾う神ありだ。

頭は自然に下がった。

「よろしくお願いします」

3

能見からの助言はひどくありきたりだったが、その分実現性が高いように思えた。よく考えれば当然だが、失敗しない計画は大抵において常識的だ。どうやら住民たちの個性に目が眩んで、そんな単純なことさえ思いつかなかったらしい。

了衛自身、サラリーマンだった頃に何度か呑み会なるものの幹事を仰せつかったことがある。外資系は能力重視であり、旧来の日本企業とは風土が異なるが、それでも定期的な呑み会くらいは開催されていた。思い起こせば成果主義と協調性が上手い具合に融合していた職場だった。

そう言えば竜川地区の人々が集まっている場面を目撃したことがない。住民一人一人が個性的に過ぎるとしても、この狭い集落の中で接点が乏しいのも妙な話だ。

不思議だったので了衛がこのことを能見に尋ねてみると、すぐに回答が返ってきた。

「そりゃあ、ほとんどの住民が後期高齢者になってるからじゃないのかなあ」

「え。でもお年寄りって集まって話をするのが大好きって印象があるんですけど」

「それは老人ホームとかの施設があればだよ。年寄というのは基本出不精だからね。パチンコ屋に日参している野木元さんや猟銃担いで山野を駆け巡っている多々良さんみたいな人は異色だよ」

確かにそうかも知れないと思う。他の住人にしても野良仕事をしている時以外は、大抵在宅しているというではないか。

「だけど話し好きというのは当たっているかなあ。ほら、やっぱり年寄は自分の話を聞いてもらいたいからね。話すのが嫌いな年寄は偏屈なんて評判が立つくらいだし。要は場所の問題だと思う」

「うん。それこそ何かのサロンじゃないけど、適当な場所と適当な名目さえあれば、みんな集まって来るんじゃないかな。ここには、そういう場所が一つもないからね」

村人が集う場所としてまず思いつくのは公民館だが、これは依田村役場の近くにあるだけで、竜川地区にそれに類する施設は見当たらない。懇親会を開くとなれば、自分の家の敷地を開放するより他ないだろう。

場所はそれでいい。問題は何をするかだ。

「先日、生活アドバイザーの真似事を試みたんですけど、結果は惨憺たるものでした」

「生活アドバイザー？　そりゃあ無理だよ。元々ないものを増やせる訳がない。まだ宝くじの当せん番号を予測する方が、需要がある」

能見は自嘲気味に言う。

「了衛さんは外資系の金融会社だったんだよね」

「はい」

「年寄に資産運用で金融商品を勧めたりするんでしょう」

「そうですね。高齢者のお客さんはタンス貯金とか自宅とか、資産を持っている人が多かったから」

「うーん。それはいかにも街の発想だなあ。定年退職しているから自宅のローンは終わっているし、退職金もある。年金もある。子供たちは成人して手が掛からない。だからおカネが運用もされずに眠っているっていうことだよね」

「ええ、まあ」

「こんな田舎に住まう年寄には関係のないことばっかりだね」

それは先日に了衛自身が思い知らされたばかりだった。

「第一、おカネの話なんてこの上なく個人的な話でしょう。上手く地区の住民と話ができたとしても、それは了衛さんとの一対一に終始してしまって、地区全体で和気藹々《あいあい》とはならないような気がするなあ」

気がする、どころではない。何もかも能見の指摘通りだ。

年寄になれば最後の頼みの綱はカネしかない——全く視野狭窄に陥っていたとしか思えない。ないものに縋《すが》ることはできないから、低所得の年寄はカネ以外のものに縋ろうとする。どうして、こんな単純な理屈に気がつかなかったのか。

「了衛さんはね、色々と高尚なんだよ」

能見は慰めるように言った。

「高齢者は孤独だとか、自分の地所を資産として捉えているとかね。クラシックが趣味だというのも、この辺の人間にしてみたら高尚だよ」

「そんなものですかね」

「そうさ。だから君のような人は少し目線を下げてちょうどいいんじゃないかな」

「目線を下げる……」

「地区の住人である僕が言うのも何だけど、田舎者には田舎者のスタイルというか嗜好があるからね。これは変な意味で言うんじゃないけど、了衛さんが普段から低俗だとか嫌いだとか思っていることをネタにするのも一つの手段だと思うよ」

能見の示唆を胸に了衛は作戦を練る。

目線を下げ、自分が低俗だとしているものをネタにする――なるほどと思った。

他人が自分と同じ知識、同じ教養を持っていると考えるから間違える。そうだ、相手は田畑や鳥獣を相手にひがな一日暮らしている連中だ。文化的な嗜《たしな》みなどあろうはずもない。本に親しんでいるのは久間ぐらいだし、音楽の素養もない。

待てよ。

素養がなくても音楽は楽しめるのではないか？

そうだ、自分の趣味でクラシックに限定するから視野が狭くなる。音楽といってもジャンルは他にも沢山あるではないか。

「能見さん。ここの地区の人たちはカラオケとかしますか」

「カラオケ？　ふむ」

能見は少し考え込んでから思い出したように頷く。

「断言はできないけど、嫌いな人はいないんじゃないかな。依田村の辺りでも、結婚式となったらお色直しの時間はほぼカラオケタイムに充てられるみたいだし」

決まった。音楽は国境でも越えられる。人と人の間ならもっと簡単だ。

「でも、どうせやるんなら徹底的に泥臭くする必要があるね」

能見の言わんとすることはすぐに理解できた。順位を決めるとか小難しい採点とかは一切なしだ。ただ、全員が楽しく歌って馬鹿騒ぎをすればいい。こんな山里だから、多少騒いだところで迷惑がるのは山に棲むキツネやタヌキくらいだろう。

「面白い企画になりそうです。ありがとうございました」

了衛は上機嫌で能見を送り出す。

まずは頭をリラックスさせるために、寝室で〈美しく青きドナウ〉を流す。やはり素晴らしい浸透力を持つ曲だ。乱れ絡まった糸が解《ほぐ》れていくように、思考が冷静さを取り戻していく。

地区の住民を招いたカラオケ大会。クラシック専用の耳になってしまった自分にはきっと苦痛だろう。

了衛は素人芸には我慢できない性質だった。絵であれ音楽であれ文芸であれ、素人の作によるものはどうしても稚拙だ。プロとの差が一番歴然としているのはやはり音楽だろう。演奏も歌も、アマチュアの音楽は聴いていても落ち着かない。技術の未熟さが気になって少しも愉しむ気になれない。アマチュア以前の素人は尚更だ。下手な歌を大音量で聴かされると吐き気を催してくる。きっと自分の美意識が許さないのだろう。だから会社勤めの頃は呑み会の幹事はしても二次会のカラオケだけは断り続けたのだ。

だがこの際、個人的な嗜好は封印しておかなければならない。地区の住民と懇親を深めるには、これくらいの我慢は必要だろう。

そして、すぐに気づいた。

この近辺に果たしてカラオケルームがあったか？

了衛は急いで依田村とその周辺の地理を思い出してみる。駄目だ。商店やホームセンターのある役場周辺にもカラオケルームは存在しない。商店街の外れにそれらしき店舗はあるのだが、ずいぶん前に廃業したらしく、店の看板は色褪せていた。

慌ててネット検索し、依田村内で営業しているカラオケ屋を探してみる。

該当なし。

気を取り直して居間に取って返し、固定電話の横に置かれた電話帳に飛びついた。去年配られた最新版だから情報が古いということはないだろう。業種別で〈カラオケ〉を探してみる。

該当なし。

了衛は電話帳を床に叩きつけたくなった。

畜生。この田舎にはカラオケ屋の一軒もないのか。

そうかと言って村外は論外だ。遠すぎて地区の住人が移動できない。バスをチャーターする手段もあるが、そんな面倒を住民たちが受け入れるとも思えない。

次に思いついたのはレンタルだ。最近は何でもレンタルの対象になっている。カラオケ機器なら普通に貸し出しているだろう。ネットで検索してみると、今度は何件かヒットした。カラオケ機器の一日レンタル、場所を考慮すれば通信カラオケが理想だが、しち面倒な電話回線の接続は避けたい。

見比べていると、サイバーDAMというセットが比較的割安に思える。通信カラオケで13000曲を搭載、電話回線の接続も必要なしと記載されている。

大抵のレンタル業者がこのセットを扱っており、その中から料金が三万円と一番安い〈東都レンタルサービス〉という会社に連絡してみた。

ホームページに記載された情報はほぼその通りだったが、細かい部分で齟齬があった。

「設置も回収も無料となっていますよね」

『ええっと、お客様のご住所はどちらですか?』

「こちらは西多摩郡依田村の竜川地区というところです」

『依田村竜川地区と……ああ、お客様申し訳ありません。そこの地区だと配達料金が発生しますねえ』

「え、ちょ、ちょっと待って。東京都内はサービスエリアだからそういうのは無料って書いてますよ」

『ですからね、設置と回収は無料ですが、あんまり遠方なので配達料金が発生するということなんです』

つまり、この辺りは僻地という扱いになるらしい。少しばかり腹が立ったので注文は保留することにした。

その後、他の業者に当たってみたが、どこも配達手数料やら出張費やらの名目で、依田村へは別途料金がかかることが分かった。結局一番安価だったのは、最初に電話をした〈東都レンタルサービス〉で、配達料金込みで一日のレンタル料金は三万五千円だ。

了衛はここで考え込んだ。

たとえ地区の住民たちがカラオケ好きだったとしても、それだけで座が持つとは思えない。懇親会というからにはカラオケルーム並みにツマミやアルコール類が必要だろう。七戸九人全員が参加するとして、一人当たりの飲食代はどれくらいが妥当なのか。高齢者揃いではあるが、アルコール類も缶ビール一本ずつという訳にもいくまい。

こういうことは能見に訊くに限る。確認するだけなので、今度は電話を掛けてみた。

『地区の人たちがどれだけ呑むのかって？』

能見は面食らった様子だったが、やがて言葉を選ぶように話し始めた。

『村八分になってからそういう行事に参加できなくなって久しいのだけど、まだそういう扱いを受けてなかった頃の記憶で構わないかな』

「ええ、もちろん」

『みんな、よく呑むよ』

淡々とした回答だった。

『地区長と副地区長の奥さん二人も例外じゃなく呑む。本にしか興味なさそうな久間さんもちびりちびり時間をかけながら呑む。中でも酒豪は地区長と多々良さんだね。あの二人は底なしで、ついぞ酔い潰れたのを見たことがない。まあ、一番の下戸は僕くらいだろうけど、それでも500ミリリットルの缶ビール二、三本はいけるからね』

聞いている途中からうんざりしてきた。

「カラオケパーティーを企画しているんですけど……そういう事情なら会費制にした方が無難てことですよね」

『会費制かあ……』

歯切れの悪い返事だった。

「能見さん？」

『会費制にしたとして、何人集まるかなあ。多分一人か二人じゃないかな。さっきも言ったけど、ここの住人は自腹切ってまでカラオケに参加しようとは思わないよ、きっと』

了衛はいくぶん落胆した。多分そうではないかと自身でも考えていたが、改めて能見から指摘されると気落ちする。

『あのね、了衛さん。無理をしちゃあいけないよ』

電話の向こう側から気遣わしげな声が聞こえる。

『地縁というのは一朝一夕にできるものじゃないから。そりゃあ了衛さんは中学までここにいたから、決してよそ者という訳じゃないけど四半世紀近くは離れていたんだから。その四半世紀分をひと月やふた月で取り返すなんてどだい無理なんだ』

親身な言葉が胸に沁みた。

だが、住民たちは誰も彼も依怙地だ。依怙地な人間の心を開かせるには多少の強引さが必要だ。

「ご忠告、感謝します」

受話器を置いてから寝室に戻り、書き物机の抽斗《ひきだし》を開ける。

そこには預金通帳が仕舞われている。

了衛は残高を確認してみる。竜川地区に引っ越してからは食費と公共料金くらいしか支出がないので、心細いながらもまだ残高は辛うじて七桁を保っている。

出費はこれ一回きりにしよう。

今、動かなければ何も始まらない。それどころか早朝の目覚まし音楽の一件で、自分は既に住民から疎外されつつある。このままでは孤立してしまう一方だ。

加えて妙な意地も働いていた。

了衛は〈東都レンタルサービス〉と隣町にある仕出し屋に電話を掛けた。

立札だけで周知徹底させるのが難しいことは、前回の無料相談で学習した。やはり回覧板と同様、各戸に告知する必要がある。


明後日の午後一時より竜川地区カラオケ大会を行います！

場所は溝端宅前。演歌でも歌謡曲でも懐メロでもＯＫ。日頃のモヤモヤを歌で発散させましょう。

軽食とアルコール類はこちらで用意しています。

参加費無料！　みなさんのご参加をお待ちしております。

溝端了衛

Ｂ５判六枚にプリントアウトした後、了衛は手作りのチラシを手に自宅を飛び出す。

大黒家を訪れると、多喜が迷惑そうな顔を突き出してきた。

「了衛さん、今度は何ですか？」

「あの、えっと……今度、こういうのを企画しまして」

そう言ってチラシを多喜に渡す。

「へえ、カラオケ大会。機械とかはどうするの？」

チラシを見るなり多喜は興味を持ったようだった。

「あ、機械はレンタルでちゃんとしたのを用意します。１３５０００曲もあるんで、誰でも歌える曲があると思います」

「ここで昼日中に声張り上げても、迷惑にはならないしねえ。食事や飲み物も了衛さんが用意するんだ？」

「まあ……」

「あんたあ、了衛さんがちょっと面白いもの持ってきたわよお」

どれどれと奥から姿を現した大黒は、多喜からチラシを受け取って興味深げに読む。

「ほう、あんたがこいつを主催するのかい」

「ええ」

「カラオケの機械も飲食も持つってことか。いったい誰の入れ知恵だい」

助言してくれたのは能見だが、発案者は自分だ。それに、ここで村八分の能見の名前を出すのは逆効果だと思った。

「入れ知恵も何も、全部わたしの思いつきですよ。ここは皆さんの寄り合いというか、触れ合いの機会がないような気がして……」

「それで率先して、そういう場を設けようと？　いやあ、それは感心だ」

口ではそう言いながら、大黒はさして感心した様子もなくチラシを多喜に戻す。

「何にせよ、地域振興にはいいことだ。わしたちも時間に余裕があれば是非参加させてもらおう」

「ありがとうございます」

玄関を出ようとした時、多喜に呼び止められた。

「了衛さん。お酒は何を用意しているの」

「何って、発泡酒とかチューハイとか……」

「あー、そんなんじゃダメダメダメ」

多喜はぶんぶんと首を振る。

「ウチの人は純米の大吟醸酒でないと悪酔いしちゃうから。よろしくねっ」

妙に艶っぽい笑みを残して、多喜も奥に消えて行った。

一人残された了衛は軽い溜息を吐きながら戸を閉める。飲食代はもう少し奮発しなければならないらしい。

雀野家には雅美だけが在宅していた。チラシを渡してカラオケ大会の趣旨を説明すると、彼女も多喜と同様の反応を示した。

「ウチはね、ビールもいけるけど発泡酒だけはダメだから。あ。あたしもだけれど」

こうして酒の好みだけ聞いていると、何やら自分が酒屋の御用聞きになったような気分になる。

野木元と多々良は不在だった。ほっとした了衛はそれぞれチラシを目立つ場所に置いて、早々と退散する。もちろん二人にも参加して欲しいが、今は絡まれたくない。

久間はいつも通り家にいた。手渡されたチラシを一読すると、ふんと鼻を鳴らした。

「これが君の考えた地域交流の方法か？　飲みュニケーションというのはいかにも元サラリーマン的な発想だな」

そう言ってチラシを指で弾く。たとえ了衛のアイデアであっても、こうした辛辣さは健在とみえる。

「しかし、ここの住民のレベルを考えれば、案外的を射た試みかも知れんな。何せ酒と噂話の大好きな連中だからな」

「久間さん、参加してくれませんか」

「気が向いたら行く」

そして、そのまま奥に引っ込んでしまった。

最後は能見だ。了衛がチラシを差し出すと、少し神経質そうに文面をなぞる。

「これは竜川地区の人間には合った企画だとは思うけど……了衛さん、本当に大丈夫かい。カラオケ機器のレンタル料と酒代だけで結構な出費になるんじゃないのかい」

それはざっと暗算してみた。おそらく五万円を超える金額になるだろう。

「でも、それでこの間の件がチャラになって、皆さんと打ち解けられるならアリかなって」

「それはいいけどさ、了衛さんは皆の酒癖を知っているのかい」

不意を突かれた気がした。皆の関心を集めることに頭が一杯で、いざカラオケ大会が始まってからについては何も考えていなかったのだ。

「あの……誰か酒乱だったり、手のつけられない人とかいるんですか」

「僕の知っている限りでは地区長の酒癖が一番悪いかな。酔うと、とにかく大声で怒鳴り出す」

意外な話だった。

「野木元さんとか多々良さんは？」

「野木元さんは典型的な絡み酒だね。多々良さんは酒豪ではあるけれど騒ぎもしなけりゃ絡みもしない。銃を手にしていることが多いから、結構自重している部分があると思う」

それもまた意外な話だった。

「能見さん、来てくれますよね」

問い掛けると、能見は面目なさそうに頭を掻く。

「村八分の身だからね。僕が行ったら、折角盛り上がっている場に水を差すことにもなりかねないよ」

「でも、俺は来て欲しいです」

「気持ちは有難いな。それなら、他の人がいなくなる辺りで顔を出すかも知れない。でも、待ってくれなくていいからね。僕は招かれざる客なんだから」

能見はそう言って笑った。


カラオケ大会当日。

午前中に〈東都レンタルサービス〉の社名の入ったワンボックス・カーが到着した。

「え。設置は屋外になるんですか」

「ええ、お願いします」

機材を持って来た店員は空を見上げる。雲一つない青空。風も乾いていて肌に心地良い。

「まっ、今日は雨も降りそうにないから大丈夫でしょう。明日のこの時間に回収すればいいんですよね」

店員は慣れた手つきで機材を組み立てていく。収納ワゴンにアンプと十五インチ液晶モニターを取りつけ、両脇にスピーカースタンドを立てる。その間、わずか十分ほどの作業だった。

最後に、これも借り受けた九人分のパイプ椅子。

店員から操作方法を教えてもらってからワンボックス・カーを見送る。

次に村外からの仕出し屋が到着した。九人分のスシや唐揚げ、そして酒。こちらの合計金額は四万円少々。

庭に大き目のテーブルを出し、了衛は黙々と会場の設営を進める。カラオケセットの前にテーブル、それを囲むように九脚の椅子。

テーブルの上に料理と酒を並べると、結構壮観だった。ここに九人全員が集まって杯を交わし、高歌放吟する光景を想像すると胸が騒いだ。

排他的で閉鎖的な竜川地区。そこの懇親会を主催するのは誰あろう自分なのだ。

全ての用意が整ったのは午後零時五十分。開始まであと十分という、これ以上ないタイミングだった。了衛はこざっぱりした服に着替えて客の到来を待つ。

開会の挨拶は昨夜からずっと考えていた。引っ越してから顔合わせのようなことは済ませたが、未だ行事にも参加していないので、これを機に仲良くして欲しい。ついてはささやかだが懇親の場を設けたので、今日は一日楽しんでいってください——了衛は暗誦できるほど、心中で予行演習を繰り返す。

そして午後一時。

だが、誰も来なかった。

この地区の人間は時間にルーズなのだと言い聞かせて、了衛は待ち続けた。

午後一時三十分、ようやく大黒夫妻と雀野夫妻が姿を現した。連れ立っているところを見ると、どうやら片方の夫婦がもう片方を誘い出したようだ。

「やあ、お邪魔するよ」

大黒はそう言うなり席に着いた。多喜と雀野夫妻もそれに従う。

「もう、勝手に始めさせてもらっていいか」

大黒が喋る横では、早くも多喜が一升瓶の蓋を開けている。

「は、はい、どうぞ始めてください」

了衛の言葉が終わらないうちに、雅美が仕出しの蓋を開け、中身を皿に取り分ける。まるで打ち合わせでもしてきたかのような手際のよさに、目を奪われる。

「じゃあ、副地区長。乾杯を」

「では、乾杯」

四人は了衛を無視して宴会を始めてしまった。

「しかし、こうして副地区長たちとサシで呑むのは久しぶりだな」

「そうですね。いつもは依田村の寄り合いで呑むから、もっと大勢いて」

「わしは、どうも村議や役場の連中と呑むのが苦手でよ。何か知らんが酒が不味くなる。呑み続けたら味が変わるかと思ったが、全然変わらんので、ついつい深酒になる」

「何、言ってんのよ。美味しかったら美味しいでずっと呑み続ける癖に」

「同じ呑み続けるんなら、美味しい方がいいに決まっとるだろう」

「それは地区長、わたしも同じですな。どうも役場の連中は竜川の人間を一段低く見ておるような気がします。それが態度にも出ておる」

「それは爺さんの思い込みじゃないのお？　あんたは考え過ぎなところがあるから」

「お前が鈍感過ぎるんだ。連中はな、絶対に竜川地区の人間を馬鹿にしとるんだ」

「確かにな」

大黒は既に一杯目を空けていた。

「それはわしも会合に出るたんびに痛感する。予算配分はこの人数だから仕方ないとしても、接し方に全くもって敬意が見られん」

そして多喜の注いだ二杯目を一気に呷《あお》る。

「よその集落にしたって若い者がおらん、主要産業が立ち行かんという点では竜川と一緒なのにな。ふん、十年もすれば他もここと同じようになる。大きい顔をしていられるのも今のうちだ」

「その通りですよ、全く！　この間の会合でも膳田地区と山南地区ばかりが手厚く扱われて、ここには道路舗装の予算も下りないときた。わしらにはまともな道も歩くなってことですかね」

「大体、土木課長が膳田の人間だからな。公共工事が絡んでくると、まず膳田を優先しよる。あれは公金の私物化だよ」

「けしからんことですな」

「ああ、大いにけしからん。あとな、村長の振る舞いがどうにも気に食わん。まるで竜川が最初から存在していないような物言いを時々しよる」

「それもけしからんことですな」

「助成金のほとんどは膳田地区と山南地区で独占だ。いったい、依田村はその二つしかないとでも思っておるのか」

酒量が上がる毎に大黒の声も大きくなっていく。なるほど能見の言った通りだ。するとこのまま呑み続けると、大黒は怒鳴り始めるということなのか。

多喜が注いだ酒を大黒が呷り、その声は次第に乱暴になっていく。横で呑んでいる雀野はまるで火に油を注ぐように相槌を打ち続けている。

「了衛さん！　あんたはどう思っとるんか？」

いきなり話を振ってこられた。

「お前、まだ四十前だろ。そんだけ若かったら、こんな呑み会考えるより先に、地区の発展に頭絞るのが道理だろうが！」

大黒の目が据わっている。言葉も呂律《ろれつ》が回らなくなっている。

「いや、俺は俺なりに色々考えて……」

「なあにが考えてなどおるものかあっ。お前のしたことといえば愚にもつかん財テク指南と、早朝うるさくして近所に迷惑をかけたことくらいじゃないかっ」

大黒は今にも殴りかかりそうな勢いで立ち上がる。了衛は思わず後ずさる。

「あんたあ、やめてあげなさいよお。了衛さんだって悪気があった訳じゃなしさあ」

「そうですとも地区長。未熟なのは若い証拠でもあるんですから」

「そんな若さなど要らん。もう少し賢くなってから帰って来ればよかったんだ」

無茶苦茶な理屈だ。もう大黒は完全に酔っ払っている。

とてもカラオケどころの話ではない——身の危険を感じて慄《おのの》いていると、多喜が大黒の前に回り込んだ。

「あんたあ、もうちょっと足元が危なくなってきたから、後は家で呑まない？」

「あ、足元がどうした。わしはまだしゃんとしとるぞ」

「だから、しゃんとしているうちに引き返そうって言ってるの。酔い潰れたら誰があんたを家まで運ぶと思ってんのよ」

珍しく多喜が険のある言い方をすると、大黒は「生意気言うな」と罵りながらもすとんと腰を下ろす。

「もうホントにこの人はこれだから。了衛さんごめんなさいねえ。ウチの人酒癖悪くって」

「い、いえ」

「これ以上迷惑かけても何だから、連れて行くわ。今日はご馳走さま」

多喜は大黒に肩を貸しながらテーブルを離れようとするが、ふと忘れ物を思い出したように立ち止まる。

「そうだ、ウチの分はもらっていってていいかしら」

そう言いながらも了衛の返事を待つことなく、多喜は一升瓶を大黒に握らせ、自分は皿一杯のツマミを小脇に抱える。

「それじゃあ」

「まだ終わっとりゃあせんっ」

「はいはい、だから続きは家でしましょ」

大黒と多喜はそれぞれ収穫を手に、自宅へ戻って行く。

「あー、地区長が帰るんやったら、我々もそろそろ引き揚げようか」

今度は雀野が思いついたように言う。この男は大黒に阿《おもね》ることしか知らないのかと思っていると、この夫婦もテーブルの上から酒とツマミを回収し出した。

「あたしたち二人だから、これだけもらっていってもいいよね」

「あの……カラオケは……」

「いやーわしも婆さんも歌にはとんと興味なくってねえ。今回も地区長に誘われたから来ただけでさ」

「じゃあ、あたしらはこれで」

雀野夫婦も去って行くと、後には呆けたように立ち尽くす了衛だけが残された。

何だ、今のは。

騒ぐだけ騒ぎ、呑むだけ呑んだだけで懇親もへったくれもないではないか。挨拶の予行演習までした自分はいい面の皮だ。

目の前のテーブルには、容器から唐揚げがこぼれ出ていた。了衛は腹立ち紛れに口へ放り込む。舌の上に載せるが美味しいとは思えない。機械的に咀嚼しても砂を噛んでいるような感触だった。

「何だ、もう先客が撤退した後かよ」

突然の声に振り向くと、そこに野木元がいた。

「食い物も飲み物もずいぶん目減りしてやがんな。地区長夫婦と副地区長夫婦で四人分てとこか」

野木元は言い終わらないうちに椅子に腰かけ、仕出しに手を伸ばした。

「まあ、助かった。朝から何も食べてなかったんでな」

「朝から？」

「パチンコ屋が開くのは十時だからよ。いい台確保するためには一時間前から店の前に並んでなきゃいけないんだ。そんな訳で、家を出たのは八時半。朝飯なんか食っている暇ねえだろ」

昼飯時はとっくに過ぎている。それでも朝から何も食べていないというのは、パチンコで負けてきた証拠だ。

「ったくよお、近頃は月中越えても釘を閉めていやがる。いったい客のことを何だと思ってるんだ」

野木元はさも当然のように目の前の缶ビールを開ける。ひと口呷って深く息を吐くが、その息が堪らなく臭い。元々の口臭なのか、タバコとニンニクを混ぜたような臭いだった。

「ああ、そう言やチラシ見たぞ。カラオケ大会だったんだよなあ」

「……野木元さん、歌いますか」

「あんた一人を前にしてか？　この空の下でか？　そりゃあ何の罰ゲームだよ。馬っ鹿らしい」

野木元のペースも速い。一本目を空にしたかと思うと、すぐ二本目に手を伸ばした。

「知ってるぞ。あんた、朝っぱらからでかい音で音楽鳴らして、多々良のおっさんに拡声器撃ち抜かれたんだってな」

いきなり恥部を曝《さら》け出されて了衛は顔を逸らす。

「この、もって回ったカラオケ大会も失敗を帳消しにするつもりだったのか？　発想が子供だねえ。そんなの放っておきゃいいのに。どうせそんなこと、ひと月もすりゃあみんな忘れてるってのに」

缶の中身を空けながらちらとこちらを見る目つきは、明らかに蔑みと嘲笑の色を帯びている。自分の恥じ入っている姿を肴にしているということか。

「それとも地区の住民と本当に仲良くなりたいと思ったのか？　小学生じゃあるまいし何でこんな齢になってまで、隣近所とお手々つながなきゃならんのよ」

「高齢者だからこそ、地域で密着しなきゃまずいじゃないですか。野木元さんだって孤独死なんて嫌でしょう」

「俺ぁ、近所の爺いや婆あに看取られながら死ぬなんて真っ平御免だな。どうせなら若い姐ちゃんたちに囲まれて死にたいもんだ。それでなかったら孤独死の方がいいや。家ごと燃やされるなんてのも派手でいいな」

二本目のビールを空にしてから、野木元は缶を握り潰す。その弾みで缶の底に残っていたビールが飛び散り、了衛の顔に掛かった。

「まだずいぶん残ってるな。もらっていくぞ」

野木元は両手で持てる分の缶ビールを抱きかかえ、席を立つ。

「あ、あの。そんなに持って行ったら他の人の分が」

「地区長たちが来たんだろ。だったら、もう他には来ねえよ。来るとしても多々良のおっさんくらいだな。まっ、精々機嫌を取っとくこった。あいつこそ仲良くしておかねえと、そのうち後ろから撃たれるぞ」

そしてけらけら笑いながら行ってしまった。

再び了衛は一人で取り残される。またしても一人で飲み食いされ、何の接点も得られなかった。

いったい自分は何をしているのだろう、と思う。良かれと考えて行動したことが悉く裏目に出ている。それほどまでに自分と住民の間には越えられない壁があるということなのか。

時刻ははや四時になろうとしている。テーブルの上の食い物はあらかたなくなり、缶ビールと缶チューハイも数本を残すのみだ。

不意にどうでもよくなり、了衛はそのうちの一本に手を伸ばす。正直酒を美味いと思ったことはないが、今は酔っ払ってしまいたい気分だった。

安酒特有の苦みが口腔の粘膜に絡みつく。それを我慢して飲み干すと、胃の辺りに異物感が残った。

とっとと吸収してしまえ。早く血中に混じれ。俺は一刻も早くこの状況を忘れたいんだ――。

指を伸ばしてカラオケの電源を入れる。配達料を含めれば相当な出費となった。このまま一度も使わずに返却するのは、どう考えても勿体ない。

クラシック以外に知っている曲は少なかった。収録曲のリストに目を通していると、頭上から「おい」と声を掛けられた。

見上げた瞬間、リストを取り落としそうになった。

「一人で何やってんだ?」

多々良が猟銃を担いでそこに立っていた。了衛はそのままの姿勢で固まる。

「な、何って皆さんとカラオケ大会を……」

「皆さんって誰と誰だよ。見たところお前しかいねえじゃねえか」

「さっきまではいたんです」

「それにしちゃあ何も聞こえなかったがな。まあ、いい。文句を言う手間が省けた」

多々良は顎でカラオケ機器を示す。

「絶対にそんなもの鳴らすんじゃねえぞ」

「……え?」

「こんな場所でド下手な歌、唄ってみろ。山まで届いて獲物が逃げちまうだろうが。迷惑だ」

「まさか……みんなが唄っていたらどうするつもりだったんですか」

「さあな」

多々良は意味ありげに笑ってみせる。

「俺の分の飲み物も用意してくれてるんだってな。もらっていくぞ」

そう言って片手で二本の缶ビールを摑み上げる。これでテーブルの上には空になった缶と残飯しか残らない。

「とにかく大きな音を立てようなんて思ったら、酷い目に遭うと肝に銘じておけ。俺の狩りの邪魔をするな。いいか」

凄まれて、了衛は機械的にこくこくと頷く。

「ふん」

嘲るように鼻を鳴らすと、多々良は敷地を出て行く。自分の家に戻るのか、それとも山へ鳥獣を仕留めに行くのか。どちらでもいいので、早く視界から消えて欲しかった。

それからしばらく待っていたが、久間や能見は遂にやって来なかった。

了衛はすっかり気落ちして椅子に座っていたが、そのうち猛烈な睡魔に襲われ始めた。会場を設置するまでの疲労と、久しぶりのアルコールがもたらした睡魔だろう。

とにかくこんなところで眠りこける訳にはいかない。一時間も仮眠すれば目が覚めるはずだ――。

重い体を引き摺って家の中に入る。寝室まで行くのも億劫に感じる。台所までで充分だ。台所に到着すると、テーブルに突っ伏す。すぐに意識は朦朧《もうろう》としてきた。もう目を開けていることさえできない。

了衛は眠りの中に落ち込んでいった。

眠りを破ったのは盛大な破壊音だった。

無理やり起こされた了衛はゆるゆると頭を振る。

いったい何事かと思った。雷か交通事故か、とにかく派手な音が外から聞こえたのだ。

嫌な予感に襲われ、表に出てみた了衛はそこで絶句した。

カラオケ機器が滅茶苦茶になっていた。

誰かが投げ下ろしたのか、人の頭ほどもある石で収納ワゴンは上から押し潰されたようにへし折れ、肝心のアンプは天板が変形していた。アンプにコードで繋がっていたスピーカーも無事では済まず、左右二本とも重なるように倒れている。

頭から血の気が引いた。

慌ててカラオケセットに駆け寄り、アンプやスピーカーの破損具合を見る。

アンプは天板も含めパネルも割れていた。スピーカーは右側は大丈夫だったが、左側はコーンが破れていた。だがスピーカーはひと組単位だ。片方が破損しているならもう使い物にはならない。

衝撃の後には、眩暈《めまい》のするような憤怒が頭を支配した。まさかこんな大きな石が空から降ってくるはずもない。何者かが投げ入れたに違いなかった。

「誰だ！」

思わず往来に向かって叫んでいた。

「誰がやったんだ！」

もちろん答える声はない。

だが、了衛の頭の中では一人の人物が像を結んでいた。

多々良だ。あいつ以外には考えられない。

騒音が狩猟の邪魔になると抗議しに来たくらいだ。いっそ使用不能にしてやろうと破壊を目論んだのだろう。

多々良の家に怒鳴り込んでやろうかと思った。

だが多々良のことだ。すぐさま猟銃を持ち出して逆に脅しにかかるに決まっている。そうなれば丸腰の了衛は尻尾を巻いて逃げ帰るしかない。要は泣き寝入りだ。

畜生。

拳を握り締める。爪が手の平に突き刺さる。

どうしてこうまで迫害されなければならないのだろう。

敗北感と怨嗟が胸の裡でとぐろを巻く。

畜生。

畜生。

畜生。

了衛は怒りで爆発しそうな心を必死に抑えつけ、覚束ない手で破損したカラオケセットを片付け始めた。

4

翌朝、回収に訪れた店員は無残な姿に変わったカラオケセットを目にして言葉を失った。了衛には一切の弁解が許されなかった。レンタル商品には保険が掛かっておらず、破損した一式を弁償させられる羽目になった。

カラオケセット一式で五十二万四千円。家の中を見て支払い能力に疑問を抱いたのだろう。店員は即刻弁償金を送金するように迫った。断ることもできず、了衛はその日のうちに銀行に走り、請求額を送金した。

お蔭で通帳残高は五十万を切ってしまった。

残高を眺めていると身体中から力が抜けた。それなのに頭の中には魂を灼き尽くすような怨念が唸りを上げている。このままでは自分を抑え切る自信がない。

銀行からの帰り、了衛は能見の家を訪ねた。彼以外に相談する者がいなかった。

ずいぶん人相が悪くなっていたのだろう。戸を開けて了衛の顔を見るなり、能見はひどく驚いた様子だった。

「いったい、どうしたんだい。そんなおっかない顔して」

「おっかないのは、こっちですよ」

「と、とにかく中に入って」

居間に通してもらい、事情を説明した。誰かに聞いてもらいたくて堪らなかったのか、話しているうちに涙声になった。そしてそのことが悔しくて、そのうち本当に涙が出てきた。

自分の腑甲斐なさと住民の無理解。どちらも腹立たしく、どちらも口惜しい。煮え滾《たぎ》るような思いを吐き散らかした。

やがて能見は申し訳なさそうに首を垂れる。

「それは済まなかったね。僕も立ち寄ってあげればよかったんだろうけど……やっぱり皆の前には顔を出し辛くってねえ」

溜まっていた思いを吐露したせいで、了衛は少しだけ落ち着いた。

「あの……前々から訊こう訊こうと思ってたんですけど、どうして能見さんは、その、村八分にされているんですか。いや、これは別に無理に答えてもらわなくってもいいんですけど」

途端にしどろもどろになった了衛を、能見はじっと見つめる。その目には悔恨と諦観が同居している。

「つまらない話だよ。それでも聞くかい」

そんな前置きをされて断れるはずもない。

「差支えなければ」

「皆の恨みを買っちゃったんだよ」

「恨み？」

「ずっと前のことだけど、僕の知り合いが住民課にいてね。この人は主に生活保護の担当だったんだけど、ある日、僕に事情を訊きに来たのさ。竜川地区の住民は僕と久間さん以外の全員が生活保護を受給しているけど、そのほとんどが年金とのダブル受給になっている。本当に住民がその条件を満たしているのかってね」

「そういうことって担当者が直接調べるんじゃないんですか」

「いったんは本人にも聞き取り調査したらしい。生活保護というのはあくまでも自立支援の制度で、永久的に支給されるものでもないしね。ただ、ほら。相手が地区長や野木元さん、それから多々良さんだったら担当者も腰が引けるでしょう？」

それはそうだろう。誰だって猟銃を突きつけられて、まともに対応できるはずがない。

「ちょうど社会福祉にかける予算が突出して、生活保護の不正受給がニュースになった頃だよ。依田村の財政も窮乏していたからね、少しでも生活保護の支給に歯止めをかけようと、再調査に力を入れたんだ。了衛さん、生活保護を受ける条件って知ってるかい」

「いえ」

「まず住んでいるのが持家でないこと。持家は資産と見做されるから、国の支給を受ける前に家を売却しろという意味だね」

その論法だと竜川地区の住民は全員対象外になってしまう。

「ただしこれには例外規定があって、持家に資産価値がなければその限りではない」

あっと声が出た。

「じゃあ、みんなの家があんなにぼろぼろなのは……」

「うん。もちろん老朽化しているのは事実だけれど、それ以上に、下手に補修して資産価値があると認定されるのが嫌なんだよ。同様に資産と見做される自動車を所有してもいけない。自分名義や子供名義の生命保険がある場合には解約するように言われる。預貯金があってもダメだよ」

つまり逆さに引っ繰り返しても一円も出てこない。そういう状況にならなければ恵んでやらないという理屈だ。いささか冷厳なようだが、その生活保護の原資が税金であることを考えると頷かざるを得ない。

「それからもう一つ、本人が自立するために就業努力をしているかも審査の対象になる。ちゃんと職探しをしているかどうかってことだよね。でも、これだって本人が病弱だとか高齢だとかの言い訳をすれば、担当者も猶予してしまう。まさか死ぬような思いをしてまで働けとはなかなか言えないからね。中にはその善意につけ込むような悪辣な受給者もいるという話だけどさ」

これにも了衛は頷いてしまう。大半の人間は怠け者だ。生活の糧を得るために働いているが、遊んで暮らせるものならそれに越したことはない。元より働けなくなって生活保護を受けるのだ。働かないまま国からカネを引っ張ろうとする者が現れても不思議ではない。了衛自身も失業した頃には、頭の隅で似たようなことを考えていたから偉そうなことは言えない。

「生活保護にも予算があって、その担当者は本当に追い詰められていたんだ。それで僕はつい口を滑らせちまったんだよ。生活保護を受けている住民全員に隠し預金があることをね」

「……タンス貯金のことですね」

「ご名答。銀行や郵便局だと隠しきれないから、みんな家の中に貯め込んでいたのさ。人情としては責められるものじゃない。こんな田舎で面倒を見てくれる子供も碌な資産もなければ、頼りになるのは現金くらいだからね。あの奔放に見える野木元さんだって半年分の生活費を貯めていたという話だから、実際、問題はとても深刻だったんだよ。それが、僕のひと言で台無しになってしまった」

能見は肩を落とす。そうすると普段にも増して小さく、頼りなげに見えた。

「僕からの密告を受けた担当者は、課の人間を引き連れて全員の家を同時に訪れた。現金の隠し場所は本人たちが日頃から自慢げに吹聴しているのを僕も聞いていたから、誤魔化しようもなかった。結果として全員の生活保護は打ち切りとなり、翌日から僕は村八分の扱いを受けるようになった」

「そんな馬鹿な。元々の原因は地区長さんたちにあるじゃないですか。どうして能見さんがそんな目に遭わなきゃいけないんですか」

「どうして？　村八分に理屈なんか要るものかい。彼らの利益を侵害した。理由はそれだけで充分だよ」

どこか寂しげな能見を見ているうちに、ふつふつと怒りが込み上げてくる。確かに不正受給は人情として責められるものではないが、道徳に反している。その不道徳を棚に上げて、密告した能見を村八分にするというのは、勝手だとしか言いようがない。

「でもね、大本の原因は道徳とか見識の違いじゃないんだよ」

「どういうことですか」

「貧しさだよ。それに尽きる」

そう言って、能見は深く溜息を吐く。

「不正受給も、排他的なのも、内向きなのも、元を正せばみんな貧しさに起因する。生活に不安がなければ地区長たちだってあんな風にはならないはずだ。みんなだって了衛さんの用意した食事や酒だけ持って行くなんてみっともない真似はしないはずだ。了衛さん、最初に生活アドバイザーみたいなことを試みたよね。あれで解決するのは個人でしかない。本当に難しい問題なのだけれど、この地区の風通しを良くしようとするなら、地区全体が経済的に潤うような方法を考え出さなきゃいけないんだよ」

三　君の銀のリボンは土地と土地を結ぶ

1

ひんやりとした井戸水で顔を洗うと、ざわついていた感情も一緒に溶けて流れていくような感じがした。手で掬ってひと口飲めば、それだけで身体の中が洗い清められたような気になる。

それでもタオルで顔を拭き、縁側に座ると昨夜から考え続けていたことがまた頭を過《よぎ》った。

『この地区の風通しを良くしようとするなら、地区全体が経済的に潤うような方法を考え出さなきゃいけない』

考えれば考えるほど的を射た言葉だと思った。困窮した者には心の余裕がない。余裕のない状態で他人を思いやったり、紳士的であろうとしたりするのは至難の業だ。昔から、衣食足りて礼節を知るというではないか。金銭的に豊かであれば心が荒れることもない。世の中の争いごとの九割以上はカネで解決する。

竜川地区の住民も同様だ。閉鎖的で依怙地な連中も、財布の中身が潤えば他人への接し方が一変するはずだった。

ただし了衛が最初に思いついたような、個人の資産価値だけを高める方法では駄目だ。住民全員が同等に豊かにならなければ、また反目や嫉妬が生まれてしまう。

いっそ住民でカネを出し合って宝くじの大量購入でもしてみるか、それとも共同名義で投資信託でもしてみるか――駄目だ。それでは成功する確率がほとんどない上、継続させることが困難だ。了衛自身、前の会社では資産運用をしていたが、二、三十年の長期運用はともかく、短期での売り買いはリスクヘッジがなければ危険な賭けにしかならないのは身に沁みて知っている。もっと皆が額に汗し、得られた対価を味わえるような何かでなければ。とにかくじっくりと考えてみよう。もし住民を巻き込むのなら、今度こそ失敗は許されない。

普段着に着替えて能見の家を訪れる。能見が村八分の扱いを受けているのなら、彼と親しくしている自分も早晩同じ扱いを受ける可能性もあったが、まともに相談役を務められるのは能見以外に思いつかなかった。地区長の大黒は旧弊なものの考え方しかできず、雀野は大黒の顔色を窺うことしかできない。久間は知恵者ではあるが世捨て人のような無関心さに覆われ、公共の利益に骨を折ってくれそうにない。野木元と多々良に至っては論外だ。

「ああ、了衛さん。いらっしゃい」

能見はいつもの穏やかな笑顔で迎えてくれた。そうだ、この笑顔があるから自分は安心して悩みを打ち明けられる。居間に通された了衛が早速、昨日の続きを切り出すと、能見は悩ましげな顔をしながら腕を組んだ。

「それは、つまり共同プロジェクトみたいなものだよね」

「そういうことになります」

「それだと、よほど成功率が高くて、尚且つ儲けの幅が大きいものでない限り、なかなか皆の協力は得られないだろうねえ。特に野木元さんや多々良さんなんかはまどろっこしいことが嫌いなタイプだから」

「いっそ、地区のどこかから温泉でも湧き出てくれませんかね。そうすりゃあ一気に色んなことが解決するんですけど」

「温泉が湧いたって、それを事業に成長させるノウハウがなければ宝の持ち腐れだよ。実際、温泉があっても観光産業に育てられない田舎なんて沢山あるからね。観光だったら、まず交通の便がよくなきゃいけない。休日に夫婦や親子連れが気軽にクルマで来られるような場所でないと、産業としては成立し難い。不便さがいいという人も中にはいるだろうけど、そういう人には最低限ご当地グルメとかを用意するべきだろうし」

能見の言うことはもっともだった。竜川地区の一番の弱点は交通アクセスの悪さだ。最寄りのバス停は地区の端から七百メートルも離れた場所にあり、しかも主要道路は四メートル幅の村道ときている。ここを観光地に再生させるためには、大掛かりな道路拡張工事に始まって山林の開発が必要になってくるが、依田村がそんな目的のために予算を計上するはずがない。仮に出来のいい事業計画書を作成できたとしても地権者である大黒たちは首を縦に振らないだろうし、第一税収の乏しい村に土地開発するだけのカネはない。

「ここって何軒か廃屋になっている家がありますよね。あれを改修して貸し出すのはどうでしょうか？　宿泊用でもいいし、喫茶店やレストランにしてもいいし。この間テレビで特集やってたんですけど、結構需要があるみたいですよ。元々の田舎らしさが魅力で、都会から集客で

「ああ、それなら僕も見たよ。兵庫県篠山の〈集落丸山〉でしょ？　確かにあれで村は見事に再生したけれど、成功例ばかりに目を向けていると足をすくわれるよ。こういう話は成功例が喧伝されるけれど、失敗例はなかなか紹介されないからね。きっと一つの成功例の陰には九十九の失敗例が隠れていると思う」

この話にも了衛は頷かざるを得ない。テレビのニュースやワイドショーは極端な話しか取り上げない。常識外れの行動、珍奇な出来事、劇的な事件ばかりが大手を振って歩いている。市井の普通の暮らし、当たり前の生活、予想通りの出来事には見向きもしようとしない。能見が指摘する通り、村興しを目論んだものの惨めに失敗した数々の事例は土の中に埋もれているのだろう。

村興し・町興しについては了衛も最低限調べていた。近くに書店も図書館もないのでもっぱらネットの情報に頼るのみだが、それでも調べれば調べるほど危機感が募った。竜川地区が限界集落から脱却するには地域を活性化するしか道はないのだが、ここにはその武器となるものが全く見当たらないのだ。

よほど難しい顔をしていたのだろう。考え込んでいると、能見が心配そうにこちらを覗き込んでいた。

「了衛さん、大丈夫かい」

「あ、いいえ。はい」

「いったいどっちなんだよ。それはそうと、ちゃんと朝ご飯は食べたのかい」

「いやあ、最近はっていうかこのところ昼飯と夕飯だけで……即席ものは遠出しなきゃ買えないし、自炊ってなかなか面倒だし」

「駄目だよ、まだ若いんだから三食食べないと。ちょっと待ってなよ」

いったん奥に消えた能見は、いそいそと何皿かを盆に載せて戻って来た。

「今朝の余り物で申し訳ないけど、よかったらどうぞ」

盆にあったのは白米と味噌汁。そしてキュウリのぶつ切り。わざわざ持ってきてくれたものを断る度胸はない。それにほかほかと湯気の立ち上る白米は見るからに食欲をそそった。

「それじゃあ遠慮なく」

まずキュウリひと切れを齧ってみる。

驚いた。

キュウリ特有の青臭さはそのままだが、歯応えが違う。実は中心まで詰まっていて噛み砕くのが心地良く、しかも汁がひどく甘いのだ。噛んでも噛んでも汁が出てくる。無造作に振りかけた塩がちょうどいい塩梅になって、思わず飯を掻き込む。ただのキュウリとは思えなかった。

「これ、何の調味料を使っているんですか」

「調味料？　そんなもの使ってないよ。畑から捥《も》いできたのを切って、塩振っただけだよ」

「でも、スーパーとかで売っているのと全然違いますよ。何だかすっごく甘くて」

「そうかい。僕たちはこの味が当たり前だと思ってるんだけどね。了衛さんだって昔はここに住んでたんでしょ」

そう言われてやっと思い出した。高校からは街に出て生活したのだが、米や野菜の味が変わったのだ。その頃は調理の仕方でずいぶん味が違うものだとしか考えなかった。

「専業農家みたいに大量生産じゃなくてさ、地区長さんをはじめ、裏庭の家庭菜園で家族の食べる分だけを栽培しているんだよ。だから農薬なんて一切使用していないしね」

「でも、こんなに味が違うなんて」

「朝、採れたばかりだから新鮮さも違う」

能見はさも当然のことのように言う。

「農協、知ってるよね。あそこって契約している農家から作物引き取る際、基本的には全部ごちゃまぜにして出荷するんだよ。だから出来のいいのも悪いのも、玉石混淆《こんこう》で卸されて店頭に並ぶ。それに大量生産を考えたら、どうしても農薬は必要でしょ。それは味が違っても当然さ」

耳で能見の説明を聞きながら、舌ではキュウリの滋味を味わう。そして頭は閃いたことを逃すまいとフル回転していた。

武器となるものが見当たらないだと？

いったいどこに目をつけていたのだろう。武器なら立派なものがここにあるではないか。

「……これ、商売になりませんかね」

「えっ」

「この無農薬野菜、ある程度の数にしたら絶対に売れますよ」

「この、何の変哲もないキュウリがかい」

「キュウリだけじゃなくって。トマト、ニンジン、大根、レタス、ピーマン、玉ねぎ、何だっていいですよ。この地区の人たち、自分で食べる分は作っているんですよね」

「まあ、手間暇かかっても買うよりはいいし、何せ家庭菜園で作る程度だからね」

「一人分作るのも十人分作るのも、作業自体にそれほど差はないんですよね。だったら可能じゃないですか」

言葉には力がある。

言葉は口にした途端、意思に形を与える。そして形を得た意思が呼び水になり、潜在していた思いまで吐露させる。

「どうしてこんな単純なことに気づかなかったのかな。大量生産して農協とタメを張る必要なんてないんです。竜川地区七戸九人が栽培できる分の野菜を限られた人に売れば、立派に商売が成り立つんですよ」

「限られた人って……まさか無人販売所でも拵《こしら》えようっていうのかい」

「そんな非効率なことじゃありません。ネットですよ。ネットを介して通信販売すればいいんです」

「ネット？」

「ホームページを作って限定品で売るんです。最近は健康志向とグルメ志向が強いから、無農薬で本当に美味しいものだったら、相場より値段が高くっても、舌の肥えた消費者が買ってくれるんです。ホームページ開設するだけなら初期投資もそんなに必要ありません。店舗だって要りません」

　モノの値段が原価と市場価格で、どうしてこれほどまで変わるかといえば間に配送業者や卸売業者が介在しているからだ。だが産地から消費者に直接届けるのであれば途中のマージンも最小限に抑えられる。

「能見さん。その家庭菜園ですけど、その気になれば拡張は可能ですか」

「うーん。さっきも言った通り土地は余っているからねえ。耕作地を増やすこと自体は問題ないと思うけど」

「だったら手間暇はあまり変わらず、収入が増えます」

「でも今度は人手が足らなくなってくるよ」

「そうしたら人を呼べばいいんですよ」

「来るかねえ」

「絶対来ますよ。今は農業に興味を持っている人も多いし、それ以上に体力はあるけど就職口のない若いヤツが多いんです」

　人手不足になったらホームページで募集をかける。人が集まったら、それこそ廃屋を改修してそこに住まわせればいい。家賃などタダでもいい。

「人手が流入してきたら、そこに新しい家族もできます。分かりますか、能見さん。この地区に活気が漲《みなぎ》るようになるんです」

我ながらいいアイデアだと思った。地区を限界集落から脱却させるには、これ以上ないほどの名案だ。どうして今の今まで思いつかなかったのだろう。

「よく考えてみれば、それは妙案かも知れないね」

了衛の勢いに押されたのか、能見も少し興奮気味に話す。

「この辺りの地下水は未だに綺麗だし、土壌には農薬どころか長らく化学肥料も撒いてないから有機農業にもうってつけだ。耕作面積が中途半端だから生業《なりわい》にする者はいなかったけれど、そんな風に顧客を限定すれば収穫と販売のバランスも取れるだろうね。うん、いいよ、了衛さん。これは確かに勝算がある」

能見の強い同意は百人力に相当する。

了衛は食べかけの飯もそのままに、能見の家を飛び出した。


自宅に戻った了衛は取るものも取りあえずパソコンを開き、早速企画書の作成に取り掛かった。

この新事業には竜川地区全員の協力が必要だが、それにはまず地区長である大黒の許可が要る。逆に言えば、大黒のお墨付きがあれば無軌道な野木元や多々良さえも文句は言えない。この狭い集落の中で、大黒の権威は相応に機能している。

企画書の作成は会社勤めの頃からお手のものだった。と言うよりも、他人に話を持ちかける際には弁舌だけでは不安が残る。数値を交えたレジュメを片手に話を進めるのが、会社員勤め

郵 便 は が き

料金受取人払郵便

代々木局承認

1536

差出有効期間
平成30年11月
9日まで

1 5 1 8 7 9 0

203

東京都渋谷区千駄ヶ谷 4-9-7

（株）幻 冬 舎

書籍編集部宛

1518790203

ご住所　〒 都・道 府・県	
	フリガナ お名前
メール	
インターネットでも回答を受け付けております http://www.gentosha.co.jp/e/	

裏面のご感想を広告等、書籍の PR に使わせていただく場合がございます。

幻冬舎より、著者に関する新しいお知らせ・小社および関連会社、広告主からのご案内を送付することがあります。不要の場合は右の欄にレ印をご記入ください。　不要 □

本書をお買い上げいただき、誠にありがとうございました。
質問にお答えいただけたら幸いです。

◎ご購入いただいた書籍名をご記入ください。

『　　　　　　　　　　　　　　　　　　　　　　　　　』

★著者へのメッセージ、または本書のご感想をお書きください。

●本書をお求めになった動機は？

①著者が好きだから　②タイトルにひかれて　③テーマにひかれて
④カバーにひかれて　⑤帯のコピーにひかれて　⑥新聞で見て
⑦インターネットで知って　⑧売れてるから／話題だから
⑨役に立ちそうだから

生年月日	西暦　　　年　　月　　日（　　歳）男・女			
ご職業	①学生	②教員・研究職	③公務員	④農林漁業
	⑤専門・技術職	⑥自由業	⑦自営業	⑧会社役員
	⑨会社員	⑩専業主夫・主婦	⑪パート・アルバイト	
	⑫無職	⑬その他（　　　　　　　　　）		

ご記入いただきました個人情報については、許可なく他の目的で使用することはありません。ご協力ありがとうございました。

で身についた習性だった。それに大黒のような人間にはデータを添えて説明した方が口説き易いのではないかという算段も手伝った。本音を言えば横で能見の口添えも欲しいところだが、彼の置かれている立場を考えると藪蛇になりかねないので断念するしかない。

四枚に纏めた企画書を抱え、了衛は大黒の家の門を叩く。

「無農薬野菜の通販？」

大黒は企画書の表題を読み上げると、胡散臭そうに顔を顰《しか》めた。

「たかだか野菜を売ったくらいでそんなに儲かるものなんかね」

「需要は必ずあります」

さあ、ここからだ。

了衛は言葉の端々に力を込める。

「高齢化社会になって、消費者の健康志向は高まる一方です。そして、自分の納得のいく物なら少々値段が高くても購入するという層も増えています。ここで採れたキュウリを食べたんですけど驚きました。あれなら値段設定を高くしても飛ぶように売れますよ」

「しかし収穫物は農協に持っていくのが常識だろう。虫食いになった物でも、農協は一括して引き取ってくれるから無駄がなくていい」

「その代わりブランドではなくなってしまいます。普通の野菜と同等の値段に設定されますから、卸の価格も並になってしまいます。それでは竜川地区にカネが落ちませんよ」

「しかし各戸が自分で作れる程度の野菜を出荷するだけだろう。そんなに大きな儲けになるかね」

「最初から大きなリターンというのは望めません。だけど無農薬野菜の美味しさがネットで評判になれば、一瞬で火が点いて注文が殺到するはずです」

大黒はネットの伝播力を信用していないのか、ますます顔を顰める。

やれやれ、インターネットの宣伝効果から説明しなくてはいけないとみえる。

「今はですね、地区長。ブログやツイッターの波及効果はテレビCM以上なんです。何の変哲もない商品でも有名人がひと言呟いただけでヒット商品になるんですから」

それでも大黒は半信半疑なのか、疑い深そうな色を隠そうともしない。そこで了衛はツイッターが起爆剤になって爆発的に売れた商品を列挙した。

数分後、大黒の警戒心も次第に緩み、了衛の話に耳を傾けるようになった。そして俄然興味深げになったきっかけは次のひと言だった。

「このプロジェクトが成功すれば、竜川地区は一躍名所となります」

「名所だって?」

「それはそうですよ。限界集落だった地区が再生し、住民全員の収益が保証できる。地域活性化の象徴として全国から脚光を浴びることになるんです」

とろんとした顔に合点がいった。地域活性化の象徴、村興しの成功例——きっとその脳裏には得意げにインタビューを受ける己の顔が映っているのだろう。

成功譚を大黒一人に語らせるのは業腹だが、今はその自己顕示欲を利用するしかない。了衛は畳み掛けるようにメリットを言い続ける。それが仮定であっても構わない。プロジェクトと名のつくもののメリットは、大半が希望的観測に過ぎない。

「口コミで評判になれば当然注文が増えます。それだけじゃありません。注文が増えれば、その分だけ耕作面積を増やさなきゃならない。そうすれば人手も足りなくなる。人手が足りなくなれば住まいをタダで提供するからと募集をかければいいんです」

先刻、能見を相手に語った夢の青写真を今度は大黒に披露する。大黒の目がみるみるうちに野心に輝き出す。

「しかもこのプロジェクトの優れた点はですね、初期投資はウェブサイトの開設費用だけで、参加する皆さんは手元の家庭菜園や畑を流用するだけで済むということです。もちろん借金をする必要もなければ売り子になる手間も要らないんです」

もちろん住民には野菜を育てるというれっきとした労働力を提供してもらわなくてはならないが、農業経験皆無の了衛にはそれが大した労力とも思えない。どうせ田舎の人間にとって畑仕事など生活の一部でしかないのだ。

それより何より、了衛は自分の言葉に酔っていた。

能見との会話からインスピレーションを得、企画書を作成するうちに現実味を帯び、大黒に提案している時は夢中になっていた。

自分はきっととんでもないことを思いついたのだ。計画通り進めれば必ずこのプロジェクトは成功する。自分は竜川地区の人気者になれる。

いや、話はそれに留まらない。再生した地区の代表としてインタビューを受けるのは大黒かも知れないが、立案者と推進役は了衛だ。竜川地区の再生は限界集落の扱いに悩む各自治体にとって、自分をヒーローのような存在にするのではないか――。

ともすれば膨らみ続ける妄想に手綱をかけ、ようやく了衛はひと通りの説明を終わらせた。

「ところでそのウェブサイトとかの開設は誰がするんだね？　その費用は誰が持つ？」

「それは立案者であるわたしが負担します」

ウェブサイト開設費用は事前に調べておいた。初期費用三万二千円、更新料を含めた月額手数料は七千円。決して安くはないが、無農薬野菜が当たれば数回で初期投資分は回収できる。

「その代わり、会社というか組織を作って欲しいんです。つまり収益を一時留保しておくための会社です。そこから利益は均等に分配する。ただし会社を運営するための経費は優先的に支出します」

こうしておけば初期費用も月々の更新料も会社の経費に計上できるので、了衛の負担もすぐに解消するはずだった。

だが大黒は、会社を設立するという話に激しく反応した。

「会社か！　うむ、確かに全員の財産と利益を管理するためには会社組織が必要になるな。もちろん代表取締役はわしで構わんだろう？」

「え、ええ。それはもちろん」

「そりゃあそうだ。住民を牽引する地区長たる者が代表者でないはずがないものな」

プロジェクト成功の可否よりも、大黒は自分に冠せられる肩書の方が気になるようだった。俗っぽさもここまでくれば却って愛嬌がある。了衛は危うく噴き出しそうになった。

「ところで了衛さん。会社を設立するのはいいが、各自の役割はどうするんだ。ちょっと考えただけでも経理担当、注文受付、配送手続きと、結構手間が要るんじゃないのか」

「それは注文が増えた時に改めて考えればいいと思います。最初はどうしてもロットも少なめになるでしょうし」

「……それは少し気に入らんな」

「えっ」

「そんな風ではいざ忙しくなった時、後手後手になる。そういうことは始める前からきちっと決めておかんとな。まず一番重要な経理担当を決めておかなければなるまい」

この勢いでは経理担当に妻の多喜でも推すのだろうと予想したが、大黒は意外な人物の名前を口にした。

「こういうのは、やはり久間さんが適任だろうな」

「久間さん、ですか」

「おおさ。あの人が役場に勤めておったのは知っとるだろう。大事なカネの管理はアレに任せるに限る。まあ、すぐに快諾するとは思えんが、あんたしかやれる人間はおらんちゅうて頭を下げれば渋々ながらも引き受けるさ。アレはそういう風に頼まれると無下にできんところがある」

「あの、久間さんというのはわたしも賛成なんですけど、多喜さんなんかはどうですか」

「ああ、アレはいかんいかん」

大黒はぶんぶんと片手を振ってみせる。

「料理や野良仕事はともかく、カネ勘定はてんでなっとらん。家計簿なぞ一度もつけたことのない女じゃしな、手前ン家の家計も把握できんようなモンに財布を預けるような真似ができるかい」

少しだけ大黒を見直した。自己顕示欲が強いだけの俗物ではなく、それなりに人間観察をしている。さすがに何年も伊達に地区長を務めた訳ではないということか。

「それと経理担当が一人だけというのはまずいから、やっぱり二人は必要だろう。それは悪いが了衛さん、あんたが引き受けてくれ」

「わ、わたしがですか」

「言い出しっぺじゃからな。なに、要は不正を防ぐための牽制役だから、数合わせみたいなものさ」

「あの……最初にあれこれ決めておくのは賛成なんですが、もっと重要なことから先に解決しないと」

「もっと重要なこと？」

「住民全員を野菜作りに参加させるということです。誰か一人でも不参加者が残れば諍《いさか》いの元になります。一人だけが裕福になってもいけない、一人だけが貧しくなってもいけない。原始共産制じゃないですけど、全員が平等に豊かになるのでなければ、成功例として持て囃されなくなります」

すると大黒は少し渋い顔をした。どうやら了衛の言わんとしていることを理解したらしい。

「もちろん能見さんの参加も拒否するべきじゃありません。それからこれは最も難題だと思いますが、あの野木元さんや多々良さんをギャンブルや狩猟から引き離して野菜作りに専念してもらわなきゃいけないんです」

ううん、と大黒は呻いた。

「ついてはですね、地区長、いや代表取締役。その二人を説得して欲しいんです。これができるのはあなた以外にいないものですから」

大黒はもう一度呻いた。

してやったり。了衛は心中でほくそ笑んだ。折角、肩書を与えるのだからその分は働いてもらわないと割に合わない。

しばらく考え込んでいた大黒がやがて組んでいた腕を解いた。

「これは全員、一堂に会してもらわにゃならんな」

2

翌日、大黒の呼び掛けで竜川地区の住人ほとんどが集まった。ほとんど、というのはやはり能見自らが気を回して出席を辞退したからだ。

それでも野木元や多々良が時間に遅れながらも出席したのは意外だった。了衛は大黒の隠然たる統率力を見る思いだった。

多喜と雀野雅美を加えた八人が大黒家の居間に勢揃いするとさすがに壮観で、説明を任された了衛はわずかに緊張する。

「わしは今の話、聞く価値があると思うんだ」

説明が終わると、大黒は開口一番こう切り出した。

「皆の手元には了衛さんが苦労して作ってくれた企画書がある。これをじっくり見ると……いや、正直言ってじっくり見ても損益分岐点やら市場規模やらを図にしてもらってもわしらにはチンプンカンプンでな」

「そんなことはないな」

早速、久間が口を差し挟んだ。

「正式な企画書としては大雑把もいいところだが、要点だけは押さえてある。まあ素人向けのパンフレットといった程度だな」

「そうか、あんたが言うからにはそうなんだろう。それで実現性については久間さん、どう思うかね」

「企画書の出来不出来は読めば分かる。しかし成功するかどうかは神のみぞ知るだな。元より農作物の出来なんてのは運任せ天任せだ。そんな予言者みたいな真似はできん」

「あらあ、でも今年は去年に比べたら天気は安定してるじゃない。それに最初は大量に作らない、要はお試しみたいなものなんだし」

多喜は乗り気の大黒を援護するように発言する。この辺りは夫唱婦随なのだろう。

「いつもわたしたち、自分たち用に野菜作ってるけど、それを少しばかり多めに作ればいいだけのことなんでしょう？　だったら簡単じゃないの。それが売れたら結構なおカネになるのよ」

「竜川地区の発展が見込めるということなら、それに越したことはない。わたしは大賛成です」

雀野も遅れてなるものかと追随する。それを見て了衛は自分の計算が正しいことを確信した。地区長の大黒さえこちらに抱き込んでしまえば、多喜と雀野夫婦の賛同は得られる。了衛を加えればこれだけで五票、既に過半数を得ていることになる。

「しかしですねえ、地区長。わたしにはもう一つピンと来んのですわ」

「何がだい、雀野さんよ」

「わしもこの企画書なんたらはよう分からん。まあ、久間さんがああ言われるんなら大きな穴はないんじゃろうが、正直わしらの作った野菜が飛ぶように売れるとも思えん。だって、名産とかじゃなく何の変哲もないただの野菜ですぞ。街のスーパーで売っているものとどこが違うんですかね」

これは想定していた質問だった。了衛はすかさず立ち上がり、台所に用意していた盆を持ち帰る。

怪訝そうな参加者たちに、盆に載ったひと皿ずつを配る。皿の上にはぶつ切りのキュウリがふた切れある。

「これは都内のスーパーで売られているキュウリと、竜川地区で採れたキュウリです。まず皆さんでその違いを確認してみてください」

一本は能見から提供してもらった物、そしてもう一本は昨日のうちに了衛が都内まで足を運び、わざわざ調達してきた物だ。この質問がくるのを予想して用意しておいたサンプルだが、質問がこなくても駄目押しの意味で皆に試食させるつもりだった。

了衛を除く七人がふた切れのキュウリを次々に齧り出す。驚きの声が上がったのはその直後だった。

「まあっ、何これ」

「ほお。これは……」

「ぺっ、何だこれ。これでも売りもんかよ」

「ふむ。明らかに味も歯触りも違うな。この、やけにすべすべした方は腰砕けで水気も乏しい」

「本当、全然キュウリの味がせんわ。こっちのシャキシャキしてるのが竜川で採れたものよね。いつも食べてるからすぐ分かる」

「……こりゃあ犬猫のエサだな」

「どうじゃ、わしの言った通りじゃろう。ただのキュウリでこれだけ違う。いくら不景気ちゅうても、カネを持っとるヤツは持っとる。そういうヤツらは多少多めのカネを払っても、自分たち以下の人間よりいいモノを食いたいと思っておる。言ってみれば、ちょっとした贅沢というヤツだな。しかもここらで採れるものはみいんな無農薬無化学肥料だ。スーパーなんぞで安売りしておる外国産の野菜とは全然違う」

大黒は得々と語るが、無農薬にしても無化学肥料にしても意図してそうなった訳ではない。元より依田村の主幹産業は林業であり、専業農家は皆無に近かった。自然、農薬を使用するような大規模の耕作が行われなかっただけの話だ。

だが、今回はその規模の零細さが幸いした。通常、田畑に散布された農薬は微生物や日光などの生物学的、化学的要因によって分解されるのだが、一部は土壌に残留する。つまり毎年同じ場所で農作物を栽培すれば、それだけ残留農薬が蓄積されることになる。ところが竜川地区の田畑にはその歴史がない。言わば処女地のようなものだ。

「うん、分かりましたよ、地区長」

雀野は深く頷いて言う。

「わたしらは野菜に関しちゃほぼ自給自足だったから気づかなかったが、こんなにも味に違いがあるのなら確かに売り物になりますな」

「そうだろうとも、そうだろうとも。これなら市価より高くても売れる。そりゃあ最初は出荷できる量も知れているから儲けは少ないが、徐々に畑を広くすりゃいい。なあに、いざ作るとなったら一坪も十坪も手間は一緒だ。それにな雀野さん。わしはただ野菜を出荷するだけでは能がないと思う」

「と仰《おつしや》いますと？」

「やはり何でも新鮮がいい。ここで採れた野菜はここで調理して食べるのが一番だ」

「おお！」

「そうさ、ここで小さくていいから飯屋を開く。食材はもちろん、ここで採れた野菜だ。竜川の野菜が評判を取った暁には、そういう展開も考えられる」

「あの、それって」

横から雅美がおずおずと割って入る。

「料理する女が必要だから、あたしとか多喜さんとかが調理場に立つんかねえ」

「そりゃそうだよ、雅美さん。やっぱり包丁握るのは女でなくっちゃ。ウチの婆さんと二人で店を切り盛りしてもらわにゃならん」

「いやあああ、この齢になって料理屋するなんて想像もしなかったわ」

雅美が満更でもなさそうに奇声を上げると、多喜がそれに呼応する。

「まあねえ、亭主以外の人間に飯作ってやるのも久しぶりだしい？　ちょおっと面白いかもね」

「最初は二人で切り盛りしてくれえ。そのうち客が増えたら村からバイトを呼べばいい。いや、いっそ村外から募集をかけた方がいいな。そうすれば日中だけでも村の人口が増えることになる。いやいや待て待て。どうせなら先に廃屋を改修して住まわせちまおうか」

「だけど多喜さあん。野菜使って何を拵える？　あたし最近、煮物と和え物しか出してないよ」

「そりゃあ、他にもサラダなり天ぷらなりやればいいでしょ。どうせ、そんなに凝ったものでなくてもいいと思うわよ」

奥方同士の会話が何やら賑わしくなってきたのを見て、了衛は心が浮き立ってくるのを抑え切れなかった。

この賑わいは自分がもたらしたものだ。希望、期待、昂奮、呼び名は何でも構わない。自分の発案で七十過ぎの老人たちが目を輝かせ、未来を語っている。それがひどく誇らしい。

初めてこの人たちを喜ばすことができた——そんな感慨に耽っていると、弾んだ雰囲気に水を差す者が現れた。

「和んでいるところ悪いんだけどよ」

野木元だった。

「地区長よお、その野菜作りはわしも参加しなきゃいけないのかねえ。聞いていると半分博打みてえな話じゃないか」

「この計画は住民全員の参加が大前提だ。七戸しかない地区で、しかも了衛さんが全くの素人となると農作物を生産できるのは六戸八人だけだ。いくら最初は出荷量が少なくてもええちゅうても、最低限の人間は必要だろう」

「自分で食う分だけを作るのなら仕方ねえが、売り物を作れってのはしち面倒臭いだよ。それに久間さんが言ったように、年によって出来不出来ってのがあるからなあ。やっぱりこれは博打だよ」

「博打博打と言うが、あんたのパチンコよりはよっぽど勝算があるんじゃないのかね」

横から雀野が口を出す。本人にしてみれば大黒を援護するつもりの発言なのだろう。

「あんた毎日スってばかりなんだろう。少なくとも野菜は不出来でも実ることは実るからね。何もドブにカネを棄てる訳じゃない」

「それは何か？　わしに博才がないってことを言いたいのか？」

「博才も何も、連日開店前から出掛けて昼前には帰って来るんだ。スッカラカンにならなきゃ閉店まで粘るはずだろう」

「……こんの野郎」

野木元が勢いよく立ち上がるが、それを大黒が制止する。

「まあ、待ちなよ、野木元さん。ものは考えようだよ」

「何がだよ」

「あんただって賭け事を愉しむにも、年金だけを軍資金にするのは心細いだろう。だがこの野菜販売が当たってみろ。収穫の時期にはまとまったカネが入ってくる。賭け事ってのは何でもそうだが、軍資金が大きければ大きいほど勝率が上がるものじゃないのかい」

まとまったカネと聞くと、野木元はたちまち矛先を収めた様子だった。

「しかしなあ、わしだって専門に野菜作りをしたことなんてないぞ。本当に人に売るくらい作れるものかな」

「さっきも言ったが一坪も十坪も手間はさほど変わらん。なあにパチンコのレバー握るよりはちいとだけ強い力を出すだけだ。第一、健康にいいだろう」

「わし、パチンコ屋のヤニ臭さも嫌いじゃないんだけどな。まあいいさ、地区長がそれほど言うんなら付き合うとするかい。ちっ、面倒臭い」

「久間さんはもちろん参加してくれるんだろう?」

　大黒は老いた世捨て人に視線を移す。

「誰一人欠けても、というのはもちろんあんたも例外じゃない。役場勤めを辞めてからはずっと自分ちの畑で採れたものを食っているんだろ」

「自分で食べるものだからあまり気を遣ってない。いざ商品として栽培するとなれば、それ相応の工夫なり心構えが必要だろう。そんなことで心を砕いていては、書物に没頭できん」

「本を読むのはそんなに面白いのか。わしにはとんと理解できんのだが」

「あんたたちには一生分からんよ。まあ、一生と言ったってさほど残りは多くないだろうが」

　久間は眉一つ動かさずに結構酷いことを言う。だが皆が久間の人となりを知悉《ちしつ》しているためか、声を荒らげる者はいない。いや、日がな一日書物に囲まれて幸福そうにしている久間を変わり者としか思っていないのだろう。

「了衛くんの提案は一考に値すると思うし、地区長が珍しく乗り気なのも面白いと思うが、竜川地区が限界集落から脱却できたとして、それがわしにとってどれだけの意味を持つのかな」

「久間さん、言ってることの意味がよく分からん」

「わしはただ静かに本を読みたいだけだ。この界隈が変に賑わっても迷惑なだけだよ」

大黒は合点したという風に小刻みに頷いてから、それでも久間を懐柔しようと身を乗り出す。

「ああ、分かったよ、久間さん。しかしな、あんたはそれでいいかも知れんが、役場の連中はどう思うかな」

「役場の連中？」

「つい身の回りを優先してみてしまうが、年寄ばかりで若いのがおらず、気息奄々《きそくえんえん》なのは依田村全体に言えることだ。遅かれ早かれ、村全体がここと同じ運命を辿るようになる。下手をすればあんたが永年勤続した役場は統廃合の憂き目に遭い、あんたのかつての部下たちは真っ先に首を切られるかも知れん。しかし、ここで竜川地区が地域再生のモデルケースになれば、依田村の運営に生かせると思わないか」

問われた久間は明らかに不機嫌な顔をしている。それでもすぐに反論を返さないのは、大黒の言葉に心を動かされたからだろう。

世を捨てて仙人のような生活をしていても元々は公務員だ。身内意識が強く、かつての部下が路頭に迷うと聞かされれば重い腰を上げざるを得ない。この辺りの操縦術は大黒の真骨頂と言うべきか。

「まあ久間さん、晴耕雨読という言葉もあるじゃないか。雨が降ったら好きなだけ本が読める。

せめて晴れの日には畑に出てくれよ。収穫がカネに換われば、あんただって新刊書が買えるだろうに」

ふん、と久間は鼻を鳴らした。

「性に合わんことをするのは気が進まんが、それが住民の総意だというのであれば、従わざるを得ないだろうな」

さあ、これで全員の承諾を取り付けた——と思ったが、了衛は一番厄介な人間を忘れていた。

「俺はフケさせてもらう」

多々良はそう言って立ち上がりかける。それを制止するのも、やはり大黒の役目だった。

「待てよ、多々良さんよ」

「待ったって意味あるか。俺が裏庭で野菜作るのは最低限、俺の食い扶持だけだ。商品にするつもりもなけりゃ、この地区に名産を拵えるつもりもねえ。大体、俺はこっちの方が仕事だ。地区長だって分かってるだろ」

多々良は銃を構えるゼスチャーをする。狙いを大黒に定めているのは脅しの意思表示だろうか。

「畑仕事自体が性に合わないんだよ。俺の身体は獲物を追って山林を駆け回るようにできているんでね」

「あんたの狩り好きはもちろん心得ているが、それだって弾があってのことだろう」

「うん？　何のことだ」

「最近、めっきり山の方から聞こえる銃声が少なくなった。あれは獲物が少なくなったのか。それとも一発必中でも狙っているのか」

一瞬、多々良の目が凶暴な色に変わる。

「最近は散弾も高くなったよなあ。確か五発ひと箱で二千円くらいだったか？　狩りで生計立てているんならともかく、手軽で安い趣味じゃないよなあ」

「うるせえよ」

「あんたの銃のお蔭で山の獲物が減ったのも事実だろ？　海の魚だって獲り過ぎたら漁獲量を制限するんだ。しばらく獲物の数が復活するまで猟を控えるってのも手だ。獲物が増える頃には、あんたの財布も膨らんでいる。散弾なんぞ湯水のように使えるぞ」

多々良を相手によくもこれだけ懐柔の言葉を駆使できるものだ。了衛はびくびくしながらも二人のやり取りを興味深く見守る。

「気に食わんことがある」

「何だ。言ってみればいい」

「これには能見のヤツも加わるんだろう」

その名前が出ると、一同の間に緊張が走った。

「ああ、加わる。何せ猫の手も借りたいくらいだからな」

「猫の手を借りたいんだったら、ちゃんと猫を連れてくればいいじゃないか」

「畑仕事をする猫なんぞいるものか」

「それでもあいつよりはマシだ。皆だって例の生活保護の一件で、あいつをぶっ殺したいと思っているんだろ。殺さないまでも、あいつがこの中に入ってくるなんて真っ平御免と考えているはずだ」

歯に衣着せぬ言い方だが、それだけに訴求力は抜群だった。生活向上と新しい展望に浮かれ始めていた空気は、一瞬のうちに凝固した。

「どうせ、溝端の坊主の入れ知恵なんだろうがしゃらくさいってんだよ。こんなことで昔に受けた裏切りを忘れろってか」

「あんたの気持ちは分かるよ」

大黒は同情するように言った。

「裏切られたのはあんただけじゃないからな。正直、わしも能見を許した訳じゃない」

「だったらどうして」

「わしがここの地区長という役割を担っているからだ。そういう立場である以上、この地区の崩壊を防ぐ責任があるし、この地区の発展を推進する義務がある。となると、是が非でも無農薬野菜の販売というプロジェクトを成功させねばならん。それが住民間のわだかまりを無視するとしてもだ。今はな、多々良さんよ。あいつが好き、こいつが嫌いなどと言っておる時ではない。我々七戸九人の生活がかかっておるのだ。いくら怖いもの知らずのあんたでも、寄る年波と心細くなる財布の中身は恐ろしかろう？　自分がどこでどう野垂れ死ぬのかと、一度ならず想像したはずだ」

「どうせ山の中で死ぬんだろうさ」

「そう格好よくいけばいいんだがな。大抵、カネのない年寄なんて哀れなもんさ。飯も食えず、万年床から動けなくなり、空腹と床ずれに苦しめられながら悪臭漂う部屋で、誰にも看取られず惨めに死んでいくんだ。それはわしもあんたも例外じゃない」

多々良は尚も大黒に反抗的な目を向ける。しかし心なしか、その光はいくぶん弱くなっている。

「能見も参加する。あの男は何かにつけて丁寧だから、畑仕事もきちんとやりよる。現にさっき皆が口にした竜川産のキュウリは能見の作ったものだ」

大黒がそう告げた途端、野木元と久間が顔を顰めた。

「あいつにも協力はさせる。しかし、こうした会合にはできるだけ顔を出させん。収益はちゃんと等分して分配するが、このプロジェクトで祝い事をする際には必ず外す。それでどうだね」

大黒と多々良の間に沈黙が流れる。それを破ったのは久間だった。

「それが妥当な着地点だろうな」

久間の声は場違いなほど冷静で、沸騰しかけた多々良に冷水を掛ける効果がある。

「使える労働力は何でも使う。収益も等分。ただし栄誉に与《あずか》れるのはここに集合している者のみ。それなら皆の気分をあまり殺《そ》ぐことなく、この企てに参加できる」

その場に座る者たちが何度か頷く。

多々良はやがて悪戯を窘《たしな》められた子供のような顔をして、元の場所に腰を下ろした。

「さて皆の意見がまとまったところで、今度はもう少し具体的な話をしたいと思う。まずわしらの作る野菜のブランド名だな。何にでも名前は必要だ。殊にブランドとして売り出すからには、覚え易い名前がいい。それで提案なんだが、〈大黒野菜〉というのはどうかな」

初耳だったので、了衛は危うく噴き出しそうになる。いくら自己顕示欲が強いと言っても、それはやり過ぎだろう。

しかし皆の反応を窺っていると、互いに気まずそうに顔を見合わせるばかりで手を挙げようとしていない。

このまま〈大黒野菜〉に決定してしまうのか——了衛が焦り出したその時、やっと久間の声が上がった。

「そりゃあ、ちょっとまずいなあ」

「何がまずいんだ。〈大黒野菜〉、覚え易くていいじゃないか」

「地区長。品揃えの中にはキノコ類も取り込むのだろう」

「ああ、それはもちろん計画の中に入っている。それがどうした」

「しめじの品種に大黒本しめじとかいうのがあるぞ。それと間違う可能性があるし、下手をすれば商標権の侵害で訴えられんとも限らん。ここは素直に〈竜川野菜〉でいいんじゃないのか。これだって充分に覚え易い名前だ」

大黒は不満そうだったが、これは明らかに久間の主張が妥当だ。結局、多数決を取り、ブランド名は〈竜川野菜〉に決定した。

「さて、次の収穫となると秋になるな。秋は……」

夫の言葉に多喜が続く。

「じゃがいも、さつまいも、山芋、ゴボウ、レンコン、ニンジン……そんなとこかねえ」

「それだけで六品か。結構、種類はありますな」

「いいんじゃないの？　今までだって夫婦で食べていてもずいぶん余ってたんだから」

「じゃあ、秋に採れた作物に関しては優先的に販売することにしよう。それと久間さん、品質管理で何か助言してもらえることはないか。わしらも長年作り続けてはいるが、こと売るとなると話は別だからな」

「家の蔵書を引っ繰り返して調べておこう」

「じゃあ頼むよ。では各人、しばらくの間は野菜作りに専念しておくれ。それから了衛さん」

「はい」

「あんたには販路の確保をお願いするが、もちろんそれだけじゃない。皆と一緒に畑仕事をやってもらうよ」

これも初耳だった。

「わたしが畑仕事、ですか」

「何を不思議そうな顔をしておる。最前から人手が足らんと言い続けていただろう。あんた、野菜を作ったことはないか」

「はあ、そういったことは全然……」

「まあ、そうだろうな。手を見れば分かる。今までカネ勘定しかしてこなかったような手をしておるからな。しかし、こういう話になったからには土で汚れてもらわにゃならん。言い出しっぺが野菜の何たるかを知らんのでは話にもならんのでな」

全員の目が了衛に集まる。

了衛は頷くより他になかった。

3

父親の享保も自分で食べる分の野菜は自分で調達していたらしく、裏庭には結構な広さの畑があった。茎や葉から判断すると、じゃがいもとゴボウ、それからニンジンを作っていたようだ。

青い葉を見ているとそのまま放置しておいても実が生《な》るように思えてくるが、もちろんそんなはずもなく、能見の言葉を借りればそれこそ我が子に対するのと同等の愛情と手間が必要なのだと言う。

たとえばじゃがいもだが芽が伸びていればいい訳ではなく、太くて良い芽を一、二本残して後は摘み取らなければならない。そうしないと芽の方に養分がいってしまい、小さな実しかつかないからだ。

芽を摘み取った後は株もとに土寄せをする。そして草丈が二十センチ、三十センチになった時、また土寄せと追肥を行う。この土寄せが不充分だと、いもが日に当たって緑化してしまうからだ。

土の乾燥にも気を配らなければならない。作物の中にはニンジンのように吸水性が弱いものもあり、日光があまりに強い時には藁《わら》を敷く。

雑草の除去も重要だ。雑草のような生き方という言葉があるが、実際にその侵食具合を目撃すると、雑草というのは少し油断しているとどんな小さな隙間からも繁殖し、他の作物の養分を容赦なく奪っていくものだと分かる。絶えず監視の目を光らせ、少しでも触手が伸びてきたら直ちに刈り取らなければならない。害虫の発生にももちろん気を配る。農薬を使えば楽なのだが、それをしたのでは今度の試みの意味がない——。

こういう手入れは最低限のことだからと能見は説明したが、碌に土いじりもしたことのない了衛にとっては、大した労働だった。じゃがいもは夏に植えれば秋に収穫できると言われたので、自分でも畑を耕してみたのだが、鍬《くわ》を数分も振るとすぐ手にマメができた。

初夏の陽射しもひどく堪えた。

土の上なら多少は涼しいだろうと考えたのは大間違いで、土から立ち上る湿気と照り返しに当てられて額からは滝のような汗が噴き出る。汗だくになりながら土をいじっていると、体力がそのまま汗になって流れていくような気になる。長年、屋根のある場所で仕事をしてきた身体には軽い試練といったところか。

大黒の言った、『今までカネ勘定しかしてこなかったような手』という意味が分かるような気がする。従事する仕事の内容によって人間の身体は変質していく。そういう意味で、この土地に根付こうとするのなら、了衛は己の身体を改造しなければならないことになる。

定職のないのが幸いして丸一日を農作業に費やすことができたが、猫の額ほどの畑を耕すだけで相当の体力を使う。日頃の運動不足も祟り、仕事が終わってひと風呂浴びると、布団に倒れ込むようにして眠った。そして翌日になると身体の節々が筋肉痛で悲鳴を上げた。

「何じゃあ、そのへっぴり腰は」

ある日、了衛が鍬を振るっているのを見た大黒は小馬鹿にするように嗤った。

「ただの畑仕事といっても馬鹿にしたものじゃあるまい。毎日の仕事だからな。鍬一つ振るにも振り方ってのがある」

「コツがあるんなら教えていただけませんか」

「コツか。そんなものは教えてもらって会得するもんじゃない。自分の身体で覚えるもんだ」

「そんな殺生な」

「他人に教えられたことなんぞ結局身につきゃあせん」

その口ぶりから、どうやら了衛の収穫物には期待を寄せていないことが窺われる。少し考えてみればそれも当然だ。父親が遺してくれた畑でさえ今の今まで放置していた。それでなくとも、昨日今日初めて鍬を握ったような人間にまともな収穫を期待する方がどうかしている。

了衛はいったん鍬を置いて休憩することにした。

「でも地区長、いいんですか」

「何が」

「俺なんかに構っていて。作物の出来はともかく、発案者だから俺は畑仕事しますけど他の人たちは……」

ああ、と大黒は合点するように頷いた。

「あれだろ。野木元さんや多々良さんはちゃんと仕事をしているかって心配しているんだろう」

「まあ……」

「そんなに心配なら自分の目で確かめてみればいいさ」

「いや、それはちょっと失礼な気が……」

「なあに、陣中見舞いだと言えば角も立たんさ。何ならわしと一緒に来るかい。ちょうどわしも二人の塩梅を見ようと思っていたところだ」

二人に苦手意識を持つ了衛には腰の引ける提案だったが、発案者としての責任もある。そこで大黒に同行することとした。

まず野木元宅を訪れた。表から見ると花壇の雑草は相変わらずの状態だ。いや、夏を迎えてより繁茂した印象で、放置された大型ゴミに絡みついていよいよ足の踏み場がなくなっている。玄関先の手入れもできない人間に野菜作りなどできるのか——不安たっぷりで大黒と裏手に回った了衛は、そこで意外なものを見た。

麦わら帽子を被った野木元が、格子状に組んだ支柱を前に手を動かしていた。

支柱に生っているのはトマトの枝だ。野木元はその主枝からせっせと腋芽を摘んでいる。じゃがいもと同様、トマトも花芽が多くなると主枝の生育が遅れたり実がつき過ぎて味が落ちたりする。よりよい収穫を目指すのなら芽掻きは必須の作業だ。

麦わら帽子の陰から野木元の顔が覗く。ひどく真剣な面持ちで、いつぞやパチンコ屋に向かう時の腑抜けた顔とは全くの別物だ。

了衛はその真剣さに少なからず心を動かされていた。あの、怠惰と享楽が服を着て歩いているような男がこうまで熱心に野菜作りに専念しているとは嬉しい誤算だった。

「あの男は普段が普段だからちゃらんぽらんに見えるが、いったん一つの作業をさせると凄まじいくらいに集中力を発揮する」

大黒は面白そうに説明し始める。

「その点はパチンコも一緒でな。前にパチンコ台の前で粘っている野木元さんを見たが、今と同じ目をしておった。ここぞという時にあれだけ集中力を発揮するから、普段はのんべんだらりとしておる。そう取ることもできるな」

野木元をしばらく見ていると声を掛け辛くなった。その辺りの機微は大黒も承知しているらしく、了衛の腕をぐいと引っ張る。

「ここはもういいだろう。次を視察しに行くか」

「いやあ、それは……あの野木元さんを見たら充分ですよ」

野木元でさえこれだけ真剣にやってくれているのなら、多々良の様子は窺うまでもないと思った。第一、下手に顔を出して向こうの機嫌を損なえば、却って藪蛇ではないか。

「ふむ、あんたがそう言うんならわしは別に構わんが」

大黒は了衛の怯えを見透かしたかのように薄く笑う。

「しかしまあ、あんたには感謝せんといかんかも知れんな」

「えっ」

「あんたのアイデアがあったから、竜川のみんながこれだけ一致団結しておる。こういうことは近年なかったからな。わしも年甲斐もなくちぃっと昂奮しとるんだ」

それを聞いて胸の閊《つか》えがすっと下りた気がした。

やっと竜川に溶け込めた。

やっと仲間として受け入れてもらうことができたのだ。

思いがけず目頭が熱くなったが、まさか道すがら泣き出す訳にもいかないのでじっと堪えた。

「野木元さんも多々良さんも普段がああだから誤解され易いんだがな。わしらと同じように地区の現状を憂えておるのは間違いない。ほれ、最近は老人の孤独死が多くなっとるだろう」

「ええ」

「都会ですらそんな有様だ。竜川なんぞ放っておいたら住民全員が次々に孤独死しよるわ。あの豪胆な多々良さんでさえ、本音のところじゃそれを怖がっとる」

「とてもそんな風には見えないんですけどね」

「そりゃあ、了衛さんがまだ若いからだ」

大黒の声にはいささか非難めいた響きがあった。

「若いから、自分が老いさらばえ寝たきりになり、孤独のうちに死ぬことなんぞ想像もしよらん。しかしそういう齢に近づくと、これはこれで恐ろしい。まさか自分が誰にも看取られずに野垂れ死にするなんて想像もしていなかったからな。その辺の事情はあんたと一緒だ」

言い換えれば、了衛もまた老人になれば、同様に切実な悩みを持つだろうと示唆しているのだ。

「この計画が上手くいけば竜川が抱える問題の九割方は解決する」

「そんなにですか」

「世の中の揉め事の九割はカネにまつわる話だからな。みんな口には出さんものの、今度のことではあんたに感謝しとると思うよ」

照りつける陽射しは強い。

それでも胸の中には涼しげな風が吹いている。了衛はその感触を楽しみながら帰路に就く。


九月が過ぎ、いよいよ〈竜川野菜〉収穫の時季が巡ってきた。

七戸九人が収穫した作物は以下の通りだ。
・じゃがいも　三十キロ
・さつまいも　二十キロ
・山芋　十五キロ
・ゴボウ　五キロ
・レンコン　八キロ
・トマト　六キロ

・ニンジン　四キロ

地元農協の出荷量と比較すると微々たるものだが、個人サイトの通販で扱う量とすればまずまずではないか——了衛は素人考えながらそう思った。

一方で申し訳なく思ったのは、了衛が収穫した野菜のほとんどが使い物にならなかったことだ。何しろ父親が死んでからは誰も畑の手入れをしていない。〈竜川野菜〉の計画がスタートしたのは初夏の頃だったが、了衛が畑仕事に着手した頃には時既に遅しといった状態で、掘り起こした野菜はどれもこれも売り物にならないほど小ぶりだった。

それに比べてさすがに年季の入った大黒たちの野菜は立派だった。形は多少歪《いびつ》だったが、大きさだけならスーパーに並んでいる物と遜色ない。野木元の栽培したトマトを試食してみたが、市販の物よりも明らかに甘く感じたほどだった。

「野木元さん。すごいですよ、これ」

全員の収穫物を集める場で、思わず了衛はそう口走った。

「こんな甘いトマト、初めてです。これなら絶対飛ぶように売れます」

「よせって」

野木元は無愛想に手を振ったが、その顔は満更でもなさそうだった。

「いや、これは冗談じゃなくって本気でそう思います。口コミで広まれば三ツ星レストラン御用達の食材になるかも知れません」

すると野木元は無言のまま、照れ臭そうに頭を掻く。その仕草は思いのほか愛嬌があった。

「それで肝心の販路の方はどうなっておるんだ」

大黒が気遣わしげに訊いてきた。そう言えば、〈竜川野菜〉のホームページはまだ誰にも開陳していなかった。了衛は家に取って返し、トップページをプリントアウトして持ってきた。パソコンごと持ってくれば簡単なのだが、携帯電話の電波さえ届かない地区ではモバイルのネットも使えない。

「見てください。これが俺たちのホームページです」

了衛がホームページのデザインを見せると、一斉に大黒たちの声が上がった。この中に、やはり能見の姿がないのは残念だが、後で見せれば構わないだろう。

暖色を背景に擬人化された野菜たちが〈竜川野菜〉というロゴの周りを飾っている。なかなかにポップなデザインで、田舎臭さを微塵も感じさせない。

〈健康の第一歩は毎日の食事から〉

〈産地直送！〉

〈化学肥料も農薬も一切使用しない究極の有機野菜〉

〈値段はチョット高いけれど、絶対に後悔しません〉

〈本当に美味しいものは、みんな甘いのです〉

『はじめまして。わたしたちは西多摩郡依田村竜川地区に住むファーマーたちです。この度、新鮮で栄養価たっぷり、しかも完全無農薬の甘い野菜が採れました。ただし数に限りがありますので、今すぐ会員登録して申し込んでください。馬肥ゆる秋、今が一番美味しい季節です』

仕組みは至極簡単だ。会員登録した上で希望の野菜をショッピングカートに入れる。注文を確定させると送料込の金額が表示されるので、後は指定の口座に送金されれば、すぐにこちらから作物を宅配便で送付する。その際には引受番号を会員に返信し、荷物を追跡できるようにする。そして購入ごとにポイントを付与し、そのポイントが次回購入時の値引きに使えるようにする。

食材を加工するのではなく、ただ農作物を直接販売するのであれば免許や許可は何ら必要ない。このことが今回の計画を後押ししてくれた。改めて考えてみると、これほど単純で簡潔な販路は他にない。

「この、値段はチョット高いけれど、というのはどういう理屈なんだい」

久間が不思議そうに訊いてきた。

「こういうのは、たとえば市価より安い、とでもした方が訴求力があるのではないかね？」

「逆ですよ、久間さん」

了衛は自信満々に答える。

「今はプチ贅沢の時代でしてね。他のことは多少節約しても、本当に欲しいものはひとクラス上を求める人が多いんです。そういう顧客層に対しては『チョット高い』というのは購買欲をそそるタームなんです」

「ふん。そんなものかな。安ければ安い方がいいというものでもないか」

「安ければいいというのと、お値打ち感というのは別物です。それにスタート時点で安売りを強調してしまうと、同業他社が競合した時にいずれ値下げ競争になってしまいます。そんな風になったら結局は資本の大きい方が勝つに決まってますから、絶対こちらに不利です。最初から品質で勝負するべきだと思います」

「そんなものかな」

「ええ。〈竜川野菜〉は品質でプレミアム感を出すんです。口コミでそれが伝われば、高い価格設定は逆にプレミアム感を増幅してくれるはずですよ」

久間はまだ疑問が拭いきれないようだったが、それでも何とか納得した様子だ。

「そう言やあ、知り合いに農協の職員がいるんだが」

と、今度は雀野が口を開いた。

「農協の連中も〈竜川野菜〉には並々ならぬ興味を抱いているようだね。野菜の出来はどうだとか、そんなので客が食いつくのかとか色々訊いてきよる」

「それはやっぱり気になるだろうさ」

これに答えたのは大黒だった。

「依田村の農協なんぞ所詮は小商いで、その実情は毎年赤字を累積しておる。その癖、旧弊な考えから抜け出せず昔ながらの農業経営しか展開できん。わしらの試みがどうなるか気が気ではないだろう。実はわしの方にも探りを入れてきよったよ」

大黒は意味ありげに笑ってみせる。

「野菜を売りたかったのなら、何で農協に相談しなかったんだとかな。あまり突飛な値段設定や派手な展開をしてもらったら、依田村の農業経営にも影響が及ぶので少しは自重してくれとかな。えろうそわそわしておった。あいつらは業者との兼ね合いや組合員との取り決めがあって、一足飛びに無農薬、化学肥料なしの野菜なんて作れんし売ることもできん。きっと〈竜川野菜〉が失敗するようにと祈っておるんだろうなあ」

農協の話は了衛も初めて聞いた。自分たちの計画が依田村農協の脅威になっているというのは、正直愉快な話でもある。

了衛の中で妄想が膨らみ始めた。〈竜川野菜〉がビジネスモデルとして成功すれば、話は限界集落からの脱却のみならず、後継者不足とTPP問題に揺れる日本の農業に対する、解決案の提示になるのではないか。〈竜川野菜〉が、安価だが品質に不安の残る輸入野菜との競合、あるいは棲み分けに対する解答になるのではないか——。

もしそうなれば、この竜川地区だけではなく、発案者の溝端了衛は一躍時代の寵児として持て囃されること請け合いだ。

了衛はじっと自分の手の平を眺める。

鍬を握り始めた頃にこしらえたマメはとっくに潰れて、瘡蓋《かさぶた》ができていた。脚光を浴びた暁には、このマメもいい思い出になることだろう。

「今日から早速ホームページを開設します。久間さん、出荷できる野菜のチェックはＯＫですよね」

「ああ。虫食いされてる物は全部除外しておいた。ここにあるのは全部出荷していい物ばかりだ」

「それじゃあ、いったんウチで預かりますから」

了衛はリヤカーに収穫した野菜を積み込み、家まで運ぶ。出荷するまでの保管場所について検討した結果、比較的片付いている溝端家が最良と判断されたのだ。どうせ了衛が注文を受けて、その場で発送手続きに入るのでその方が都合いい。

享保が寝室に使っていた部屋は形見となる物をすっかり処分した後なので、がらんとしている。ここには直射日光も射さないので野菜の保管場所にはうってつけだった。

種類ごとに分別して野菜を並べると、部屋中に土の臭いが蔓延した。以前であれば顔を顰めたであろうこの臭いも、今は不思議に芳《かぐわ》しかった。

これで品物は揃った。

通販の窓口も開いた。

大小様々の段ボール箱を用意して、発送の準備も怠りない。

後は注文がくるのを待つだけだった。

ネットを検索して他の業者や農家が、それぞれの野菜にどんな値付けをしているのかを調べる。皆の手前、高い価格設定を維持するとは言ったものの、天候次第で全体の収量があまりにも乱高下すれば、価格の見直しが必要になるかも知れないのだ。

各サイトを閲覧している最中、着信音が鳴った。

この着信音は、誰かが〈竜川野菜〉の会員登録を済ませた時点で鳴るように設定していた音だ。了衛は慌ててホームページを開く。

『ショッピングカートの中身 じゃがいも8個・トマト4個・ニンジン2本 総計2020円』

胸が躍った。

やった、最初の注文だ。

会員リストに移ると、既に一人の住所氏名と配達希望日時が登録されている。了衛は興奮冷めやらぬ気分で宛先のタックシールをプリンターから出力する。ホームページを開いてから六時間。初日としてはまずまず幸先のいいスタートではないか。

注文された野菜を浮かれ気分で取り分けていると、また登録の着信音が鳴った。

『ショッピングカートの中身 じゃがいも5個・トマト4個・レンコン2本……』

何ということだ。予想以上の反応じゃないか。

了衛は嬉々として、またタックシールを吐き出させる。

これは幸先がいいどころではない。ひょっとして自分はとんでもない鉱脈を掘り当てたのかも知れない。

商品を梱包する了衛の指は昂奮に震えていた。

ネット社会での口コミ効果は知っているつもりだったが、竜川地区に移住してからはすっかり忘却していた。それを〈竜川野菜〉の通販が思い出させてくれた。

「ぜ、全部売れたって?」

通販を開始して五日後、野菜が完売したことを報告すると大黒は素っ頓狂な声を上げた。

「……本当に全部？」

「ええ。じゃがいも一個、ニンジン一本さえ残ってませんよ」

抑えようとしても、つい得意げな声になってしまう。まあいい。これくらいの羽目は外してもいいだろう。

「売り上げは七十八万七千円です。単純に人数割りしても一人八万円以上の収入になります」

「八万円か……タネイモなんかタダみたいなもんだし、かかったのは手間暇だけなんだが……いやあ、結構な収入になるもんだな」

会員からの着金を確認する必要上、〈竜川野菜〉名義の通帳残高は了衛がオンラインで確認している。通帳自体は久間が保管しているが、依田村の銀行に日参している訳ではないので、それだけの売り上げがあったのは大黒も初耳だったのだろう。

「しかし、たったの五日で完売とは……驚いたな」

「大口の注文もいくつかありましたからね。会員数はまだやっと三十を超えた程度です」

正確には会員数は三十四。だが了衛は決して悲観する数字とは考えなかった。ネットでの口コミ効果を思い出した今は尚更そう思う。

「今回、〈竜川野菜〉に満足してくれた三十四人の会員はまず間違いなくリピーターになってくれるでしょう。でもそれだけじゃありません。その三十四人がブログやＳＮＳで話題を拡散してくれたら、次回は二倍三倍の会員が見込めるんですよ」

「二倍三倍……」

「当然、商品となる野菜もそれだけ作らなきゃいけなくなります。今使っている畑だけで足りなくなったら休耕地も復活させなきゃなりません。広くなった畑を一人で耕すのが困難になったら、人を雇わなきゃなりません。それはきっと喫緊の課題になるはずです」

了衛の言葉に耳を傾けている大黒の顔が俄に色づき始めた。

野望という名の色だった。

収入増、生産拡大、若年層の流入――。

予てより大黒が夢想してきたことだが、それがこんなに早く到来するとは予想もしていなかったのだろう。

「了衛さん。インターネットでの宣伝力というのはそんなにもすごいものなのかい」

「威力については、〈竜川野菜〉の売れ行きがそれを証明していますよ」

「だったら人を雇うにしても、役所やら何やらを通すよりもインターネットを使った方が得策かも知れんな」

「それは俺も考えていました。ホームページのどこかにスタッフ募集と打てば、結構人が集まるような気がします」

「そうなると廃屋の改修も急がにゃならんな」

大黒は腕組みをしてほくそ笑む。どうやら建築業者か不動産屋に知り合いでもいそうな顔つきだった。

何か一つがいい方向に転がると、他のこともそれにつれて好ましい方向に動き出す。成功する時というものは、えてしてそういうものだ。今回の試みがその好例ではないか。これで何もかも上手くいく——竜川地区の閉鎖性は雲散霧消し、自分自身も鬱々とした毎日から解放される。

「ふははは」

大黒が豪快に笑う。

「この齢になって、こんな痛快なことを味わえるとはな。いやあ、楽しい」

つられて了衛も笑い始めた。竜川地区に戻ってから、これほど満ち足りた気持ちになれたのは初めてのことだった。

胸に充足感を覚えながら家に戻ると、玄関先に見慣れぬ男が立っていた。

「こんにちは。この家の方ですか」

男は長身に背広を着込んでいた。竜川地区で背広姿の人間を見かけることはついぞなかったので、興味が湧いた。何かのセールスマンだろうか。

年齢は三十代半ば、細い眉に縁なし眼鏡。のっぺりとした顔立ちだが、数カ所に傷痕が見える。その剣呑な雰囲気を柔和な笑顔が中和している。

「失礼ですけど……」

「生活安全局から参りました宮條《くじょう》という者です」

生活安全局というのは初めて聞くが、きっと役場の部署なのだろうと思った。

「村役場ですか」

「いえ、東京都です。お宅では井戸水をお使いなのですか。来る途中、裏庭が見えたので」

宮條は裏庭の方角を指す。

「ええ、使ってます。飲み水専用ですけどね。それが何か？」

「実はこの辺り一帯の水質調査を行っています。もしよろしければサンプルをいただきたいのですが」

水質調査。それで生活安全局なのかと合点した。

「でも調査の必要があるんですかね。ここの水はとんでもなく美味しいんですよ」

「それを含めての水質調査です」

慇懃な物腰に引っ掛かりが消える。そう言えば名水百選というのも最初はサンプルの採取ではないか。

「構いませんよ。どうぞこちらへ」

宮條を後ろに従えて裏庭に回る。

「撥ね釣瓶とは今どき珍しいですね」

「ここは相当に田舎ですから。とても都内とは思えないでしょう」

「自然が豊かでいいところだと思いますよ。それではサンプルを採取させていただきます」

宮條は持っていた鞄の中から大きめの試験管を取り出す。慣れない手つきで柄を漕いで桶に水を入れると、その中に試験管を潜らせる。

「この地区の方たちも全戸、井戸水を汲んでいるんですか」

「いや、井戸があるのはウチくらいだと聞いてます。よくは知りませんけど」

「あなたは以前からお住まいじゃないいんですか」

「Uターン組ですよ。前は川崎に住んでたんです」

「もう慣れましたか?」

「ええ、もうすっかり。今は野菜作りが楽しくて仕方ありません」

「それは結構なことです」

試験管に蓋をすると、それで作業は終わったようだった。宮條は井戸水を詰めた試験管を鞄に収める。一瞬、中身が見えたが、他の場所でも採取したらしく同様の試験管が数本認められた。

「お邪魔しました。それでは」

宮條は軽く頭を下げ、そのまま敷地を出て行った。

名状しがたい空気がまだそこに残っていた。

4

大黒に成果を報告した翌日、いつものようにホームページを開いた了衛はおやと思った。通信欄に一件の書き込みがあったのだ。

　そう言えば、届けた野菜の評価をまだ受けたことがなかった。さては食材に使用した感想や評価でも書き込んでくれたのかと思い、通信欄を覗いて驚いた。

『受け取った商品を返品します』

　一瞬、目を疑った。

『注文したのはじゃがいもとトマトですが、じゃがいもは変に歪んでいるし、トマトはまだ青いところが残っていて、どれひとつとしてマトモな形をしていません。はっきり言って不良品です。こんなモノを商品として販売するなんて詐欺じゃないですか？　品物は着払いで返送しますので、代金と送料を一刻も早く返金してください』

　文面の最後には会員のものと思しき口座番号が記されている。

　あっと思った。

　ホームページに載せていた商品の写真は、ネット内の画像を適当に拾い集めて貼り付けただけの代物だった。まだ野菜が収穫される前に作成依頼していたホームページなので仕方のない事情だったし、第一野菜など種類の判別できる外見を備えていればそれで充分だと決め込んでいたのだ。

　クレームの主は五十二歳、主婦とある。了衛自身は〈竜川野菜〉の味に魅了されて形のことには頓着しなかったが、主婦ともなればそういう厳密な見方をするものなのだろうか——。

　いや、違う。

冷水を浴びせられたように了衛は思い込みから覚めた。この主婦の見方が一般的で、逆に自分たちが留意しなかっただけだ。スーパーに並べられた野菜を見てみるがいい。どれも均一な形と大きさで泥一つついていないではないか。

思えば、竜川地区の人間は長らく自宅の畑で採れた野菜ばかりを口にしてきた。スーパーの野菜を標準にすることはなかったのだろう。それは自炊から遠ざかっていた自分も同様だった。

書き込みの内容からまだ商品を調理してはいないようだ。〈竜川野菜〉のホームページには特にクーリングオフについて記述はしていないが、通信販売という業態を採っている以上、消費者側に分がある。下手に争いが生じればイメージダウンになりかねない。ここは素直に返品に応じた方が得策と思えた。

急いで返品に応じる旨と詫びの言葉を添えて返信すると、了衛は久間の家に向かった。〈竜川野菜〉の通帳は久間が保管し、銀行印は大黒が持っている。キャッシュカードは最初から作っていない。不正や横領を防ぐための手段だったが、こうした返金手続きを取る際には面倒なことこの上なかった。

「形が気に入らんだと？」

説明を受けた久間は訳が分からないという顔をした。

「まさか野菜をそのまま丸齧りする訳じゃあるまい。どうせ調理する際には皮を剝くなり切るなりして形が変わるだろうに」

やはり博覧強記の久間でさえ、商品の見映えには考えが及ばなかったらしい。久間には品質管理を担当してもらったのだが、彼の中で野菜の形というのは品質の範疇《はんちゅう》になかったのだ。

「それでもクレームはクレームですから。法律的にもこちらの立場は弱いですよ」

充分納得していない様子の久間を説き伏せて通帳を受け取ると、今度は大黒宅に急ぐ。

「形が気に入らん？　そんな理由でカネを返せと言うのか」

大黒の反応も似たようなものだった。ただしこちらの方は多分に怒りが込められている。

「それなら、わしらが毎日食べておる野菜は売り物にはならんという理屈か。ふん、消費者なんて我がままなものだな。いったい自分を何様だと思っとるんだ」

しかしその口調は消費者に対してと言うよりも、計画に支障を来したことへの怒りのように聞き取れた。

「釈然とせん」

「でも地区長。この件で変に揉めるとトラブルは拡大します。こういうことはネットですぐに拡散しますから」

「インターネットの宣伝力が逆に災いするということか」

大黒は唾でも吐きかねない勢いだった。

「了衛さんよ。あんたの持ち上げたインターネットというのは、思いのほかわしらの武器にはならんかも知れんな。ちゃんとそこまで考えとったかね」

半ば言いがかりのようなものだったが、ネットの有益性を説いたのは自分だけだ。了衛はただ頭を垂れるしかなかった。

怒りの治まらない大黒を宥《なだ》めすかして印鑑を受け取り、その足で依田村唯一の銀行に向かう。

返金手続きを終える頃には、心身ともに重くなっていた。

返金した旨を当の会員に伝えようとしてホームページを開くと、通信欄に新たな書き込みが増えていた。

まさか、と怯えながら読んでみる。

『返品します。こんな、途中で曲がっているレンコンやニンジンなんて信じられない！　人を騙すのもいい加減にして！』

『トマトの赤いところと青いところが斑になっててキショいです。これ、何かの病気になったトマトじゃないんですか？　あなた、売れ残った不良品を通販でさばくつもりなんですか？昨日のうちにソッコー送り返したのでお金も返して！』

『これは新手のサギですか！　箱を開けた時には怒りで目の前が真っ赤になりました。今日中に代金を返してくれなかったら訴えますよ』

『正直言ってガッカリしました。良心的な農家さんだと思ってたのに……とてもショックです』

読んでいる最中、軽い眩暈に襲われた。文面から察するに、現物を見ただけで判断されてしまっている。

すぐに反論の返信を何文字か叩き始め、途中で止めた。

駄目だ。会員は既に感情的になっている。この時点で「文句を言う前に味を確かめてくれ」

と返したら、火に油を注ぐようなものだ。

落ち着け。

落ち着け。

破裂しそうな恐怖を抑えるために深呼吸を一つ。

やはり反論するべきではない。商品を提示する段階で、現物の写真を掲示しなかったこちら側の落ち度だ。

恐怖心は鎮まったものの、落胆で押し潰されそうになった。返金金額を計算してみると二十万円を超えている。半日で収益がずいぶん減ってしまった。

幸か不幸か通帳と印鑑はまだ手元にある。了衛はその二つを手に、今来た道を戻る。

まだまだ返金の要求が続くかも知れない。だから銀行の閉まるぎりぎりの時間まで待った方が手間を省けるのだろうが、験の悪いことはこれきりにしておきたい気持ちの方が大きい。

返金を済ませた帰り道、心身は更に重くなった。これから通帳と印鑑を返却する際、大黒と久間に経過報告しなければならないのも足を重たくさせている一因だった。

二人は予想通りの反応を見せた。

大黒はひたすら怒り狂った後、不機嫌そうに顔を背けた。

久間は皮肉な笑みを浮かべた後、愛想が尽きたという風にやはり顔を背けた。最後には、二人とも了衛の顔など見ようともしなかったのだ。

期待が膨らんだ分、萎んだ成果は惨めに映る。高く舞い上がったほど、墜落した時の衝撃は大きい。大黒や久間がこれだけ態度を豹変させるのだ。これが野木元や多々良ならどうなるのだろう。想像することさえ気が引けた。

気が落ち、肩も落として自分の家に帰る。まだ、やっと午前中だというのに、一日中徒労を繰り返したような疲れを感じる。いっそ部屋の中で大の字になってみようかと思ったが、身体はパソコンに向かった。

いくら何でも、もう今日中の返金依頼はないだろう。いや、逆に新たな会員登録があるかも知れないではないか——。

人間には、危険と知りつつ断崖絶壁の上に立ちたくなるような破壊衝動がある。了衛をパソコンに向かわせたのは、そういった衝動に近いものだった。

そして不吉な予感は悉く的中する。通信欄にはまた新たな書き込みがあったのだ。

了衛は絶望に囚われる。それでも指は、脳の命令を無視してマウスをクリックする。

現れたのは、やはり返金依頼だった。

結局、三日間で返金依頼は三十二件、金額にして七十二万五千円に達した。これだけでも充分に萎える話だが、了衛が一番堪えたのは返品された野菜を受け取った時だった。

返品されてきた野菜を再び売りに出すような勇気はなかった。せめていくらかでも現金に換えられないかと思案し依田村農協を訪れたが、職員の対応はけんもほろろだった。

「ええ？　これを通販で売ろうとしたって？　あんた恐ろしいこと考えるねえ。こういう形が歪なのはB級品といって出荷段階でまずはねられるんだよ。こんなもの、売り物になる訳ないじゃない。まあいいとこ生産者の胃袋専用か家畜のエサにするしかないよね」

詳しく訊くと、いくら味がよくても歪な形の野菜はどうしても売れ残ってしまうので店側から嫌われてしまう。仕方なく出荷段階で分別するのだが、実際に出荷される野菜よりもB級品としてはねられるものの方が多いのだと言う。

「あのう、これを農協さんで引き取ってもらえませんか」

「この出来損ないをかい。あー、無理無理。絶対に無理。あんた組合員でも何でもないんでしょ？　それにB級品自体余っている上に、この辺の農家は家畜飼っているところも少ないから処分しようがないんだよね。悪いけどタダでも要らないよ」

了衛たちの〈竜川野菜〉を明らかに知っていそうな職員は、冷笑を浮かべながらそう言い捨てた。素人が農協に盾突くからこうなるんだ——そんな風にも見てとれた。

カネにはならない、引き取ることもできないと断られたら持ち帰るしかない。仕方なく野菜を積んだリヤカーを引いて自宅に戻る。帰路は敗北感と恥辱で胸が塞いだ。

竜川地区の希望、七戸九人が力を合わせた汗の結晶は、家畜のエサという最低の評価しか得られなかった。リヤカーに積んでも尚ずしりとくる重みも、要はゴミの重さと同じということだ。

だが了衛は落胆するだけだからまだいい。実際に汗を流し、野菜を収穫したのは他の八人なのだ。

事業は失敗だった、せっかく収穫した野菜は家畜のエサ程度の価値でしかなかった——そう知らされた時の皆の顔を想像すると、今すぐリヤカーを放置して逃げ出したくなった。

大黒家の庭に集まってもらって事情を説明すると、予想した通り全員の顔色が変わった。

「そりゃあ、あれじゃないのかい。最初の企画段階で大事なことを見落としてたってことだよなあ」

雀野の声は最初から尖っていた。

「つまりとんだ見切り発車だった訳だ。そりゃあ誰の責任だね？」

「俺の……責任です」

「ほう。じゃあ了衛さんの責任なら、どう始末をつけてくれるんだい。折角の野菜、これじゃあタダ同然なんだろ？」

「それは、その……」

「困るわよね、そういうの」

多喜が畳み掛けてきた。

「ウチの主人も雀野さんとこも、そりゃあ熱心に野菜作ってたのよ。了衛さんだって見掛けたでしょ。これは自分たちが食べるものじゃなくって売るものなんだからって、一日のほとんどの時間を使ってたのよ。それを今更失敗しました、なんて。ねえ、何とかならないの？」

「これを出荷しても多分同じことの繰り返しになりますし……いや、〈竜川野菜〉は不良品ばかり売りつけるなんて風評がネットに流れたら、もう二度とビジネスができなくなります」

「いったい、どういうことだよ、それは」

いきなり野木元が激昂した。

「俺たちが汗水垂らして畑仕事したのは、お前がこれは売り物になると言ったのを信じたからだぞ。それを今になって返品されました、農協にも引き取りを拒否されました、結局不良品でしたってのは、どういう了見なんだよ。ふ、ふざけるのもいい加減にしやがれっ」

野木元に詰め寄られるが、了衛に抗弁の言葉など思いつくはずもない。

「すみません……」

「すみませんじゃないって言ってんだよおっ。お前な、まともに畑仕事なんかしたことないだろ。まともに土も耕したことないだろ。だからそんなにあっさり駄目でしたなんて言えるんだ。所詮、お前はよそ者なんだよっ」

「そんなつもりは……」

「そんなつもりじゃなきゃ、どんなつもりだったんだよおっ」

野木元は了衛の襟首を摑み上げた。

「分かってんのか、手前ェ。ここにいる全員を虚仮《こけ》にしたんだぞ。期待を裏切ったんだぞ。このまま無事に済むと思ったら大間違いだ」

「で、でも、この野菜を売るなんてビジネスモデルが」

「知るかあっ」

途端に野木元の拳骨が左の頰に炸裂する。了衛の身体はまるで人形のように横へ吹っ飛んだ。

「待てよ、雅幸さん」

下の名前で野木元を制したのは、意外にも多々良だった。

「万さん、止めんなよ、あと二、三発も入れてやらねえと俺の気が済まねえんだ」

「こいつ殴ったって、してきた苦労や手間暇が戻ってくる訳じゃないだろ」

結構、優しいんだな——頰の疼痛を堪えながら、了衛は多々良を少し見直していた。

だが、間違いだった。

多々良は了衛を見下ろしてこう言った。

「お前、さっき言ったよな。自分の責任だって」

「言い……ました」

「じゃあお前一人が損害を被れば問題ない訳だろう。だったら簡単だ。この返品の山、お前が買い取れ」

「えっ……」

「えっじゃないよ。責任取るっつったらそれ以外どんな方法がある」

「で、でも」

「迷惑料まで取ろうなんて思っちゃいない。七十二万五千円だけ補塡してくれりゃあいい。どうだ、無難な線だろうが」

「そんなおカネ、俺は」

そう言葉を返すと、多々良は合点したように頷いた。

「ああ、悪い悪い。そう言えばお前、銀行預金はとっくに五十万円切ってたんだよな。で、今はいくら残ってるんだ。四十か。それとも三十か。まさか二十ってことはないよな」

驚愕した。

どうして多々良が自分の資産状況を知っているのか。

「信じられないって顔だな。あのな、こんなクソ狭い村だぞ。誰がいくらくらい貯め込んでいるなんて大概知れ渡ってるさ」

そうか。

依田村で唯一の銀行に了衛は預金口座を持っている。そしてあそこの行員の大半は依田村の人間と聞いている。まさか、そんな個人情報まで筒抜けになっているとは。

「ちっ。仕方がないから、銀行に預けてある分、そっくり俺たちに弁償しろ。それで今回のことは許してやる」

「お、俺の生活費が……」

「生活費も何も、ここにこんだけ野菜があるんだ。値段はチョット高いけれど後悔しない、甘くて栄養たっぷりの野菜なんだろ？　そんだけありゃ半年以上保つ。野菜だけ食べていれば相当長生きできるって言うぞ」

勘弁してくれ。

涙目を大黒に向ける。〈竜川野菜〉の取り纏めは確かに了衛だが、全体の責任を負っていたのは大黒だったはずだ。大黒なら、この場を収めてくれる。いや、そうでなくては地区長の意味がないではないか。

大黒は唇の端を不満そうに歪めていた。

「七十二万五千円がわずか三、四十万円に目減りか……皆はどう思う？　地区長としては、これ以上無益なトラブルは起こして欲しくない。了衛さんにしたって無職の身だから、逆さに振ってもそれ以上のカネは吐き出せんだろう。一人あたまの金額は知れておるが、余分に年金が入ったと思えば腹も立たんのじゃあないか」

大黒がその場の人間を見回す。多喜と雀野夫妻、それから久間は渋々といった体で頷く。残る野木元はまだ苛立っているようだが、大黒が睨み続けていると、これも不承不承に頷いた。

「という訳だ、了衛さん。今回のことはあんたのミスだから、最低限の責任は取ってもらう。今日にでもわしが銀行まで同行してやるから、その場でカネを渡してくれたら皆に分配しておく。それで恨みっこなしだ」

何が恨みっこなしだ。

大黒を睨みつけようとした時、野木元が野卑な声を上げた。

「恨みっこなしだと。笑わせるな。カネはきっちりいただく。しかしなあ、こいつを許すつもりなんか金輪際ないからな。こいつは俺たちを騙したようなもんだからな」

「もう、その辺にしとけよ」

多々良がまた制止に入った。

「今度のことでこいつの性根が分かっただけでもめっけものじゃないか。お蔭で、二度とこいつの言うことに踊らされずに済む」

七人は合点したような顔で了衛を睨《ね》め回した。

了衛は屈辱に奥歯を嚙み締めていた。

その日のうちに了衛の預金残高は五桁になった。わずかでも残ったのは、銀行に同行した大黒の「光熱費が払えないとまずいだろう」との配慮によるものだった。

幸いに米の備蓄はまだある。野菜なら馬に食わせるほどある。だから当分食うこと自体には困らない。問題はそれ以外にあった。

野菜の通販事業が事実上頓挫した日から、了衛は再び地区で孤立した。いや、道で挨拶しても碌に返事もしてくれなくなったので、状況は孤立よりも悪化したと言える。〈農作業もできないろくでなし〉から〈何も満足にできないろくでなし〉に降格された証だった。

それだけではない。陰湿で、しかしあからさまな嫌がらせが始まったのだ。

ある朝異臭に気づいて出てみると、庭に糞尿がばら撒かれていた。ヒトのものなのか獣のものなのか判然としなかったが、排泄されて間もないことは臭いの強さで窺い知れた。

泣きたくなるのを堪えて汚物を処理すると、次の日には猫の死骸を放り込まれていた。腹を掻き切られて、臓物を派手に溢れさせた野良猫だった。馬鹿らしくなるほど幼稚なやり口だったが、直截である分だけ神経に堪える。

世の中には目に見える悪意が存在する。皮膚で感知できる蔑視が存在する。竜川地区住民の了衛に対する意識がそれだった。家の中にいても大黒たちが自分を蔑んでいる顔が見える。寝ていても彼らの罵る声が聞こえる。

死骸を裏山へ捨てに行く時、野木元と擦れ違った。その際、野木元が浮かべた冷笑は一日中目蓋の裏に貼りついた。

ここを出て行け。

糞尿も猫の死骸もそのメッセージに他ならなかった。だが家と土地以外には何も持たない了衛は、今度こそ竜川地区にしか身の置き場所がなかった。

この分では、いずれ家の中にまで汚物を放り込まれるかも知れない――そんなことを案じていると、玄関ドアをノックする音が聞こえた。

こんな紳士的な訪問をする人間はもう一人しかいない。ドアを開けてみると、案の定そこには能見が立っていた。

「中に入ってもいいかな」

遠慮がちな物言いは以前のままだった。

「玄関先だと人目があるし……」

「あ、ああ。どうぞどうぞ」

奥に招き入れると、能見は懐から取り出した封筒を了衛に差し出す。

「何ですか、これ」

中を検めてみると一万円札が四枚と千円札が三枚入っていた。

「返すよ。先日、地区長がウチのポストに投げ入れていったものだ。僕の取り分という意味だろうけど、元々は君の口座から引き出したおカネだろう。僕の分だけで申し訳ないけど返しておくから」

「そんな！　俺の方こそ申し訳ないのに」

「了衛さんが卑下する必要なんて全然ない。君は本当によくやったよ」

「……でも、失敗でした」

「町興し村興しの類がそうそう成功するものかね。そんなに簡単にいくものなら、今頃この国の地方はこんなにも疲弊していないよ」

「地区の人たちに迷惑をかけてしまいました。途方もない夢物語を見せて、ぱんぱんに膨れ上がった希望を一気に萎ませてしまいました」

「夢や希望がなかったら生きていくのは辛くなる。萎んでしまうまでは豊かな気持ちでいられたのなら、了衛さんに感謝すべきだよ」

了衛が突っ返した現金入りの封筒を、能見は丁寧に押し戻す。

「僕のことなんて気にしなくていい。それより、これを了衛さんが受け取ってくれないと僕の気に障る。君に対する申し訳なさで気が滅入る。僕の健康のために、これを納めておくれよ」

了衛はそれ以上、拒むことをしなかった。現状、四万三千円の現金は何よりまして有難い。

「まだ、残っている」

能見は自分の左頬に指を当てる。了衛はつられて自分の頬を撫でる。朝、鏡で見ると痣がまだくっきりと顔に色をつけていた。

「ずいぶん強く殴られたんだね。ひどいことをする」

「いや……これは俺が悪いんですから」

「庭に汚物を撒かれるのもかい？」

能見はじっと了衛を見据えた。途端に羞恥が襲ってきて、了衛は俯いた。

失敗し続け、周囲に迷惑をかけ続け、挙句の果てには信用もカネも尊厳も失ってしまった。今世の中に、自分ほど惨めな存在はないだろうと思う。

しかし、その惨めな男の肩に、そっと能見が手を添えた。

「田舎の悪しき習癖だ。新しい試みに怖気づき、失敗したらそれ見たことかと全員で袋叩き。それからお得意の村八分と嫌がらせ。でもね、了衛さん。決して腐っちゃいけないよ。結果がどうあれ、あなたがしたこと、やろうとしたことは絶対に間違っちゃいない。それだけは確かなんだから」

真冬の風に悴《かじか》んだ手足がゆっくりと微温湯《ぬるまゆ》に浸されるような感覚だった。

手を置かれた肩から、凍てついたところがとろとろと融けている。罅割れた心に、能見の言葉が沁み込んでくる。

気がついた時、了衛は能見の前ですすり泣いていた。

四　君の美しい岸辺では

1

『十一月十二日。今日もまだ訪問者はゼロのようですね。当然ですよね、あれだけ市場ニーズを無視したような野菜を商品にした〈竜川野菜〉ですから。でも管理人はね、真剣に美味しい野菜を消費者の皆さんに提供したいと思っていたんです。皆さんを騙そうなんてつもりは一切ありませんでした。それだけは信じてください……って書いても、訪問者ゼロなら誰にも伝わりませんよね』

了衛はキーを叩きながら自嘲するように唇を歪める。〈竜川野菜〉へのアクセス数がゼロになってからもう十日、ホームページへの書き込みは既に了衛のブログと化した感がある。当初は空しさを誤魔化すために書き込んでいたのだが、最近は精神安定剤代わりにキーを叩いている。

『もちろんニーズを知らず、マーケティングもしなかった管理人のわたしに非があることは明らかです。ええ、全部わたしの責任です。だから、今もその罰を受けています。昨日も窓ガラスを割られました。修理してもらう予算もないので、割れた箇所に厚紙を張ってしのいでいますが、強風が吹く度に剥がれるので往生しています』

こんなことを躊躇《ちゅうちょ》なく書き込めるのも、地区でパソコンを所有しているのが了衛だけだからだ。もちろん携帯端末でホームページを閲覧することも可能だが、幸か不幸かこの地区は電波圏外であるためにそれも叶わない。

思いを吐露することで胸の閊えが下りる。本音を叫ぶことで気が晴れる。

きっと自分のしている行為はそれと同じだ。読み手のいない掲示板に思いを綴ることで、爆発しそうな感情の手綱を締めている。

『結局、皆さんから返品された野菜はわたしが全て買い取らせていただきました。お蔭でずっと野菜生活ですよ。朝昼晩、米のない日はあっても野菜の出ない日はありません。っていうか野菜しか食べるモノがないんですけれどね。ずいぶん野菜の料理には詳しくなりましたよ。ただ焼いたり煮たりするんじゃ、すぐにレパートリーがなくなってしまいますからね。揚げる、お浸しにする、和える、サラダにする。もう何でもござれです。こういう食生活になって改めて思うのは、〈竜川野菜〉の美味しさです。滋味というんですか、嚙めば嚙むほど野菜本来の味が出てくるんですよ。皆さん、ニンジンが甘いなんて知ってましたか？　キュウリが香ばしいなんて知ってましたか？　〈竜川野菜〉を一度食べれば、スーパーに並んでいる野菜なんて本当の野菜じゃないことが分かります。こんなに美味しい野菜を口にすることができて、わたしはちょっと得した気分です。いや、とても得した気分ですね。返品どうもありがとうってなものですよ』

書き連ねていくうち、キーを叩く手に力が入る。タッチの音が次第に荒々しくなっていく。

『それに比べて、見た目の悪さだけで〈竜川野菜〉を評価した皆さんは本当にお気の毒です。

いや、お気の毒というより滑稽《こっけい》ですね。何ていうか、上辺だけで判断する人間はこの上なく馬鹿なんだろうって思いま』

そこまで書いてから、慌てて削除した。気軽に文章を綴っているうちに会員への罵倒になり始めている。いくら訪問者がいないとはいえ、通販のホームページで書いていいことではない。

了衛はいったんパソコンを閉じ、台所へ足を向ける。台所の脇には段ボール箱が積んであり、中には返品された野菜が詰まっている。

ホームページに綴った内容に嘘偽りはなく、了衛の食生活は今や野菜一色だった。大黒たちにカネを奪われたために、米や肉や魚を買うこともできず、ひたすらB級品の野菜を調理し続けている。

ただし気分は記述したものとずいぶん違う。どれだけ滋養があろうとも、毎日野菜ばかり齧っていて心が豊かになるものでもない。ベジタリアンになればさぞ健康になるだろうというのは浅はかな先入観で、実際、野菜ばかり口に運んでも気力や体力は充実しない。それはここ数日の野菜生活で嫌というほど思い知らされた。

しかもその野菜も自ら好んで買い求めたモノではなく、自身の失敗が形を変えたものなので、食べる度に鬱屈《うっくつ》が蓄積されていく。野菜本来の栄養価はともかく、精神が衰弱していくようだ。

了衛は野菜の詰まった箱を眺める。じゃがいもやトマトは比較的調理がし易いので順調になくなっていくが、レンコンやニンジンはなかなか減らない。

天ぷらにでもするしかない。こんなことならもっと独身者の料理を身につけておけばよかったと悔いてみたが、今更クックパッドを参考にする気も起きない。

レンコンを慣れぬ手つきで輪切りにしていたその時だった。

寝室の方からガラスの割れる音がした。

次いでヨハンの啼き声。

またか。

了衛は短い溜息を吐いて、また包丁を動かし始める。不用意に現場に向かえば、第二の襲撃を受けるかも知れない。最初の頃こそ割られる度に大騒ぎをしたが、近頃ではすっかり慣れてしまい、妙な余裕まで出てきた。

音は一度聞こえただけで止んだ。了衛は箒《ほうき》と塵《ちり》取り、そしてガムテープを携えて寝室に戻る。

案の定だった。寝室の窓ガラスが破損し、ガラス片が床の上に散乱している。そのガラス片の中に拳大の石ころが見える。手頃な大きさだ。これなら道路ではなく、もっと離れた場所からでも投擲《とうてき》できる。ヨハンが察知できなかったのも無理はない。

ガラス片を掃き集めた後、更にガムテープで細かな破片を取り除く。これも最初は大きな破片だけを片付けてよしとしたため、後から破片が足の裏に刺さった教訓から得た知恵だった。

外の冷気が吹き込んでくる。

改めて窓を眺めてみた。合計二十枚のガラスがもう五枚も割れている。ほぼ二日に一度の割合で投石されているので、この調子で一カ月も経てば窓ガラスが全滅する計算になる。

のろのろと台所に引き返し、段ボール箱の一つを解体する。その一辺で窓の穴を塞ぐと、やっと冷気の流れが止まった。

こうして穴を塞いでも、二日すればまた新たな投石がある。いたちごっこだという思いもあれば、全部割れてしまえば終了ではないかという諦めもある。どちらにしても喜ぶような話ではない。

表に出ると、ヨハンがこちらに駆けてきた。

「犯人に吠えてくれたんだな。偉いぞ、ヨハン」

了衛が腰を屈めると飛びついてきた。体毛を通じてヨハンの体温が伝わってくる。それだけで冷えた心が解されるように感じられる。

犬は人間の一番の友だち、という言葉は真実だと思った。

では、人間の一番の敵は——やはり人間だろう。

「いっそのこと、リードを外してたら、犯人に噛みついてくれてたかな?」

問い掛けると、ヨハンは肯定するようにひと声啼いた。

「お前、利口だものなあ。でも下手に噛みつこうとして逆襲に遭ったら嫌だからな」

ヨハンは大きな目で主人を見つめる。どうして自分を信頼してくれないのか、というような目だった。

「いや、お前はきっと勇敢に闘ってくれると思うよ。だけどな、ここに住んでいるヤツらはとても人でなしだ。お前が勇気を奮い起こせば起こすほど、きっと残酷な手段に訴えてくる」

話している傍から猟銃を構えた多々良の姿が浮かぶ。そうだ、あの男なら眉一つ動かさずにヨハンを撃つかも知れない。

待てよ、とも思う。いくら粗野だとはいえ、多々良は猟友会の一員である。果たして面白半分で子犬を撃ち殺したりするものだろうか。自分の腕に自信やプライドを持った者が、鎖で繋がれた小動物を狙い撃ちするものだろうか。

いや、あの男を信用してはいけない――了衛は激しく首を横に振る。矜持《きょうじ》も信条もあるものか。暴力と野卑な言葉でしか自分を表現できない男だ。本気で了衛が疎ましくなれば、平気でヨハンに銃を向けるのではないか。

判断がつかずにいると、ヨハンが甘えたように啼いた。

「そっか。まだ飯食ってなかったよな」

台所から持ってきた残飯を差し出すと、ヨハンは千切れんばかりに尾を振りながら皿に鼻面を突っ込む。犬の癖に根っからのベジタリアンなのか、毎度の野菜飯でもヨハンの食欲に衰えは見えない。

「いっつも食欲旺盛だよな、お前って」

ヨハンを見ていると、甘えるのも食べるのも一生懸命なので飽きるということがない。動物的な行動だと言われればそれまでだが、じっと観察しているとささくれ立った気持ちが丸くなっていく。

「やっぱり放し飼いは危険だよな」

語りかけると、ヨハンは食事を中断して真ん丸の目で飼い主を見上げる。

「誤解すんじゃないぞ。危険なのはお前じゃなくて近所のヤツらだ。下手に放し飼いしてたら、それだけで射殺される可能性があるからな」

ヨハンは了解した、とでも言うようにひと声啼いた。

了衛は食事中のヨハンを残して、また寝室に戻る。さっき中断したホームページへの書き込みを再開するつもりだった。

パソコンを開く前から、文章は頭の中にある。

『返品された野菜は愛犬にも好評です』

一瞬、躊躇いが生じる。商品として扱っていたモノを飼い犬のエサに供しているというのは、会員に対しての侮蔑ではないのか。

だが、どうせ会員のほとんどは返品してきたのだし訪問者の途絶えた事実が、了衛の指を動かした。

『ほら、最近はペットフードも高級化してますよね。下手したら人間様の食べ物より高価ですよねー。だから犬の方が舌が肥えてるんじゃないかと思う時があります。それでウチの愛犬は、〈竜川野菜〉を食べ続けているのに、一向に飽きる様子がありません。これって〈竜川野菜〉が本当に美味しいことの証明じゃないんでしょうか?』

文章を打ち終えてから読み直してみる。

まともな管理人の書く内容でないことは自覚できる。それでも敢えて削除する気にはならなかった。会員が受ける印象よりはヨハンの従順さを書き記したい欲求の方が強かった。

ホームページへの書き込みなど一円の収入も伴わないし、第一誰に頼まれた仕事でもない。それでも長文を書き込むとひと仕事終えたような気分になるのは、不思議としか言いようがない。きっと頭と指先を動かすことで何かに貢献したように錯覚するからなのだろう。

不意に自己嫌悪に襲われた。

これでは社会からあぶれた人間が、自己満足と現実逃避のためにネットへ書き込みしているのと同じではないか。

俺は違う、と了衛は全力で否定する。今日だって現状を打破するために行動しようとしている。竜川地区に頼らず、住民との関係に依存しない仕事を探そうとしている。そんな自分が社会不適合者である訳がない。

了衛は整理ダンスを開き、一着きりの背広に腕を通した。そして背広姿のまま緑色の自転車に乗る。

廃屋のような家屋の前では異物にしかならない緑色が、田園風景の中にはごく自然に溶け合っている。

背広姿で自転車を漕いでいると、オフィス街を走り抜けていたサラリーマン時代がひどく懐かしく思えてきた。

最寄りのハローワークといえば瑞穂町まで足を延ばさなければならないが、そこまで行かずとも依田村役場に〈人材振興課〉の窓口がある。ハローワークの端末が備えつけられており、担当職員も社会保険労務士の資格を持っているというのだから、要はハローワークの出張所といったところか。

自分には学歴がある。以前まで外資系金融会社で働いていたという実績もある。だから正式な就職活動さえすれば、まともな職業に就けるはずだ。少なくとも地元の野菜を通信販売するよりは実入りもいいに違いない。

竜川地区の利益、住民との融和を第一義に考えて今までやってきたが、もうそんな奇麗ごとを言っていられる状況ではなくなった。預金も尽きてしまった現在、とにかくちゃんとした定収入を得ることが最大の課題だ。

窓口に行くと四十代の職員が座っていた。頭髪が後退しかけた冴えない風貌で、両手の腕抜きがどことなく貧乏臭い。こちらを上目遣いに見るのも気に入らなかった。

辻谷《つじたに》というその職員は、了衛が登録票を差し出してもしばらく品定めをするような目つきをしていた。

「どうかしました？　俺の顔に何かついてますか」

「いいえ。ただあんたの名前だけは聞いていたものでね、溝端了衛さん」

「俺の名前を？　どうしてまた」

「竜川の野菜を、農協も通さずに通信販売しようとしたんだってね。依田村の中じゃ、みんなに知れ渡っているよ」

「へえ、それは光栄ですね」

「光栄？　さすがに世間知らずだね。この辺りで知れ渡る話なんて悪い評判しかないんだよ」

さすがに世間知らずという妙な言い回しの意味を量りかねていると、登録票に目を通していた辻谷が眉間に皺を寄せた。

「事務職を希望、ですか」

「ええ、できれば役場勤めなんか、いいですね」

冗談半分で言ったつもりだったが、辻谷は露骨に顔を顰めてみせた。

「へっ、あんたの齢で今更役場に中途採用？　ないないない。そんなの絶対に有り得んから」

まさかそこまで完全否定されるとは思ってもみなかったので、胸の裡にうっすらと澱《おり》が溜まった。

「ったく、ちゃんと就職したいんだろ？　だったら、もうちょっと真面目な態度を見せてくれないと」

またぞろ胸に澱が溜まってきたが、この場の自分は求職者の立場であることを思い出し、おもむろに背筋を伸ばす。

「まずねえ、溝端さん。あんた、ここが依田村だからって馬鹿にしてないかい」

「そんなことはありませんよ」

「そうかい？　田舎だから役場にだって簡単に潜り込めるとでも思ってたんじゃないの。だったらそれは楽観的どころか大間違いなんだからね。そこから認識していないと碌な就職活動ができないから」

「役場は狭き門なんですか」

「そりゃあ依田村ではエリートが勤める場所だからね」

辻谷の鼻息は次第に荒くなる。

「前職が外資系だったたね。そういう経歴なら、こんな田舎でエリートなんてちゃんちゃら可笑しいと思っているだろ」

「思ってませんよ」

「依田村のエリートってのはね、高校や大学を卒業してもずっと村に留まって、村の発展に尽くしている人間のことだからね。さっさと自分の生まれ故郷を見捨てて出て行くような恩知らずな人間の話じゃないんだよ」

言い方がいちいち気に障る。まるでこちらを挑発しているようにしか聞こえない。

「でも俺、色々と資格持ってるし」

「ああ、このファイナンシャル・プランナー資格三級というヤツね。でもこれ、依田村では何の役にも立たないから。たとえば一級土木とか建築技師の資格とかは持ってないの」

「……持っていません」

「残念だねえ。都会じゃ役に立つものが田舎じゃ糞の蓋にもならないってのはよくあることだから。まあ、宝の持ち腐れってことだよねえ」

「役場が定員一杯なら、他に事務職の募集はありませんか」

「ないね」

にべもない答えだった。

「でも事務職って役場に限らないじゃないですか。他にたとえば郵便局とか農協とか」

「農協」

辻谷は今にも噴き出しそうな顔をする。

「溝端さん。あんた、自分が何をしたか憶えていないのかね」

「はあ？」

「はあ、じゃないよ。〈竜川野菜〉だったっけ。あの話は全部広まっているんだからね。自分たちで作った野菜を農協通さずに売ろうとしたんだろ」

「あ、あれは竜川地区の住民の収入を少しでも増やそうと思って」

「それで結果は返品の山で、挙句の果ては全部自分で引き取ったらしいじゃない」

竜川地区にプライバシーは存在しない。そんなことは百も承知のつもりだが、初対面の人間に告げられると改めて薄気味悪さと不快感が背中を走る。

「そんなね、最初っから農協に盾突くような真似しておいて、今度はそこで働かせてくれなんて、そんなに世間は甘いものじゃないよ」

今度は嬉しそうに喋る。どうやら了衛に説教するのが楽しくて仕方ないらしい。

「その他の希望が月収十五万円だって？　これもねえ、少し現実を見なさいって話だよね。大卒だか元外資系だか知らないけど、もう三十九歳なんでしょ。その齢だったら、もっともっとレベルを下げないとね」

それから辻谷はしばらくパソコンの画面に見入っていたが、やがてふんと鼻を鳴らして顔を上げた。

「今のところ、あんたの希望に合致する求人はないね」

「そんな。もっとよく検索してみてくださいよ」

明らかに苛められていると思った。だが、これしきのことでおめおめと引き下がる訳にはいかない。こちらには生活が懸かっている。

「多少、希望を落としても構いません。そうだ、月収十万円くらいだったらどうですか」

「ないね」

「八万」

「ないね」

「じゃあ職種を変更したらどうですか。事務職じゃなくって営業職とか」

「ないね」

「だったら、あの、力を使う仕事でもいいですけど」

「そういうのは外国人さんが低賃金で一手に引き受けてくれるからね。都会の求人が満杯になると、依田村にも大勢流れて来るんだよ。最近じゃそのテの人たちを専門に派遣してくる業者もいて充分間に合っているのさ」

辻谷は遠慮のない目で了衛の顔を覗き込む。

「溝端さんね、少しは自分の市場価値ってものを自覚した方がいいよ。言っとくけど田舎の方が職は不足しているんだからね。三十九歳で大して役にも立たない資格を持っただけの独身男に、希望通りの勤めがあるはずないじゃない」

何が人材振興課だ——堪えていた鬱憤がふつふつと沸騰し始めていた。

「……何か俺、差別されてませんか」

「差別？　これだから困るんだよねえ。ちょっと自分の思い通りにならないと、すぐ他人のせいにしたがる。そんなんじゃ、どこも雇ってくれないよ」

「まるで人格を全否定されてるみたいです」

「まあた、そうやって自分だけが被害者みたいな言い方をする。あのね、言っておくけど、この辺じゃあ、あんたは竜川地区の人たちに大迷惑をかけた人間てことで知れ渡ってるんだよ。まるっきり逆なんだってば」

「大迷惑って……そりゃあ〈竜川野菜〉の一件で迷惑をかけたのは事実ですけど、損害賠償は俺一人で被ったんですよ。ちょっと一方的過ぎやしませんか」

了衛がむっとして応えると、辻谷はそれも気に食わないという風だった。

「ああ言えばこう言う。こう言えばああ言う。本当に噂通りの人だね。そりゃあ竜川で孤立する訳だ」

「ちょ、ちょっと待ってくださいよ」

噂にしては具体的過ぎると思った。

「いったい誰がそんなこと言ってるんですか」

「みんなだよ、みんな」

「だから、どこのみんなななんですか」

「みんなと言ったらみんなさ」

辻谷はハエでも追い払うかのように、顔の前で手を振る。

「今度、実家に戻って来た了衛って人は依怙地で、自分勝手で、依田村にちっとも馴染もうとしない。何かっていうと都会の考え方を振り翳して村の人間を見下している。こちらが親切に道理を説いてやっても、聞く耳さえ持っていない」

「言いがかりもいい加減にしてくれっ」

思わず大声が出た。

それまで静かにざわめいていたフロアに、しんとした静寂が落ちる。見回すと、職員も窓口に立っている者も、全員胡散臭そうに了衛を眺めていた。

冷たい視線。

しかしそれを浴びている了衛の胸は黒く焦げている。

「そんな短気な人に斡旋《あっせん》できる仕事はあまりないなあ」

辻谷の目はすっかり了衛を見下していた。

「取りあえず、今日のところは登録を済ませたんだし、いったんお引き取りください。もし希望に適《かな》う求人が出たら連絡してあげますから」

そしてまた、追い払うように手を振る。

「……どうせ真面目に斡旋するつもりなんか、ないんだろう」

「しますよお。こっちは仕事でやってるんだから。それはもう誠心誠意、就職活動をお助けしますよ。でも肝心要の本人が無茶な高望みをしたり、およそ協調性がなかったりすると、役場としてもどうしようもないですから。変な人材を斡旋して企業側に迷惑をかけたんじゃあ、役場の信用問題にもなるしね」

辻谷の言葉とともに周囲の視線はいよいよ冷たさを増す。

「それにあんた、竜川に戻った早々、朝っぱらから大きな音で音楽鳴らし回ったんだって。まるで暴走族じゃないの。就職口探すより先に生活態度を改めた方がいいよ」

これ以上、ここにいたら自制が利かなくなる。

了衛は窓口に背を向けると、物も言わずに出口へと急いだ。その背中に聞こえよがしの囁きが突き刺さる。

「今の聞いた？」

「あれ、自分だけが正しいと思ってるね」

「村の者を馬鹿にしとる」

「いい気味じゃ」

嘲笑と侮蔑を払い除《の》けながら、煮え滾る頭で考える。こんなところまで噂を流した張本人は誰だ。お蔭で役場の敷居が高くなってしまったではないか——。

役場という単語で、ふと足が止まる。

竜川地区で役場に縁の深い人物。

久間は元役場の人間だ。

説教好きで、何かといえば了衛を窘めようとする。保守的で教条主義者で、おまけにいったん評価を下すとなかなか撤回しようとしない。

間違いない。自分の風評を流したのは久間だ。〈竜川野菜〉の失敗を深く根に持ち、了衛を嘲ることしか頭にないのだ。

胸の中が重く冷えているのに、頭は憤怒で沸騰している。

ど畜生め。

腹立ち紛れに出口横の観葉植物を蹴り上げると、鉢は簡単に罅割れた。

「こらあっ、あんた何やってるんだあっ」

背後から辻谷の声が飛んできたが、了衛は後ろも見ずに役場を出て行った。

2

『Ｈｅｙ！　皆さんいかがお過ごしですか。サイトの管理人こと溝端です。色々個人的な事情があって、更新が滞っちゃいましたけどすみませんでした。でも、別に構わないのかな。だって更新していない間も訪問者ゼロだったんだから』

季節柄、そろそろ風が強くなってきた。段ボール紙で穴を塞いだ窓は、風が吹く度にべこべこと太鼓を叩くような音がする。

了衛は雑音を消すためにミニコンポのスイッチを入れ、〈美しく青きドナウ〉を流し始める。最初のフレーズを聴くと、すぐに心安らかになった。風が窓を叩く音も消えた。

『少し前まで〈竜川野菜〉最高！　とか書いてましたけど、最近はちょっと考えが変わりました。いや、確かに野菜、美味しいですよ？　美味しいんですけどね、やっぱり毎日じゃ飽きてくるし、野菜だけだと調理方法も限られてきますしね。だって依田村みたいな田舎じゃあ、碌な調味料もないんです。サラダにしようとしても、村に一軒きりのスーパーには二種類のドレッシングしか置いていないし、オリーブオイルなんて最初から諦めてるし。どんなにいい素材があっても、それを生かした調理ができなきゃ、まともな料理にならないでしょう？』

キーを叩きながら、我ながら卓越した指摘だと思った。どんなにいい素材でも、生かしどころを間違えると碌なものにならない——ちょうど今の自分と同じだ。いくら人間的に優れ才能に溢れていても、こんな場所にくすぶっていては社会に貢献できやしない。こんな限界集落を抱える辺鄙《へんぴ》な場所は、自分のような卓越した人材を活用することができない。

重大な損失だと思った。本来なら了衛の学歴も外資系金融会社に勤めていた経歴も、使いようによっては村興しの原動力になったかも知れないというのに、住人の閉鎖性がそれを拒んだ。狭量な短絡さが起業を阻んだ。〈竜川野菜〉の失敗は了衛の市場リサーチが不足していたせいではない。大黒をはじめとした住民たちの無教養・無理解が招いた結果なのだ。

大黒たちの顔を思い出していると、また胸に澱が溜まり始めた。

了衛は鬱憤を解消するべくミニコンポの音量を上げる。

たちまち高鳴るワルツ。それでようやく気が鎮まった。

『本当にね、こういうところに住んでみれば分かるんですけど、田舎から都会に人が流れていく理由も、田舎がどこも限界集落になっていく理由も同じなんです。要は、その地域が優れた人材を使いこなせないものだから、人が流出し、田舎は廃れていく。ただそれだけのことなんです。これってつまり自業自得って意味です』

興が乗ってきた。昂揚感とともにキーを打つのが次第に速くなっていく。

『大体、田舎というのはどこも第一次産業が主要産業になっていますよね。第一次産業というのは言い換えれば肉体労働です。早朝から夜遅くまでへとへとになるまで働く。屋根のない場所で雨風に打たれ、強い陽射しに灼かれながら身体を動かす。当然、家に帰っても飯食って風呂に入ったら、そのまま寝ちゃうんです。本を読む暇もない。だから経済や政治や哲学について知識がない。本を読まないから思考を巡らせることも纏めることもできない。唯々、昨日と同じ仕事を今日も明日も繰り返すだけです。だから進歩もなければ問題意識もない。自分たちの住む場所が廃れ、貧しくなっても為す術がない。毎日毎日不平不満をこぼすけど、能力も経験もないものだから自分からは決して動き出そうとしない。そのくせ、他人が新しいことを始めると、いつ失敗するかいつ失敗するかと、期待に胸を膨らませて』

そこまでキーを叩いた時だった。

ワルツの旋律を引き裂いて窓ガラスが割れる。と同時に、こめかみに激痛が走る。

了衛は突然の衝撃で横倒しになる。衝撃を受けた部分に手をやると、ぬらりとした。

血だ。

痛みは遅れてやってきた。出血した部分から同心円を描くようにして痛みが拡がっていく。

了衛は床の上で身体を丸くした。

涙目に歪む視界の中、床の上に転がる石ころが見えた。

畜生。

また投石してきやがった。

鋭い痛みがやがて鈍くなり、疼痛に変わる。庭からはヨハンの吠える声が聞こえる。

ようやく了衛はのろのろと起き上がった。強く押さえていた手を開くと、手の平の半分ほどが血に染まっている。洗面所に走って鏡の前に立つと右のこめかみが早くも腫れ上がっている。急いで救急箱から消毒液を取り出し、腫れ上がった患部に塗ってから包帯を巻く。疼痛がまだ残っているものの、割れるような痛みは消えていた。

ただし、これはあくまでも応急処置だ。今からでも依田村の診療所に直行すべきだろう。

そして思い出した。

診療代をどうするのか。

保険証は持っているが、窓口で支払う自己負担分はいったいいくらになるのか。

恐る恐る財布の中身を改めると、万札と千円札が三枚ずつと小銭が五百二十円残っていた。

預金通帳の残高は、もう三万円を切っている。

やがて了衛は財布を元に戻した。

しばらく様子を見ようと思った。たかが石ころが命中したくらいで脳に支障を来すこともないだろう。それよりは不要な診療代を払わされる方が数段痛い。

台所のテーブルで小休止していると疼痛も治まってきた。軽く頭を振ってみたが、支障はなさそうだ。

寝室に近づくと、〈ドナウ〉のリピート再生がまだ続いていた。

さっきは、音量を上げてから石が飛んできた。きっと〈ドナウ〉の調べを耳障りに感じた者が石を投げたに違いない。

いったん音量を絞り、割れたガラスの破片を掻き集める。

どうしたことだろう。

腰を屈め、破片を集めているうちに涙が溢れてきた。

自分の家の中なのに好きな音楽もまともに聴けない。終始、投石に怯えながら暮らしていかなければならない。まるで囚人の生活ではないか。

どうして自分だけがこんな目に遭わなければならないのか。一度故郷を捨てたというだけで、何故こんなにも虐げられなくてはいけないのか。

大黒夫妻、雀野夫妻、野木元、多々良、久間、そして辻谷。様々な顔が現れては消える。そして新しい顔が浮かぶ度に、頭の中が煮え滾ってくる。

畜生。

畜生。

畜生。

思考が憎悪で黒くなる。

きっと、これが殺意というものだろう。

鎮まれ。

もう一人の自分が懸命に説得を試みる。

その時、ひやりとした風が頰を撫でた。

割れた窓から外気が吹き込んでいた。

十一月の冷気が沸騰した頭を冷やしてくれる。数秒も佇んでいると、思考を支配していた昏い情熱は掻き消えていった。

あの感情はいったい何だったのか――今までにも喧嘩をしたり侮辱されたりしたことは何度もある。リストラの憂き目に遭った時には悔しくて泣きもした。しかし殺意まで覚えたことは一度としてなかった。

あのまま怒りに身を任せていたらどうなっていたかを想像すると、急に背筋が寒くなった。

了衛は台所へ取って返し、補修用の段ボールを探そうとした。だが、返品された野菜を詰めていた箱は既に使い切り、割れた跡を補修できるほど残っていない。

背に腹は代えられず、了衛は台所の隅からガムテープを取り出した。

割れた箇所の窓枠一杯にガムテープを張り渡す。保温性など望むべくもないが、少なくとも風の侵入くらいは防げる。

作業を終えてから改めて窓を眺めてみる。段ボールとガムテープに占領された窓は、まるでパッチワークのように見えた。ところどころに穴が開いたために桟が脆《もろ》くなったのだろう。少し風が吹いただけで、窓全体が盛大に軋《きし》んだ。補修で貼りつけた段ボールやガムテープは今にも剝がれそうだった。

この窓は俺にそっくりじゃないか——。

ひゅう。

がたがた。

ひゅう。

がたがた。

不意に耐えられなくなり、了衛はミニコンポの音量を上げる。途端にウィンナー・ワルツの優雅な旋律が耳を支配した。

これくらい、いいよな?

自分に尋ねてみる。

食費にも治療費にも事欠くような仕打ちを受けているんだ。好きな音楽を思いきり聴くくらいは、許してもらえるよな?

了衛は屋根から伸びている拡声器の端子をミニコンポに繫ぐ。

数秒遅れて、拡声器からも〈ドナウ〉が流れ始めるのが聞こえた。多々良に撃ち抜かれたために拡声能力は乏しくなったが、それでもか細い音が出る。

意趣返しも嫌がらせの意味もない。ただ、自分の愛する〈ドナウ〉をこれ以上はないという大音量で流してみたいだけだった。

通常九時の方向までと決めていたボリュームを一気に十二時にまで上げる。

たちまちヴァイオリンの音が天井に突き刺さり、ホルンが壁を揺るがした。

出力の抑えられたミニコンポでも、これほどの音量が出るのか。了衛は驚くとともに、初めて体験する音響に胸を震わせる。もちろん口径の小さなスピーカーで鳴らしているので音が割れ気味になる。壁に反響して戻ってくる音も大きいのでまともなオーケストレーションなどとても望めない。

それでも胸の中に沈んだ澱が浄化されていくような多幸感が、身体中を包んでいる。

やめられない。

音量を絞れない。

しばらく音の洪水に身を委ねていると、玄関の方から雑音が聞こえてきた。

ドアを叩く音、それから自分の名前を呼ぶ声だ。どうせ多喜か雅美あたりが、近所迷惑だとか何とか怒鳴り込んで来たに違いない。

知るか。

了衛はその音量のまま、〈ドナウ〉一曲を聴き終えた。

翌日、午前七時。寝室にお馴染みの音楽が流れ、了衛はうっすらと目蓋を開いた。ミニコンポのタイマーセットはいつも通り。そして屋根の上からも死にかけの拡声器が声を振り絞っているはずだった。

起き抜けで朦朧としていた頭が、いきなりの怒声で覚醒した。

「何度注意したら分かるんだあっ」

怒声は昨日と同じく玄関の方から聞こえる。この声は雀野のものだろう。

「朝っぱらからうるさいって何度も言っただろうっ」

謝る気はない。応対するつもりもない。

了衛は頭から布団を被る。上手い具合に、耳元の〈ドナウ〉は聴こえるが、玄関の怒声はあまり届かない。

そのうち諦めて帰ったのか、雀野の声は止んだ。

再生はリピートモードになっているので停止ボタンを押さない限り、延々と同じ曲の演奏を繰り返す。それが了衛の耳と胸には堪らなく心地いい。

三回聴いてから、やっと演奏を停止する。固定電話が鳴ったのは、その直後だった。

頭を掻きながら受話器を取ると、こちらがもしもしと言う前に罵声を浴びせられた。

『殺すぞ、馬鹿野郎!』

獣じみた声だったが、これも雀野だった。大方、玄関で怒鳴っても返事がなかったので、わざわざ電話で苦情を申し立てたらしい。

『懲りもせずに、またあんな雑音を』

あんな雑音だと。

それを聞いて、眠っていた憤怒が目を覚ました。ウィンナー・ワルツの頂点、オーストリア第二の国歌を雑音だと。基本的な素養もないのか。だから田舎者と口を利くのは嫌なのだ。

鬱陶しくなったのでそのまま受話器を置いた。もうひと眠りしようと背を向けた瞬間、また鳴り出したので、今度はジャックを引き抜いてやった。

了衛は大欠伸《おおあくび》をしながら、まだ温もりの残る布団に戻って行く。

音楽は素晴らしい。民族も文化も国境も超える、世界共通の言語だ。この素晴らしさを理解できない者はおよそ人間ではない。人間の形をした、ただのサルだ。いや、サルだって音楽に耳を傾けることはあるだろうから、サル以下といったところか。竜川地区の住民は自分と能見を除けば、サル以下の知性しか持ち合わせていない。そんな生き物に至福のひと時を邪魔されたことが、口惜しくてならない。

了衛は布団に潜り込んで甘い夢の続きを見ようとする。オーストリア、パルフィ宮殿フィガロザール。ウィーン・フィルハーモニー管弦楽団を前にタクトを振っている自分。演奏する曲はもちろん〈美しく青きドナウ〉。

しかしもう睡魔は襲ってこなかった。雀野の濁った声が夢への扉を封鎖してしまったようだ。

了衛は舌打ちをして布団から這い出る。どうせ急ぎの用事はない。仮に人材振興課から連絡が入るとしても九時以降だろう。それまではのんべんだらりと時間を潰すより他にない。

それでも腹ごしらえは必要だ。最近は倹約のため一日二食にした。夕方以降は寝るだけなのでエネルギー補給の必要もない。今の生活パターンであれば朝と昼だけで充分だろう。

台所に立ち、昨日の残りのポトフを温める。散々野菜の調理法を試してみたが、結局このスープが一番簡単で一番飽きがこない。時間さえかけて煮込めば、了衛のような素人でもそこそこの出来栄えになる。何よりこれからはどんどん寒くなる。朝に味わう温かいスープはそれだけで滋養になる。

テレビを点けっ放しにして、ポトフを胃に流し込む。

今日、辻谷は連絡を寄越すだろうか。

最後に見せた顔から推察するに、あまり親身にはなってくれそうにない。だからといって自分で探そうにも求人情報が手に入り難い。

いっそのこと、瑞穂町のハローワークまで足を延ばしてみるのもいいかも知れない。扱う求人情報はどこでも一緒だ。それなら依田村から離れた方が成果を期待できる。

節約のため、瑞穂町までは自転車を使うしかない。それなら自宅からの大まかな道筋を確認しておくべきだろう――。

そんな風に考えていたさ中、突然銃声が鳴り響いた。

思わずスプーンを持つ手が止まる。

銃声と同時に軽やかな破砕音も聞こえたようだった。

遅れてヨハンが吠え立てる。犯人を威嚇するのではなく、主人に変事を知らせようとしている。

何となく予想はついたが、それでも確認のために外へ出る。了衛の姿を見つけたヨハンはけなげに訴え続ける。

思った通りだ。

既に拡声器は影も形もなかった。目を凝らしてみれば、細かな破片だけが屋根瓦の上に散乱している。

ぷん、と硝煙の臭いがした。風上の方に振り向いたが、人の姿は見当たらない。しかし誰の仕業なのかは考えるまでもなかった。

気がつくと、隣家の戸を細めに開けて多喜が顔を覗かせていた。

愉快そうな笑顔だった。腹が立ったので大声を出してやった。

「おはようございます！」

多喜はすぐに顔を引っ込めた。

どこまでも乱暴で陰湿な生き物だ。了衛は多喜の消えた引き戸をひと睨みすると、ヨハンの許に歩いて行った。

くん、と鼻を鳴らしてヨハンは駆け寄ってくる。

「よしよし。またびっくりさせちまったな」

言葉が分かるのか、それとも空気を読んでいるのか、ヨハンは気遣わしげな目で了衛を見上げる。あの乱暴で陰湿なヤツらに比べ、何と優しく忠誠心のあることか。改めて、鎖で繋いでいてよかったと思う。鎖がなければ銃声を耳にした瞬間、ヨハンは銃撃者に飛び掛かっていっただろう。そんなことをすればヨハンも無傷では済まなくなる。

「気持ちは嬉しいけど、あんまり怒らなくていいからな」

頭を撫でてやると、ヨハンは不満そうに啼いてみせた。

「違うよ、お前を頼りないと思ってるんじゃない。あんなヤツらに噛みついたところで後味悪いだけだぞ」

それには同意という風に、ヨハンは高く啼いた。


次の異変があったのは、昼過ぎにヨハンを散歩から連れ帰った時だった。

家の庭先に、何やら見慣れぬ鉄くずが捨てられていた。

畜生、庭先をゴミ置場にしやがって——と思った瞬間、はっとした。

緑色の鉄パイプにひしゃげたスポーク、そして外されたチューブ。

まさか。

慌てて走り出し、鉄くずの正体を確認する。

間違いない。

了衛愛用の自転車だった。

鋭角的なフォルムと鮮やかな緑の発色が自慢だった自転車が、修復不可能なまでに分解されていたのだ。

全身から力が抜け、了衛はその場にへたり込んだ。

ここまでやるのか。

こうまで俺が疎ましいのか。

愛車の残骸を見ているうちに、また心が黒くなった。

失意と憎悪が思考を侵食していく。憤怒が胸を焼いていく。

「誰がやったんだ！」

我知らず絶叫していた。

「誰がやったと訊いてるんだあっ」

もちろん返事はない。

怒りを鎮めながら仔細に部品を検討する。

駄目だ。

支柱は途中でへし折られ、スポークの多くは捻じ曲げられている。サドルは寸断、チェーンもぶち切られている。まともな状態の部品が少ない。これなら修理するより新品を買った方が安くつくくらいだ。

これで唯一の足がなくなった。

依田村役場に行くにも、瑞穂町のハローワークに出向くにも徒歩で行かなければならなくなった。

あまりに情けなくなり、じわりと目の前が熱くなったが必死に堪えた。

おそらく今の醜態を地区の住人たちは陰から覗いている。覗いて、薄笑いを浮かべている。そんな前で泣けば、ヤツらの思う壺だ。

ヨハンを犬小屋に繋いでから、未練がましくもう一度部品を点検する。何度見ても一緒だ。修理に回して何とかなるような代物ではない。

了衛は肩を落とし、とぼとぼと歩き出す。向かう先は能見の家だった。途中で大黒や雀野の家の前を通り過ぎたが、その際に住人の嗤い声が聞こえてきそうだった。

「俺です。了衛です」

玄関前で名乗った時、自分の声が震えているのがひどく恥ずかしかった。

能見はすぐに顔を出した。了衛の声に何事かを聞き取った様子だった。

「どうかしたのかい」

能見には別の意味で涙を見せたくなかった。ともすれば溢れ出そうになる感情を抑え、了衛は愛用の自転車が破壊された旨を告げる。

「……酷いな」

能見の顔が悲嘆に歪む。

「了衛さんには必需品だったんだろ。本当に無体なことをする」

「あの、それでお願いがあるんです」

「何かね」

「能見さんも自転車お持ちでしたよね。遠出をする時に貸してもらえませんか」

「それは構わないけど……乗らなくなって何年も放置していたから、ひどい状態になってやしないかな。ちょっと待っていてくれないか」

能見はいったん奥に引っ込み、やがて裏に回って欲しいと声を上げた。

裏庭に行くと、能見が厳つい形の自転車を引っ張り出していた。所謂ママチャリで塗装が剝げ落ちている。引き回す度に不快な軋み音を立てた。チェーンを含めて、露出した部分のほとんどが錆びついている。道路の上よりは、大型ゴミの集積場の方にあるのが相応しい外観だった。

「チューブは空気入れで復活すると思うけど……こりゃあ予想以上にボロだよ。乗れないことはないと思うけど、本当に使うつもりかい」

このスクラップ同然の代物に跨《また》がった自分を想像すると、腹の底が冷えた。しかし原形を留めないまでに破壊された愛車より、動かせる分だけずっとまともだった。

「これで充分です。貸してください」

「いいけどさ。本当に大丈夫なのかい？　持主のわたしが言うのも何だけど、人前でこれを乗り回すのにはちょっと勇気が要ると思うよ」

能見から自転車を受け取る。ずしりと重いのはチューブの空気が抜けているせいだけではない。軽量化などという思想を一切取り入れずに作られた車体だからだ。

まず錆を取り、入念に磨いてから色を塗り直したい。それだけ化粧を施しても、尚乗るには躊躇を覚えるかも知れない。

「了衛さん、さっき外で喚いていたのかい」

「すみません。お騒がせして……」

「ちょっと驚いたよ。あなたでも、あんな風に激昂する時があるんだね」

「つい大声が出てしまいました」

「酷な話だけどね、ここはじっと我慢してくれないかな。ここで騒いだって碌なことになりゃしない。多々良さんあたりに返り討ちにされたら、それこそ目も当てられなくなるからね」

「そんなに無鉄砲じゃありません」

能見の前では強がってみせたものの、本音の部分では不安が残っていた。

後先考えずに拡声器で音楽を鳴らしたり、往来で大声を張り上げたり、以前の自分では想像もつかないことを繰り返している。

自分は人が変わってしまったのだろうか。

それとも、元々隠れていた本性が現れつつあるのだろうか。

3

『管理人です。相変わらず訪問者が一人もいないようなのでせいせいしますね。正直言って、見ず知らずの他人でも、今は気軽に話したい気分じゃないんですよ。部屋の中にいても隙間風がぴゅうぴゅう吹いて寒いし、じっとしてたら凍えそうになるんで、こうして必死に指を動かしているんですけどね』

実際、破れた窓の隙間から侵入する風は昨日から鋭さを増し、露出した肌を刺す。電気ストーブだけではなかなか室温が上がらず、了衛は上着を何枚も着込んでいた。

『窓ガラスをね、全部割られたんですよ。ええ、近所の連中にね。非道い話ですよ。いったい、ここはどこの国かと思いますよ。まるで異教徒みたいな扱いをされる

キーを叩きながら、異教徒という表現は言い得て妙だと我ながら感心した。

そうだ、どうして今まで気づかなかったのだろう。自分と竜川地区の住人は同じ外見でありながら、その本質は全くの別物なのだ。個人主義と全体主義、高学歴と低学歴、知性と感情、温和と冷淡、陽気と陰険、寛容と不寛容。

自分と彼らは胸に抱く宗教が違うのだ。宗教が違えば価値観も違ってくる。物事の優先順位も違ってくる。同じ姿かたちをしていても、決して分かり合えることはない。笑顔を向けていてもそれは仮面だ。心の裡では相手を憎み、軽蔑している。

『世界を展望するとですね、至るところで宗教同士の対立がある訳ですよね。そういう紛争地域では大抵多数派が少数派を数の力で弾圧している。すると当然、少数派は武力をもって、これに抵抗する。当たり前ですよね。多勢に無勢だし、話し合いなんかじゃ絶対に解決しないし。それに抵抗しなかったら、自分たちが理不尽な扱いを受けたまま滅ぼされちゃうんだから。あれはれっきとした正当防衛なんですよ。少数派がなけなしの武力を行使して抵抗するのは完全に正義です』

室内は肌寒いというのに、文章を重ねる毎に気分が昂揚《こうよう》してくる。

そうだ、自分は迫害される少数派だ。数が少なく力がないばかりに、人権を脅かされている。窓ガラスを割られ、庭を糞尿で汚され、拡声器を粉々にされ、そして唯一の足である自転車も破壊された。このままいけば了衛本人が暴力を振るわれる惧《おそ》れがある。

いや、既に暴力を受けているではないか。

飛んできた石で頭を打った。そればかりではない。依田村役場で一方的な風評を流され、就職活動の邪魔をされた。これが暴力でなくて何だというのか。

『自衛策を講じるのは当然として、こちらからの反撃も考えなくてはいけない時期に差し掛かっていると思います』

思考の片隅に、まるで宣戦布告のような文章を載せていいのかという警告が灯ったが、どうせ竜川地区の住人は閲覧していないという安心感がそれを打ち消す。

『物騒な話だけれど、迫害される身にとっては切実な問題です。今からでも遅くないので、武装の準備を進めた方がいいのかも知れません』

そこまで打ち込んでから文章を眺める。不思議なものだと思った。平和主義だったはずの自分が、これほど好戦的になっているのは間違いなく環境のせいだが、それだけでもない。

言葉だ。

胸の裡に巣食う憤怒は形を持たないあやふやなものだ。だがその憤怒に名前をつけ、理由を与えた瞬間に明確な形を取る。そして明確な形となった怒りはより苛烈《かれつ》になっていく。

これが言葉の力だ。言葉がものに形を与え、存在を強調する。

了衛は今までスローガンなるものを軽視していたが、誤りだったと気づいた。スローガンこそがやり場のない怒りを一つの方向に定める羅針盤なのだ。

『武装の準備を進めた方がいいのかも知れません』

その通りだ。無防備なままでは一方的に攻められるばかりだ。何か対抗手段となるものを用意しなくては。

これで緊急の課題が一つできた。

素晴らしいと思う。どうせ日がな一日部屋の中にいてもすることがない。たとえ暇潰しにしろ、考えるテーマがあるのはいいことだ。

正午が近づいたので台所に向かう。今日も今日とてポトフを胃に流し込むしかない。飯なりパンなりがあれば腹も膨れるのに――思いついて米櫃《こめびつ》を開けてみる。

米はひと粒も残っていない。分かっていたことだが、現実を目の当たりにすると胸が萎んでいく。

何が喫緊の課題だ。武装よりも先に解決しなければならないことが迫っているではないか。

食料の確保。それだけではない。そろそろ水道光熱費の支払い日が到来しているのではないか。

どきりとした。慌てて銀行通帳を引っ張り出す。十月の公共料金は東京電力も東京ガスも東京都水道局も十六日に引き落とされている。

そして今日は十五日。

何ということだ。このままでは水道光熱費の引き落としで通帳の残高がなくなってしまう。確か公共料金は一回滞納したくらいでは止められない。今のうちに現金を引き出して資金を確保しておこう。公共料金の支払いは来月に入ってから、じっくり考えればいい。

現在、手許にある現金は能見からもらった四万三千円の残り三万円。預金通帳の残高が確か二万円ほどだと記憶している。

こうしてはいられない。

了衛は手早く着替えると、表に駐めていたママチャリに乗った。

ペダルが相変わらず鈍重だ。愛用していたスポーツサイクルと同じ自転車とは思えない。ペダルを漕ぐ度にギアが軋み、サドルが悲鳴を上げる。

四十になろうとしている男が田舎道を廃棄寸前の自転車に乗る図など、無様以外の何物でもない。現に竜川地区を抜けると、最初に擦れ違った老婆がこちらを一瞥して口元を歪めた。顔から火が出そうになったが、口をついて出たのは羞恥とは別の言葉だった。

「じろじろ見てんじゃねえよっ」

老婆はぎょっとしてこちらを見直した。その顔は驚愕《きょうがく》の色に固まっていた。

罪悪感がほんの少し、爽快感が溢れるほど身体の中を満たす。言葉で人を支配する、恫喝で人を萎縮させるのは何と気分がいいのだろう。

だが、その爽快感も長くは続かなかった。いくら田舎でも、村の中心に近づくにつれて人通りは多くなる。ここでも多勢に無勢だ。道往く人が全員、自分を冷笑していると思うと、いっとき膨らんだ気分も急速に萎んだ。心持ち頭を垂れて視線を避けようとすると、尚更惨めな気持ちになった。銀行に行く目的がなけなしの残高を全額下ろすことだと自覚すると、まるで人生の敗残者になったような惨めさが骨身に沁みた。

惨めさは全てのものを重くする。表情筋、手足、呼吸、思考、そして胸の裡。自転車を漕ぐ度に身体が重くなっていくようだ。

他人の視線が痛い。

胸に吹く風が冷たい。

蔑まれるというのはこういうことだ。

貧しくなるというのはこういうことだ。

羞恥と敗北感に耐えながら、ようやく銀行に辿り着いた。

自転車を駐車場の目立たぬ端に駐めて、中に入る。五十日《ごとおび》であるためかずいぶん行列ができている。数えてみると二十人待ちだった。

順番を待っている最中、苛々としてきた。こうして立っている間にも公共料金が引き落とされているような強迫観念に駆られる。きっと預金通帳の残高とこの苛々は反比例するのだろう。ATMを操作している他の客がまず残高照会していることに腹が立つ。お前たちはそれほど生活に逼迫《ひっぱく》している訳でもないだろう。それならさっさと必要な金額を引き出して帰ってしまえ。後に続いている者が迷惑するじゃないか、馬鹿。

待つこと二十分、ようやく了衛の番が巡ってきた。急いで通帳とカードを挿入して〈お引き出し〉ボタン、そして金額を〈2万円〉と入力する。

早くカネを吐き出せ——そう念じていると、パネルの画面が見慣れないものに変わった。

〈残高が不足しています〉

何だって。

次いで通帳とカードが吐き出される。了衛の目は反射的に通帳の残高を追う。

『15,252』

一万五千二百五十二円だと。

慌てて支払いの欄を見てみる。

怖れていたことがそこに印字されていた。本日付でトウキヨウデンリヨクとトウキヨウガス、そしてスイドウキヨクの引き落としが明示されている。

「どうしてだよっ」

思わず声が溢れ出た。

「先月はどれも十六日だったじゃないか。どうして今月に限って十五日なんだよおっ」

東京電力め、東京ガスめ、東京都水道局め。

俺のカネを返せ。

一瞬にして思考を黒い念が覆う。右足が脊髄反射のようにATMを蹴り上げる。

「返せ、返せ、返せ」

このクソッタレな鉄の箱から自分を嗤う声が聞こえてきた。

誰がお前なんかにカネを渡すものか。

お前に文化的な生活は似合わない。返品されたB級野菜だけ食べていろ。それが一番お似合いだ。

二度三度蹴っていると、行員の一人が血相を変えて駆けつけて来た。

「お、お客様、やめてください」

「返せ、返せ、返せ」

「お客様あっ」

悲鳴のような声で更に一人がやって来た。二人の行員に手足を取られ、了衛はようやく動きを緩める。

「い、いったいどうされたんですか」

「どうもこうもあるか、人が現金を引き出す前に引き落としなんかしやがっ……」

そこまで言ってから我に返った。

沸騰していた頭が急速に冷える。

四肢からふっと力が抜ける。

今、自分は何をしていたのだ。

こんな機械相手に癇癪《かんしゃく》をぶつけていたのか?

気がつけば、他の客たちは自分から遠のいて輪を作っている。そのどれもが恐怖と、侮蔑と、忌避の顔をしている。

「……あの、お客様？　何かお取引に不審な点でもございましたか」

「い、いや、そ、そういうことではないんです。すみません、俺の勘違いでした」

了衛が弱気になると、途端に行員たちの態度が変わった。

「勘違いでATMを蹴るような真似をしたんですか」

「あなた、公共料金引き落としのシステムを知っているんですか。ああいうのは利用者が振替日を指定しない限り、検針日から何日後って……」

考えが纏まらず、後の言葉は頭に入ってこなかった。

茫然としていると、やがて一人の巡査が現れたのでびっくりした。

「この人ですか、いきなり暴れ出した人っちゅうのは」

了衛は、銀行のすぐ隣に交番があったのをようやく思い出した。おそらく了衛の狼藉《ろうぜき》を目撃した行員がすぐに通報したのだろう。

「そうです。このお客様が急に暴れ出して」

「あんた、そんなことしたの」

「いや、あの、その、違うんです」

「うん？　違うって？　じゃあ暴れたりはしなかったのかね。見てごらんよ、他のお客さん、あんたを怖がっているじゃないの」

「それは、だから。俺も少し冷静さを失っていて」

「あーはいはい、じゃあね、詳しい事情は交番の方で聴取するから。ちょっと一緒に来て」

「え。え。え。いや、そんな必要ないですよ。ほら、俺は全然何ともないですから」

「あんたが大丈夫でも、他のお客さんが大丈夫じゃないのっ」

必死に抵抗を試みたが、巡査は有無を言わせず了衛を引っ張っていく。その途中、了衛はATMコーナーにいた客たちの刺すような視線を一身に浴びた。

「やだやだ」

「見たあ？　公共料金引き落とされて怒り狂ってたよ」

「あれ、竜川地区の溝端って人でしょ。ほら、享保さんの一人息子」

「貧すりゃ鈍するってああいうことを言うんだよな」

「ああはなりたくないものよねえ」

まるで保健所の職員に捕まえられた野良犬だった。

交番に連れていかれた了衛は、ここでもねちねちとした質問攻めに遭う。

「あんたねー、公共料金落ちたくらいで何をそんなに怒らないといかんの」

「そんなに生活困ってるの」

「ちゃんと就活とかしてるのかい。ほら、役場の中に人材振興課っちゅう部署があってだね」

「何とね、そこでも相手にされんかったんかい。あんた、いったいどんな悪さをしたんか」

「ああ、ああ、そう言えば噂に聞いたことがあるな。あんたが〈竜川野菜〉の言い出しっぺか。いやあ、あれはよくないよ。最初っから農協に喧嘩吹っかけているようなもんだろ」

「で、結局、ほとんど返品？　うーん、そりゃあ気の毒というよりは自業自得だよな。だって、あんた、農業に関しちゃズブの素人なんだろ」

「それで資金が枯渇して、生活費にも事欠くようになって」

「で、公共料金が引き落とされる前に全額引き出そうとしたんか」

「あんた、いったい齢はいくつだい。ええっ、もうすぐ四十だって」

「呆れたねー。四十にもなって独り身で貯金もない、仕事もないなんてのはね、人間のクズって言うんだよ、クズって」

「まあ、とにかくさあ、銀行からも被害届は出てないし、ＡＴＭも故障した訳じゃないから、今回のところは大目に見てやるけどさ。今度変な騒ぎ起こしたら、説教だけじゃ済まないからね。はい、もう帰ってよし」

取りあえず調書のようなものに名前を書かされて、了衛はやっと解放された。

巡査の質問一つ一つが槍のように突き刺さる。刃先に返しがついているのでなかなか抜けない。しかも毒が塗ってあったらしく、解放された後もじわじわと全身を蝕んでいく。

人間のクズ。

人間のクズ。

雨に打たれた野良犬よろしく、肩を落としてまた銀行を訪れる。頭を垂れ、目立たぬようにしながらおとなしく順番を待つ。本音を言えば端数を含めた全額を引き出したいので窓口に並びたいのだが、もう行員と顔を合わせる勇気は萎えていた。

ＡＴＭから一万五千円だけ引き出して駐車場に戻ると、風の悪戯か自転車が倒れていた。

寒風に晒《さら》されてハンドルの握りは氷のように冷えている。

スーパーに立ち寄って米と魚の切り身、それから味噌と大量の袋麺を買う。牛肉や豚肉に目が奪われるが、見ないふりをする。袋菓子や酒類、コーヒーなどの嗜好品も我慢する。今は生活していくのに最低限必要な食材を揃えるだけでいい。これで台所に残った野菜を合わせると一カ月近くは保つはずだ。代金は三千七百五十四円。五千円札で払い釣りの千二百四十六円を財布に収めて、買った物を胸にかき抱く。

四千円足らずの買物がとんでもなく大盤振る舞いのように思え、それがまた惨めさを誘う。街を闊歩《かっぽ》していた時、五千円はまるで端金《はしたがね》で、一回の夕食で消えるような金額だった。できることならあの時代に戻って、あの時代の自分に無心をしたい。

買った物を荷台に載せ、しばらく走っていると耳障りな音を立ててチェーンが外れた。手袋を嵌《は》めている訳でも、余分な布地を持っている訳でもない。了衛は機械油で指先を黒くしながらチェーンを巻きなおす。

畜生。

畜生。

畜生。

手が悴んでいるのとチェーンが錆びついているのが相俟《あいま》って、上手くギアに嵌められない。失敗する度に指先がますます油に塗《まみ》れて黒ずんでいく。滑って、思うように作業が捗《はかど》らない。

了衛はとうとう諦めて、自転車を引いて歩き出す。

とにかく家に帰ろう。まずは何週間ぶりの魚を食べ、温かい飯で飢えを癒そう。自転車の修理は明日になってもいいじゃないか。

空は曇天に覆われ、風はますます冷たくなっていく。了衛はコートの襟を立ててとぼとぼと家路を急ぐ。こんな自転車でも乗ってしまえば十分足らずの距離が、引いて歩くとなるとずいぶん遠い。銀行と交番で受けた仕打ちがまだ身体と心に傷を残しているのも、道程を長くしている原因だった。

いくら何でも人間のクズなんて言い過ぎだろう――。

そう思っても、警官にひと言も返せなかった。ATMコーナーで自分を遠巻きにしていた客たちを睨み返すこともできなかった。

今更ながら感情を抑えたことを後悔した。他人に侮蔑されたら怒るべきだった。たとえその相手が巡査であっても、正々堂々と抗議すべきだった。

街で暮らしていた時には精神的にも経済的にも余裕があった。そしてあの頃は多少意に沿わないことがあっても、笑って許すことができた。口汚く罵り合うこと、相手を憎悪することに無駄なエネルギーを使うことはない。それよりも美味い料理、高級な酒で腹を満たせば、昏い感情はその日のうちに雲散霧消したものだった。

それが今ではどうだ。たかが公共料金の支払いで殺気立ち、ATMに八つ当たりし、三千七百五十四円の買物で安堵している。見ず知らずの他人の目に怯え、巡査の暴言にも抗えなかった。胸の裡にはどす黒い感情が渦巻き、怨嗟の火柱を上げている。おそらくこの火は、暖を取ろうが飯を腹一杯に掻き込もうが、決して鎮まるものではない。

ようやく竜川地区の出入り口が見えてきた。

早く我が家へ帰ろう――そう思って足を速めた時だった。

狂ったような犬の啼き声が聞こえた。

あれは間違いなくヨハンの啼き声だ。

いったい何が起こった?

了衛はその場に自転車を駐めて駆け出した。

辻を曲がり、緩やかな坂を駆け上がると、次第に刺激臭が鼻腔に飛び込んできた。

煙だ。

何かが燃えている。

家に近づけば近づくほど不吉な感覚が増してくる。煙の臭いが強くなればなるほど、災厄は自分の家を襲っているという確証に変わる。

そして自宅に辿り着いた了衛は、自分の予想が正しかったことを知った。

自宅玄関の真横にある物置小屋から火が出ていた。白煙と黒煙がとぐろを巻きながらごうごうと唸りを上げている。小屋の前が焼失しているが、煙の中に見え隠れする炎はそれほど大きくない。

了衛は近づくといきなり咳き込んだ。両目も見えない針に刺されたように痛み出す。周囲の空気には相当ガスが混じっているらしい。

大黒と雀野、そして能見が井戸からのバケツリレーで消火している最中だった。ヨハンはその三人の後ろから必死に吠えている。多喜と雅美は身を寄せ合って遠巻きに見ている。

「だ、大黒さん」

「やっと帰って来よったか、この大馬鹿者！」

大黒は了衛の顔を見るなり罵倒する。

「お前が留守の間に出火した。ウ、ウチに火が移ったらどう責任を取るつもりだあっ」

問答無用でバケツを渡された。了衛は訳も分からぬまま、大黒に代わって能見に手渡す。

能見は火元と思われる箇所に向けて、懸命に水を掛けていた。村八分の扱いでも消火活動は例外だということを、こんな時になって思い出す。いや能見なら、そんなことは関係なくバケツリレーに参加するだろう。

何度か水を掛けていると、やがて白煙だけが立ち上るようになり、それも次第に薄らいでいった。

鎮火を見届けてから大黒は了衛を睨みつける。

「いったい、今までどこに行っておった」

「あの、スーパーまで買い出しに……」

「不用心過ぎる！　お前の家だけなら構わんが類焼でもしたら、どうやって責任を取るんだ」

「全くだ」

雀野が後に続く。

「ここ最近、空気が異常乾燥してるってニュースを見てないんかね、あんた、物置小屋の前に畑で刈った草を積み上げてただろ」

「あれは次のゴミ収集の日まで置いておこうと思って……」

「枯草をこんな燃えやすい小屋の前に置いとくなんて何考えてんだよ！」

「で、でも乾燥するってだけで自然発火する訳じゃないから」

「現にこうして燃えたじゃないか。いいか、風で枯草同士が擦れ合って、その摩擦で火が点くことだってあるんだ。そんな常識も知らんのか、この馬鹿あっ」

あっと思う間もなく、雀野の平手が飛んできた。左頬に灼けたような痛みが走ったと思うと、腰が砕けていた。

「本当に、わしらに迷惑ばっかりかけよって。とんだ疫病神だ」

それを捨て台詞に雀野と大黒は立ち去って行く。

刺激臭はまだ靄《もや》のように漂っている。ぶすぶすという音が小屋の方から聞こえる。気がつくとズボンが地面の消火水を吸い取ってパンツまで沁みていた。

後には了衛と能見だけが残された。

「最初に発見したのは多喜さんでね」

能見は腰を落として話し掛ける。

「すぐに地区長が大声を上げて雀野さんたちとわたしが駆けつけたんだよ」

「……後の三人は？」

「あの三人は家が離れていて燃え移る惧れなんてないからね。玄関から顔だけ出して高みの見物と洒落込んでいたみたいだね」

「ご迷惑を……おかけして」

「いや、わたしは特に迷惑してる訳じゃないんだけどね。ただ、気をつけた方がいいよ」

「え、どういうことですか」

能見が答え辛そうにしていると、そこに闖入者が自転車で現れた。

「何だ、またあんたか」

さっき交番で了衛を質問攻めにした巡査だった。

「ボヤ騒ぎの通報があったから来てみたんだが……よくもまあ一日のうちに何度も揉め事を起こすもんだ。トラブルメーカーっていうヤツかね」

「俺は被害者です」

「被害者かどうかは事情を聴いてからだ」

巡査の手が無造作に伸びてきた。それを撥ね返す気力はもう了衛に残っていなかった。

「すみません。道端に自転車と買い出した物を置いて来たんで、それだけ片付けさせてください」

「了衛さん……」

「あ、能見さんもすみません。お借りしていた自転車、チェーンが外れちゃって……今日は無理かも知れないけど、明日必ず直しておきますから」

了衛はそれから交番に逆戻りし、巡査から再び事情聴取を受けた。ＡＴＭを蹴るといった軽犯罪ではなく、今度は火事騒ぎなので自ずと巡査も詰問口調だった。

「すると、あんたが家に着いた頃には、もう鎮火しかかってたんだね」

「はあ」

「家を出たのは何時だったの」

「正午を少し過ぎた頃だったと思います」

「その時、枯草に異状はなかったんかね」

「なかったと思います」

「ちょっとおっ」

巡査の声が矢庭に跳ね上がる。

「思いますって何だ、思いますって。その辺はきちっと正確に答えてくれないといかんじゃないか」

「あの……俺、何か疑われてるんですか」

「疑《うたぐ》るも何も、火事起こしかけたんだから聴取することは聴取するよ。それで、あの家に火災保険とか掛けてんの」

「いえ、特には……」

言葉を続けようとして、巡査の抱いている疑念に思い当たった。

「俺が保険金詐欺をしたと疑っているんですか」

「まあ、あんな家っちゃあ失礼だけれど、全焼したってそれほど惜しい物件じゃないでしょ？　それよりは火災保険で下りるカネの方が、ずっと魅力的でしょうがー」

巡査は意味ありげに笑ってみせる。

「火災保険になんて入ってませんよ」

「そう？　竜川地区の家は全部築年数古いけど、焼けた後で再調達しようとするとそれでも相応のカネはかかるからね」

「だから入ってませんってば」

「これだけ異常乾燥しているからね。ちょっとでも火の気があれば枯草なんか、すぅぐに燃えちまう。それこそ外出中に自動的に着火するような仕掛けがしてあれば……」

「いい加減にしてくれえっ」

とうとう了衛は大声を出した。

「あんな家だけど、俺には他に行くとこがないんですよ。全焼して、保険金が下りるまでどこに住むっていうんですか。この寒空に自分の家に火を点けるだなんて、文字通り自殺行為ですよ」

「そんな風に声を荒らげるのが、どうにも怪しい」

「警察はボヤ騒ぎがある度に、こんな取り調べをしてるんですか」

「そりゃあ人によるさ。言っちゃあ悪いけど、あんたは依田村の中でも要注意人物だからね」

「要注意人物？　ＡＴＭを蹴りつけただけでですか」

「それ以前にも問題行動があったみたいだしねえ。やっぱり、こういうのは日頃の行いが大事なんじゃないのかい」

巡査はもう己の疑念を隠そうともしない。露骨に疑わしそうな視線を遠慮なく浴びせてくる。この後、了衛は身に覚えのない放火疑惑について小一時間ほども聴取を受ける羽目となった。

家に帰りついた時には既に日がとっぷりと暮れていた。薄暮の中、玄関先に置かれた自転車を確認すると、チェーンは元通りギアに嵌っていた。見れば、誰が用意してくれたのか、ヨハンは皿の上の残飯に鼻面を突っ込んでいる。

こんなことをしてくれる人間は一人しかいない。

「よかったな。俺以外にもマトモな人がいてくれて」

ヨハンの頭をひと撫でしてから、自転車を引いて歩き出す。もちろん、持主に返すためだ。

家の外から呼ぶと、すぐに能見が顔を覗かせた。

「ああ、了衛さん。お帰り」

「すみません、能見さん。何から何まで厄介かけちゃったみたいで」

「僕なんかのことより了衛さんの方がずっと大変だったじゃないか。もしよかったら上がっていかないかい。何もないけどお茶くらいは出せるよ」

親切に甘えて上がらせてもらうことにした。どうせこのまま自宅に帰っても、寒々とした部屋が待っているだけだ。ここで世間話をして、胸の中を温めてからでも遅くない。

居間で待っていると、能見が約束通りお茶を運んで来てくれた。

湯呑み茶碗に触れると、凍てついた指先がとろとろと融けていく。しばらく手の平で温もりを愉しんでから、ゆっくりと中身を啜る。

まるで玉露かと思った。仄かに甘さを含み、爽やかな渋味が口いっぱいに広がる。飲み込めば、冷え切った喉の中が熱で開いていく。

ささくれ立っていた心が、ほんの少しだけ丸みを取り戻した。

「とても……とても美味しいです」

「ああ、それはよかった。きっと水のせいだね」

「水？」

「飲料水は井戸から汲んでいるんだよ」

「へえ。井戸水を使っているのはウチだけかと思いましたよ」

「水道水ってのはさ、結局濾過《ろか》する段階で色んなクスリ使っているでしょ。そういうクスリって熱を加えるとすぐに分かるんだよね。だから飲み水や炊飯とか料理に使う水は井戸水に決めているんだ」

案外、能見も拘《こだわ》りがあるのだと感心した。自分も毎日井戸水を飲んでいるが、料理全般に使おうとまでは考えていなかった。

「それにしてもご苦労さんだったね。こんな時間になるってことは、交番でずいぶん絞られたみたいだね」

「偏見と言いがかりと決めつけでした。冤罪のできる仕組みがよく分かりましたよ」

了衛は巡査から浴びせられた質問を逐一、再現してみせる。どうにも腹に据えかねる言葉だったので、一言一句正確に記憶していた。

話を聞き終えた能見は疲れたように嘆息する。

「それはまた、酷いな」

「ええ。もう最初っから俺を疑いの目で見ているんです」

「でもね、了衛さん。それは怒るだけ無駄かも知れないよ」

「どうしてですか」

「依田村に限らず、人というのは一度抱いた印象を簡単に変えようとはしないものだからさ。噂なんて最たるものでさ、了衛さんの人となりも知らない人間たちが、噂だけでどういう人間かを決めつけている。そんな状況で銀行内で大声を上げたりしたら、それ見たことかと第一印象を補強しにかかる」

「人なんて付き合ってみなけりゃ、性格は分かりっこないのに」

「きっと自分の中で印象を修正するのが面倒臭いんだよ。あの人は温和だ、あの人は乱暴だと決めつけていれば楽だし、付き合い方も変えなくていいからね」

能見の言葉には説得力がある。村八分などという前近代的なしきたりで近所付き合いを途絶されている者には、身に沁みた習俗なのだろう。

「新しい知識を得よう、この人の別の面を探してみよう……普通の人はそういう冒険をしないものだよ。そんな冒険心を持つ人間なら、いずれどこかでリーダーになる。そうでない人間は旧態依然のモノの見方しかしないし、苔むした常識にしがみついている。それは了衛さん、どこに行ったって同じことなんだろうね」

この物言いはやはり能見らしいと思った。どんな理不尽にも耐えて怒りを堪え、いつも静かに笑っている。

自分には到底真似のできるものではない。

「常識にしがみついているだけならまだマシです。俺はもう少し物騒なことを考えているんです」

「物騒なこと？」

「今日のボヤ騒ぎのことです」

了衛は思い切って話すことにした。このまま自分の中で抱えていても、毒素が強まるばかりだ。能見にでも打ち明ければ、少しは気が晴れるかも知れない。

「雀野さんから言われました。この季節、異常乾燥の日が続けば、枯草同士が擦れ合って自然発火することがあるって」

「まあ、山火事の原因ていうのはそういう自然発火とかタバコの不始末が多いよね」

「自然発火じゃなかったとしたら、どうですか」

「自然発火じゃないって……」

「この地区の住人の誰かが俺の留守中、枯草に火を点けた可能性はありませんか」

「りょ、了衛さん」

「だってどう考えたって変じゃないですか。枯草なんて俺の家だけじゃない。野木元さんや久間さんの裏庭にだって積んでありますす。それどころか田圃の畦や裏山にだって、どこにでもある。異常乾燥の条件はどこも同じはずです。それなのに、どうしてウチの表に置いてあった枯草だけが燃えるんですか」

「了衛さん、声が大きいよ」

「絶対、これは誰かの意思が働いています。俺を憎んでいる誰かが放火したに決まっている」

「了衛さんっ」

切羽詰まった様子で唇に指を当てる能見を見て、了衛は言葉を途切らせる。

「滅多なことを言うもんじゃない」

「でも」

「家の壁はそんなに厚くないんだ」

はっとした。

つまり誰が聞いているとも知れないという意味だ。

「いくら思っていることが正しくても、それを全部口に出すのは正しいことじゃない。というか、非常に危険だ」

能見は心持ち背を丸めて声を潜める。さながら密談をする風情につられて、了衛も声を落とす。

「それじゃあ、能見さんも俺と同じ考えなんですね」

「それは分からないよ。確たる証拠がないのなら、誰も疑わない方がいい。疑惑は不安を生む。

そして不安は暴力を生む。僕はそれをここで学習した」

「でも」

「もし、そんなことを外に聞こえるような大声で言えばどうなると思う？　それこそ大っぴらに攻撃される理由を与えるようなものだよ。周りを敵で囲まれた時には、もっと慎重にならなくちゃ」

「このまま指を咥《くわ》えて見てろって言うんですか」

「そうじゃない。ただ軽はずみな行動は慎むべきだと言っているんだ」

能見は窘めるように、首を横に振る。

「今から僕が言うことは口外無用だよ。いいかい」

「……はい」

「放火されかけたのは了衛さんだけじゃない。実は僕も以前、似たような状況で火を点けられたことがあるんだ」

「ええっ」

「幸い日中の出来事だったし、わざと火が回る前に気づかせたような印象だった。まあ本気で家を焼こうというんじゃなくて、警告とか嫌がらせの部類だったんだろうね。今回と同様、何の証拠もないから余計疑心暗鬼になるしかなかったけど」

その時のことを思い出したのか、能見は長い溜息を吐く。

「もうそろそろ分かっていると思うけど、竜川地区の人たちは相手が自分の益にならないと見るや、どれだけでも残酷になれる。それはね、まるで今まで可愛がっていた雀やカラスを害鳥と知った途端に、容赦なく撃ち殺すようにだ。自分たちに害毒をもたらすモノに慈悲は要らない。妙な同情をしていたらこちらがやられる……これはね、了衛さん。閉鎖された場所に閉じ込められた人間特有の心理だ。あんな風に偉ぶっているけど、本当は地区長さんたちも老いや貧しさや孤独が怖くて怖くて仕方ないのさ。だから異常なくらいに敵を警戒する。敵だと分かれば徹底的に排斥しようとする」

了衛はこくこくと頷く。能見の言葉がするすると腑に落ちてくる。

「もちろん田舎者だということもあるけど、不安で周りが見えない人間に理屈なんて通用しっこない。もし通用するんだったら、とっくの昔に了衛さんを受け入れているはずでしょ」

「そう……だと思います」

「理屈の通用しない人間を相手にしちゃいけないよ。そうしたら、今度は自分が理屈を放棄しなきゃならなくなってくる。嫌な話だけれど、ここは耐えるのが一番なんだよ。頭を低くして争いごとを避ける。それがここで生き延びる秘訣だ」

「でも」

「その方法で僕は今までやってこられた。僕ができたことを了衛さんができないはずはない」

能見の手が了衛の肩を摑んだ。

心の籠もった、しかし弱々しい手だった。

この人は理屈だけではなく、闘うことまで放棄したのだと思った。

「ご親切、ありがとうございます」

了衛はそっと能見の手を振り払う。

「お邪魔してよかったです。お茶、本当に美味しかったです」

4

『ハーイ、おはようございます。朝陽が射して爽やかなはずなのに、気分はダークな管理人です』

最初の一打からすらすらと文章が出てくる。気分が落ち込んでいるのはその通りなのだが、指先が紡ぎ出す言葉は不思議に軽快だ。

『どうしてダークかというと家が焼けちゃったんですよね、これが。いや、これギャグじゃなくてマジな話。家屋全焼じゃなく、物置小屋がボヤで済んだ程度でそんな深刻ではないんですけどね。問題はこれ明らかに誰かの仕業で、しかもその誰かっていうのがすごく限定された範囲の人間なんですね。要はわたし、その誰かに狙われているんです』

ここで容疑者リストでも作成しようか――頭の隅にちらとそんな考えが過ったが、結局やめにした。リストを作れば当然順位づけもしたくなってくる。ところが証拠が何もないので、印象でしか順位がつけられない。それでは書いても意味がないではないか。

『さすがに俺も頭にきて。みんなもそうだよね。家に火を点けられて喜ぶヤツなんていないし、普通頭に血が上るでしょう。だから昨日、警察の事情聴取から帰って来たら、本当にむしゃくしゃしてさ、逆にこっちから火を点けてやろうかって半分本気で思ったくらい』

　途中で指が止まった。

　復讐として放火する――こんなことを書いて、後で問題になりはしないだろうか。

　しかし逡巡はすぐに消えた。今日も今日とて閲覧者はゼロだ。それに気持ちをいくら綴ったところで罪になる訳がない。

『でも世の中というのはよくしたものだよね。捨てる神あれば拾う神ありってヤツかな。近所の能見って人が一生懸命、俺を宥めてくれるんですよ。短気になるな、そんなことで爆発するなって。もちろん、そう助言されたくらいで俺の怒りが収まる訳はないんだけれど、少なくともこんなヤツらのために犯罪してもなーっていうブレーキにはなったんです。それで今に至っているんだけど』

　大黒たちに復讐したとしても、自分の仕業と判明すればそれこそ社会的に抹殺される。それは了衛の本意ではない。どうせ復讐するのであれば証拠が残らず、かつ報復されたことを本人自身も気がつかないような方法が望ましい。

　ただし、今はまだ妙案を思いつかないのだ。

『そこで考えたのは、このホームページで毒を吐こうというアイデア。どうせ誰も見てないんだから構わないよね。言うだけ書くだけなら何の罪にもならないし。ここで毒を吐き散らかせば、実生活では穏便に過ごせる気もするんです。大体、2ちゃんねるとか匿名のブログで毒を吐きまくっている人って多いでしょ？　有名人やタレントの悪口書いたり、政治経済のこと何も知らないのに上から目線で天下国家を語る馬鹿。そういう人に限って、リアルでは碌すっぽ異性と口も利けないいんだよね。普段、本音を溜め込んでいるから、匿名になった途端爆発するんだろうけど。でも、これって一面いいことだよね。ネットが情念のはけ口になっているんだもの。だから俺もはらわた煮え繰り返ることや辛抱できないことは、ここでぶちまけようと思うんです、世の平和のために』

現実のトラブルを避けるためにネットで暴言を吐く――その理屈は了衛の倫理観を満足させるとともに、キーを叩く指を更に加速させる。

『僕は一方的な被害者なんだよね。いつも地域に良かれと思っていることをしている。それなのに竜川地区の住人がそれを理解しようとしていない。彼らは田舎者だからだ、低学歴だからだ、狭量だからだ。最初から毛並みのいい俺に嫉妬して、足蹴にしようとしている。大体こんな閉鎖的な場所に住んでいたら精神が病んで当然だ。開かれてないから嫉妬や怨念や強欲が溜まって発酵している。悪意の温室だ。老いて貧しい住人たちには夢も希望も、プランも活力もない。だから俺みたいな人間を潰そうとする。ふん、誰がそう簡単に潰されるものか。あの業突く張りで、無教養で、下品で、怠け者で、ただ声が大きいだけの原始人たちめ。犬猫以下の知性しかないのに人間面しやがって。碌に働きもせず年金を当てに生きている、はっきり言ってゴミみたいなヤツらだ。何も考えず、何も生産せず、何にも寄与しない。そんなヤツら生かしていても税金の無駄遣いじゃないか。ゴミなんだからどこかに埋めちゃえよ。ああいうのはもう、畑の肥やしにしか利用できないんだからさ』

住人たちを畑の肥やしにまで貶《おとし》めると、ようやく気分が落ち着いた。匿名で好き勝手を呟く者たちの気持ちが理解できる。これは精神衛生上、非常に有効だと思った。

ここまで書いてしまえば、後は何をどう続けても一緒だ。

『そういうヤツらを保健所が駆除してくれないのなら、俺がするよりしょうがないよな。きっと全員老いぼれだから、早く始末できるだろうな。何たって知能ゼロだもん、虫けらを踏みつぶすようなものさ。あのクソ連中め、害虫め、寄生虫め。ああ、あんなヤツらと会話をしたことさえおぞましい。顔を見合わせたことを思い出すだけで吐き気がする。野菜作りで同じ仕事をした記憶を永遠に封印したい。やっぱり抹殺しないとな。この心はいつまで経っても安らかになれない。ということで、いつか一斉に駆除するので、皆さん乞うご期待！』

心なしか気分と一緒に身体も軽くなった。了衛はヨハンに朝飯を用意していないのを思い出し、台所に足を運ぶ。

昨夜は能見の家を辞去すると久しぶりに魚料理を食べ、そのまま朝までぐっすり眠ってしまった。腹が膨れると、人間は簡単に安心してしまうものかも知れない。そう言えば会社に勤めていた頃、商談は昼飯直後に進めろと教えられたことがある。その方が相手に余裕が出て、こちらの言い分を平穏に聞いてくれることが多いからだ。

昨夜の残りだからヨハンにとっても、久しぶりの魚だ。きっと喜んでがっつくだろうと、了衛は庭に出てその名前を呼ぶ。

返事がない。いつもなら了衛が姿を見せるだけでひと声啼いてみせるのに。

違和感が次第に不安へと変化する。

「ヨハン？」

犬小屋に近づいた了衛は、その光景を俄に信じられなかった。

ヨハンが血塗れになって倒れている。

「ヨハン」

残飯の入った皿を取り落とし、ふらふらとその身体に近づく。ヨハンは頭から血を流し、おそろしく長い舌をだらりと伸ばしている。目は固く閉じられ、開く気配は全くない。

鳥獣の襲撃ではない。明らかに殴られた痕だった。

「ヨハン」

その身体の下に手を差し入れて持ち上げる。体毛を通しても冷え切っているのが分かる。息もしていない。揺さぶってもぴくりとも動かない。

既に死んでしまっている。

あのけなげできゃんきゃんと煩《うるさ》い唯一の友人が、物言わぬ骸《むくろ》と化している。躍動感に溢れたあの身体が冷たい物体と化している。

頭の傷は一カ所だけだった。きっと一撃だったのだろう。そして一撃で頭を粉砕されるほどの力だったのだろう。

凶行はおそらく昨夜のうちに行われた。了衛が寝入ってしまってから何者かが敷地内に忍び込み、彼を襲ったに違いない。

「ヨハン」

名前を呼びながら何度も身体を揺すってみる。無駄なことだと分かっていたが、そうせずにはいられなかった。

彼を支えていた手に、やがて血が滴り落ちてきた。冷たい血だ。ぬらりとした感触が、指先を更に冷やす。自分の血まで冷えていくような錯覚がした。

不思議に涙は出てこなかった。涙腺のどこかが塞がっているかのように、眼球が濡れることさえない。

その代わり、喪失感で胸が空っぽになった。乾いた胸壁の中を空ろな風が抜けていく。

やがて胸の空白に、黒く熱い感情が奔流となって流れ込んできた。まるで怒濤だった。急激な流入に、一瞬息ができなくなる。

いったい誰がこんなことをした。

指先が震え出したのは寒いからではない。

視野が狭まったのは寝惚けているからではない。

「どうして殺した」

言葉は自然に口をついて出てきた。

「こいつは何の関係もなかったじゃないか」

自分の言葉で思考が沸騰していく。こんな感覚は初めてだった。呪詛の言葉が燃料となり、憤怒の炎を巨大にしていく。

感情が理性を焼く。

憎悪が倫理を消し去る。

犯人捜しは早々に忘れた。

大黒夫婦、雀野夫婦、野木元、多々良、久間、七人のうちの誰か、あるいは何人か。もうそんなことはどうでもいい。

結局はあいつらが全員でヨハンを惨殺したのも同然だ。直接手を下したのが誰かなど関係ない。

害虫や畑の肥やしなどではなかった。あいつらは揃いも揃って悪魔だったのだ。

畜生、あの悪魔たち。

カネや自尊心ばかりじゃない。

一番大切な友だちを殺された。

たった一つ残った宝物を奪われた。

意外にもすっと気が楽になった。これで失うものが何一つなくなったからだ。

了衛は大黒の家から続く集落を一望する。廃墟じみた五軒の家屋。人のかたちをした悪魔があの中で息を潜め、自分のことを嘲笑っている。

今に見ていろ。

自分に、そしてヨハンにした数々の行為を必ず後悔させてやる。

五　嬉々として心が高鳴る

1

十八日、空は抜けるような青が拡がっていた。

了衛は裏庭に出て、こんもりと土の盛り上がった場所に腰を下ろしていた。

この下にヨハンが眠っている。

地中の虫やら微生物に亡骸を蝕まれるのが嫌で火葬にすることも考えたが、それではヨハンが熱がると思い、結局は土葬にしたのだ。墓標は特に立てなかった。静かに土に還ってくれればいいと念じた。

黙禱を済ませると、台所に移った。もう返品された〈竜川野菜〉も底を突きかけていたが、大して気にはならない。

調理器具をずらりと並べて確認する。使えるのは出刃包丁と柳刃包丁くらいか。まあ、いい。これでもないよりマシだ。

次に物置小屋に行く。消火されてからずいぶん時間が経つというのに、まだ燻《くすぶ》るような臭いが残留している。刺激臭に堪えながら炭と煤に塗れた焼跡を這っていると、やがて目的の物を見つけた。

焼け残った農機具だった。

鍬や鋤《すき》は柄の部分が完全に燃えていて使い物にならない。しかし除草用の鎌と大鉈《おおなた》と枝切りバサミだけは健在だったので、その三つを抱えて家の中に持ち帰る。

包丁が二本と大鉈と鎌が一本ずつ、そして枝切りバサミを並べてみるが、少し心細い。大鉈の刃渡りは四十センチ以上もあって頼もしいことこの上ないが、他の道具がどうにも貧弱だ。

そこで了衛は納戸に向かい、道具箱の中を漁ってみた。

大ぶりの木槌《きづち》、千枚通し、釘抜き――。

試しに釘抜きをひと振りしてみる。相応に重量があり、柄が手の平に馴染むので採用することにした。

これでもまだ決定的なものが足りないが、今用意できるのはここまでだ。残りは後で調達するとしよう。

夕方になって、了衛は能見の家を訪ねた。

「やあ、了衛さん。どうかしたのかい」

「今、ちょっといいですか」

「構わないさ。他に来てくれるような客もいないしね」

家の中に入ると味噌汁の香りが、ぷんと鼻を衝いた。

「食事中だったんですか」

「いや、ちょうど食べ終わったばかりでね。あ、そうだ。味噌汁作り過ぎて余っちゃったんだ。もしよかったら片付けていってくれないかい」

「いいんですか」

「こっちが頼んでるんだよ」

「それじゃあお言葉に甘えます」

　男の料理だからと大した期待はしていなかったのだが、運ばれてきた豚汁は具だくさんで味噌のコクと豚肉の脂がいい具合に渾然一体となっている。

「これ、すごく美味しいです」

「そりゃあよかった」

　美味しいものを食べると、人間は優しい気持ちになるという。了衛は出された豚汁を舌と上顎、そして喉を使って存分に味わってみる。しかし、それでも胸に巣食った昏い思いが掻き消されることはなかった。

「それで、今日はどんな用件があったんだい」

「あ。別にその、大した用事じゃないんですけど、能見さん明日は予定ありますか」

「予定？」

「いや、たとえば呑みに出掛けるとか、どこか旅行に出るとか」

「宴会も旅行も、わたしには縁のない話だなあ。村八分でおまけに男やもめだからね。呑みに誘ってくれる人もいなきゃ、一緒に旅行する相手だっていやしない」

「……でも、たまには外で遊んでみたくなりませんか。こんな場所だから尚更」

「うーん、元々酒が好きな方じゃないし、最近はとんと出不精になっちゃったからね。きっと齢を取るっていうのはさ、こんな風に世間が狭くなることを言うんだろうね」

能見は悟ったように言う。普段であれば耳触りいい言葉なのだろうが、今日に限っては雑音にしか聞こえない。

「逆ですよ、能見さん」

「えっ」

「他人と付き合わない、外に出ようとしない。そんな風だからだんだん齢を取っていくんです」

「そうだね、そういう考え方もあるよね」

「だから能見さんはもっと外へ出て遊ばないと駄目ですよ。依田村の方じゃ夜っぴきで呑み歩いている人もいるって聞きますよ」

「でも、この齢になってから生活変えるって言ってもねえ」

「ずっと村八分のままでいいんですか。竜川地区に閉じ籠もっている限り、能見さんの扱いは変わりませんよ。悔しくないんですか」

「そりゃまあ、理不尽だとは思うけど……」

「村八分って要するに狭い集落の中だけの掟じゃないですか。それって依田村全体とかそれ以外には通用しない理屈でしょ。だったら外に出てしまえばいいんですよ」

「理屈はその通りだよ。でも今更ねえ」

次第にじれったくなった。

「何でもいいから一度くらいは遅くまで遊んで来てくださいよ。ちょうど依田村役場の近くに〈むら正〉っていう居酒屋があるでしょ。あそこなら深夜過ぎまで営業しているらしいですよ。明日、是非行ってきてください。でないと能見さん、ずっと抑圧されっ放しですよ」

「……何だかえらく強引だね、今日の了衛さんは」

「強引だと思うのなら提案に乗ってください。いいですか、明日は絶対に家を空けてくださいね」

「まあ家を空けたって、盗まれるようなものは何も置いてないからいいんだけどね」

「絶対ですよ。絶対に遊びに行っててくださいよ。約束ですからね」

無理やりに約束を取り付け、了衛は能見の家を辞去した。能見の煮え切らない態度が気になったが、あれ以上強要するのは不可能だった。

まあ、いい。自分としてはできるだけの予防線を張っておいた。後でどうなるかは成り行き次第でしかない。

家に戻ると台所に直行した。

二本の包丁、鎌、大鉈、千枚通しがシンクの上に並べてある。このままでも使えないことはないが、やはり手入れはしておくべきだろう。それでなくては道具に失礼だ。

砥石を持ち出し、台所に立ってまず出刃包丁を研磨する。

しゅうっ。

しゅうっ。

しゅうっ。

研ぎ師という専門職があるくらいだから、自分の研磨技術が拙いのは自覚している。しかし、規則的な音を聞いていると少しずつだが刃先が白くなっていくのが分かる。気分が平静になっていくのが分かる。

しゅうっ。

しゅうっ。

しゅっう。

時折手を止めて、切っ先を目視する。

大丈夫だ。錆は削り取られ、先端は購入時の鋭さが次第に戻りつつある。

しゅうっ。

しゅうっ。

しゅうっ。

しゅうっ。

冬の静謐が忍び込む台所に、刃物を研ぐ音だけがやけに大きく響いた。


翌十九日、了衛は午前九時過ぎにそっと家を出て、裏山伝いに集落の背後を回った。獣道しかないような場所だが、生い茂る木々で集落からこちらの姿は見えないはずだった。

草木に潜みながら多々良の家を望む。そして身を伏せ、じっと動静を探る。

三十分ほど待っているとやがて動きがあった。多々良が猟銃を担いで外出したのだ。多々良は弁当持参で山に入り、日が暮れるまでは家に戻らないはずだった。

了衛は多々良の姿が視界から完全に消えると、裏手から家に近づいて行った。幸い隣宅の久間は三国志でも読み耽っているらしく、家の中から一向に出て来る気配がない。

裏口は鍵も掛かっていなかった。この時ほど田舎の不用心さを有難いと思ったことはない。了衛はポケットの中に忍ばせた速乾パテの感触を手で確かめる。竜川地区への移住を決めた際、部屋の補修のために購入していた物だった。それがこんなことに役立つとは予想もしていなかった。

初めて入る多々良の家は埃と鉄の臭いがした。微かに機械油の臭いが混じっているのは銃の手入れをしているからだろう。居間に進むと、床の間に三挺の猟銃が誇らしげに飾られてある。つまり多々良が持って行った銃と合わせ、つごう四挺が保管されている訳だ。

了衛は早速予定していた行動に取りかかった。

夕飯は久しぶりに豪勢な献立となった。残っていた〈竜川野菜〉と魚をふんだんに使い、鱒の味噌仕立て鍋なるものを拵えた。鍋料理にしたのは不慣れな人間が作っても大きな失敗はしないと踏んだからだが、予想以上に濃厚な味に仕上がったのだ。お蔭で飯も茶碗二杯を平らげた。

本当はもっと腹に収めることもできるが、食べ過ぎはこの後の行動に災いする。腹八分目に留めて、了衛はさっさと風呂に入る。

いつもより長めに湯船に浸かる。ここしばらくの間に溜まった疲れと汚れを全て洗い流すつもりだった。丹念に全身を洗い、洗濯したばかりのバスタオルで水滴を拭く。風呂場から出て来た時には午後七時を少し回っていた。

胃が消化を開始したのか、靄のような睡魔が頭上に舞い降りてきた。逆らうつもりはない。この日のために二日前から生活のリズムを微調整してきたのだ。今から床に入っても五時間ほどで目が覚めるはずだった。

念のために深夜零時に目覚ましをセットし、了衛は暖かな布団に潜り込んだ。


午前零時、コンポから流れる〈ドナウ〉のメロディで了衛は目覚めた。布団から跳ね起き、大きく背伸びをする。

爽快だった。疲労はすっかり取れ、腹ごしらえも充分、睡眠も取って気力はこの上なく充実している。

枕元に用意していた服に着替え始める。薄くても防寒できるヒートテックのインナーの上に、動きやすいトレーニング・ウェアを着込む。竜川地区に来てからしばらく袖を通していなかったが、体型が変わっていないので変に突っ張ることもない。試しに前後屈や上半身の回旋をしてみたが、身体は思い通りに動く。

半ズボン下の上から伸縮の利くジーンズを穿き、トレーニング・ウェアの上には革ジャンを羽織る。この革ジャンはサラリーマン時代から愛用していた物で、地が薄いのに暖かいのが気に入っていた。

　着替えた後は道具の装着になる。ジーンズの上から自作の作業ベルトを巻く。このベルトには包丁二本と鎌と大鉈、それから釘抜きと千枚通しと懐中電灯を収納するポケットをつけた。現物に合わせたポケットなので、すぐに引き抜くことができる。

　全ての道具を装着し、釘抜きを手にした姿で鏡を見る。

なかなか凜々しい出で立ちではないか。これなら狩りに出掛けるハンターのようにも見える。

了衛は満足げに頷くと、パソコンの前に陣取った。〈竜川野菜〉のホームページを開き、キーを叩き始める。

『ＨＥＹ！　管理人です。皆さん、もうお休みの時間ですか。わたしは予告通り、今から大々的に害虫駆除を行うところです。どうしてこんな時間になったかというと、とにかくしつこい害虫なので寝静まるのを待つしかないんですね。数も多いし。でも大丈夫です。ちゃんと効率よくやれば朝が来るまでには駆除し終わるでしょう』

　文章を打ち込んでいると、次第に気分が昂《たかぶ》ってくる。

『害虫駆除は私的な仕事ではありません。少しでも世の中を住み易くするための公共事業なんです。だからわたしは皆さんの安心と幸福のために行って来ます。害虫駆除が成功するように、皆さん祈っていてください。それでは行って参ります！』

　最後の文字を打ち込むと、身体中に気合いが満ちてきた。

「頑張れ、溝端了衛。負けるな、溝端了衛」

両頬を勢いよく叩き、了衛は部屋を出た。

2

竜川地区に入る手前には電柱が立っている。

了衛はその真下で電柱から伸びる線を凝視していた。最近は景観美化のため地下にケーブルを引いている地区が増えたが、依田村はまだそこまで進んでいない。

部屋にインターネットを繋いだ際、業者から教えてもらった。三本走っているうち手前の線が電話線なのだと言う。

了衛は懐中電灯と枝切りバサミを片手に電柱を上り始める。深夜ということも手伝い、業者のようにするするとは上れない。枝切りバサミを用意したのは、こういう時のためだった。

両足で電柱を抱きながら枝切りバサミを伸ばすと、電線まで刃が届いた。一番手前の線を挟み、一気に力を加える。

ぶちん。

手の平に切断の感触が伝わる。これで竜川地区の各戸は外界との通信手段を失った。元より携帯電話の圏外なので、固定電話だけが彼らと外界を結ぶ糸だったのだ。

地面に降り立ち、月明かりに浮かぶ竜川地区の集落を見渡す。どこの家も寝静まっているのか、灯りの洩れている家は一軒もない。家もまた深い眠りについているのだ。一度ぶるりと大きく身体が震えたのは武者震いだろう。

端にある能見の家も同様に灯りが消えている。できるなら自分が害虫駆除をしている現場を見られたくない。約束通り、今夜は家を空けてくれているように祈るばかりだ。

枝切りバサミはその場に捨て置いた。もうこれを使用する予定はない。

了衛はイヤフォンを耳に突っ込み、携帯端末で〈美しく青きドナウ〉を再生する。

ヴァイオリンが遠慮がちに空気を震わせ始める。今まさに朝陽が昇ろうとしているのだ。そこに鳥のさえずりにも似たホルンが挟まり、大太鼓の出現で曲調の雄大さが提示される。トレモロに乗った静かな主旋律。聴いているとドナウ川の源流と黒い森が目の前に浮かぶようだ。

この第一ワルツが序奏部となり、やがて軽快なワルツが奏でられる。

耳に馴染んだフレーズが了衛の魂を捉える。

ああ、何と煌びやかな旋律だろう。優雅さと繊細さが第一ワルツの特徴だが、優しく慰撫するような音がささくれ立った感情をとろとろにしてくれる。

竜川地区の集落を一望しながら、了衛は心中で大きく叫ぶ。

さあ、皆さん。

一緒にワルツを踊ろう。

了衛は片手に釘抜きを握り、片手で指揮をしながら大黒の家に近づいて行った。

引き戸に指を掛けると、そのまますると開いた。就寝時ですら施錠しない慣習には感謝するしかない。

懐中電灯を灯して玄関に足を踏み入れる。息を殺し、足音も殺す。履いている靴はランニングシューズでゴム底になっている。歩き方さえ工夫すれば、まず足音は生まれない。

物音はしない。聞こえるのは自分の心音と〈ドナウ〉のメロディだけだ。

中の間取りはすっかり頭に入っている。廊下の奥にある居間。その一室は襖で閉じられていた。おそらくあの隣が夫婦の寝室だろう。

奥から一つ手前の部屋で止まり、静かに引き戸を開ける。

思った通りだった。豆球が淡い光を落とす中、大黒夫婦が畳の上に並んで寝ている。

最初の獲物は大黒と決めていた。竜川地区の長、そして全ての元凶。この男を駆逐してからでなければ話は始まらない。

大黒の身体を跨いでその顔を覗き込む。普段はタヌキのように疑り深そうな顔をしているが、寝ている時はさすがに無防備だった。

「おはようございます、地区長」

了衛が快活な声を掛けると、大黒は一、二度頭を振ってから薄目を開けた。

「……うん？　何だ？」

「害虫駆除にやって来ました」

「お前……了衛」

その目が大きく見開いた瞬間だった。

了衛は片手に持っていた釘抜きを一杯に振り被り、そのまま正面に振り下ろした。

だがどこかに余分な力が加わったのか、釘抜きの先端は大黒の顔面にではなく、左肩を直撃した。

ぐしっ。

「ぶふうっ」

肉と骨の砕ける感触が伝わるのと同時に、大黒が短く叫んだ。

しまった、急所を外した。

慌てて第二打を放つべく、了衛はもう一度振り被る。

そしてまた振り下ろす。

ぐしっ。

「うぐわあああっ」

大黒が上半身を捩ったため、今度は右肩に逸れてしまった。

「動くなよ、地区長さん」

「りょ、了衛ええ、貴様、いったい、何を」

「最初に言ったじゃないですか。害虫駆除ですよ」

その騒ぎにようやく多喜が目を覚ます。

まずい。二人に騒がれては収拾がつかなくなる。

了衛は咄嗟に大黒の布団を引き剝がし、そのでっぷりと膨らんだ腹に目がけて腰の出刃包丁を突き立てた。

「ふぐうっ」

ひと晩中研いだ甲斐あって、出刃包丁は半分近くまで腹の中に沈む。了衛はその状態のまま、柄を九十度ほど回転させる。

「うぐわあああっ」

大黒は獣のような唸り声を上げる。出刃包丁を抜くと、どくりと血が溢れ出た。もっと噴水のように勢いよく噴き出るかと想像していたので、少し意外だった。

「ひぃいいいいい」

夫の腹から噴き出た血を見て、遂に多喜が悲鳴を上げた。

今、騒がれては駄目だ。

「ちょっと静かにしてくださいよ」

言うが早いか、了衛は片足で多喜の顔面を思いきり踏みにじる。唇が足で塞がれる格好になり、悲鳴は中断される。

多喜の顔を足で固定したのにはもう一つ理由がある。了衛はベルトから柳刃包丁を抜き、多喜の首筋に斬りつけた。

老いたりとはいえやはり女で、多喜の喉はまるで常温に置かれたバターのように抵抗なく刃が入った。すっと引き抜くと、今度は勢いよく血が噴き出た。

「たたた、多喜っ」

しきりに悶えていた大黒が驚いて妻の方を見る。まともに血飛沫《ちしぶき》の直撃を浴びて大黒の顔は斑模様になる。

「ひいっ、ひいっ、ひいっ。多喜いっ、多喜いっ」

「地区長さんも静かにして欲しいです」

そう言いながら了衛は釘抜きをベルトに収め、大黒の腹に刺さっていた出刃包丁を抜く。

脂肪の集中した部分を刺したせいだろうか、包丁を抜いても想像したほどの出血はない。ただ間欠的にごぼごぼと噴き出る程度だ。

「ちちち、畜生っ」

どこにそんな力があったのか、それとも最期の悪足掻きなのか、何と大黒は立ち上がりその場から逃げ出そうとした。

太った体軀が急に起き上がったため、不意を突かれて了衛は布団の上に倒される。それだけではない。起き上がった勢いで大黒の足が跳ね上がり、それが了衛の顔面を直撃した。

鼻面をしたたかに蹴られた瞬間、キナ臭さが鼻腔の奥から押し寄せてきた。次に激痛が、少し遅れて鼻血も出てきた。

畜生、油断した。

痛みが憎悪を更に掻き立てる。

「たたた、助けて」

ここで逃がして堪るものか。

了衛は咄嗟に大黒の足を摑み、力一杯引いた。だが、元より重量のある大黒はそれでは倒れず、ただ足止めを食う程度だった。了衛は持っていた出刃包丁を逆手に握り替え、そのふくらはぎに突き立てた。

「ひぎゃああっ」

上半身の体重をかけて柄に力を加えると、包丁は足の肉を縦に切り裂いていく。

「痛い痛い痛い痛い痛い」

大黒がもんどりうって倒れる。了衛は逃がすまいとその身体を捕まえようとするが、血で手が滑ってなかなか思うようにいかない。

元より喧嘩慣れしていないので、了衛は格闘が得意ではない。大黒如きは釘抜きの一撃で片がつくと考えていた自分が安易に過ぎた。人の命などもっともっと簡単に屠《ほふ》れるものだと考えていた。武器さえ手にすれば、年寄の一人や二人、赤子の手を捻るようなものだと思い込んでいた。

慢心だった。やはり急所を攻めるべきだ。

了衛は大黒の足から出刃包丁を引き抜く。その返り血を浴びて、了衛の顔がぬらりとする。上半身を起こすと、獲物は尚も身を捩りながら逃げ出そうとしている。ただし動きはずいぶんと鈍っている。

了衛は立ち上がり、大黒に視線を固定したままでひと息吐く。

頭の中ではリフレインで流れる〈ドナウ〉が第二ワルツを踊り始めたところだった。優雅さと繊細さが第一ワルツの特徴なら、第二ワルツのそれは軽快さと雄大さだ。誰もが口ずさむ有名なメロディに続き、ウィーンの山並と乾いた風が拡がる。第一から第五までほとんどの主要旋律は第一ヴァイオリンとチェロと木管楽器、それにトランペット二本と第一ホルンで構成されている。それでも一向に聴き飽きないのは、随所に挿入されるピッコロが絶妙なアクセントをつけて軽快さを演出しているからだ。この第二ワルツもその例外ではない。

そう、軽快さだ。

リズミカルにやれば大抵の仕事は効率よく捌ける――。

了衛はいきなり大黒を足で蹴倒し、馬乗りになった。力が弱っている上に体重をかけられたら堪らない。大黒の身体はカエルのように潰される。

「待ってくれ……」

力のない声が下から洩れる。

「わ、わしらがお前に何をした。いったい何でこんなことをする」

「何で、だと」

そんなことも分からないのか。いや、そんなにも自分のことを軽々に考えていたのか。

改めて憤怒に火が点いた。

お前たちの下世話さが嫌だったんだ。

お前たちの下品な好奇心が鬱陶しくて堪らなかったんだ。

この土地の狭量さと弱い者苛めの慣習が憎かったんだ。

「言葉にすると長くなるんで、身体で聞いてください」

もう一度出刃包丁を振り被り、頸動脈目がけて斬りつける。

「ぐふっ」

今度は狙いを外さなかった。頸動脈は見事に寸断され、ぴゅるぴゅると音を立てて血が噴き出る。

「ううーっ、ううーっ」

大黒は首を押さえながら畳の上を転げ回る。お蔭で畳の上も血で斑模様に染め上がる。

そのうち動くのを止めるだろうとしばらく観察していたが、意外にも大黒は尚も悶え続けている。よく新聞などで出血多量でショック死したという記事を見掛けるが、相当な出血量でもなければそうそう人は死なないのか。

大黒が悶絶する姿はそれなりに小気味よかったが、一軒当たりに長時間を費やす訳にもいかない。了衛は出刃包丁をベルトに収め、代わりに再び釘抜きを引き抜いた。

転げ回る大黒の鎖骨を真上から踏み押さえる。途端に大黒が大きく目を見開く。

了衛は狙いを定め、ゴルフスイングの要領で釘抜きを横方向から振り下ろした。

ぐしゅっ。

釘抜きの先端が側頭部を破壊する。

やっと大黒は動くのを止めた。

では、ここからがダンスの時間だ。

第二ワルツ。小刻みなヴァイオリンの調べに乗せてフルートが主旋律を奏でる。チェロの爪弾きで小休止が入ったかと思うと、矢庭にトランペットが高らかに鳴り響き、軽快なリズムを紡ぎ出す。

了衛は片足でリズムを取りながら釘抜きを振り下ろす。

ぐしっ。

ぐしっ。

ぐしっ。

ぐしゃ。

ぐしゃ。

ぐちゃ。

ぐちゃ。

びしゃっ。

振り下ろす度に、大黒の頭部は原形を失くしていく。相当に強固だった頭蓋骨も一度亀裂が入ってしまえば、後は脆い。既に側頭部は完全に破壊され、中からは血液と脳漿《のうしょう》がこぼれ落ちている。

それでもワルツが鳴っているので了衛は釘抜きを振るい続ける。やがて頭頂部もあらかたなくなり、それと同時に手応えもなくなった。

足元には血溜まりができていた。早くも凝固し始めたらしく、足を上げると粘着質の糸を引いた。

血と脂の臭いが部屋中に充満している。手で払い除けても、後から後から鼻腔に流れ込んでくる。だが、決して不快な臭いではない。

それは勝利の臭いだった。狩猟の愉悦だった。多々良が狩りにのめり込んだ理由が今更にして理解できる。

ふと気づくと多喜の姿が布団から消えている。

どこだ。

慌てる必要もなかった。多喜は喉元を押さえながら隣室に這って行く途中だった。何とまだ絶命していなかったのだ。

「駄目ですよ、多喜さん」

了衛は悠然と多喜の前に回り込み、その行く手を阻んだ。

「そんななりで、どこへ行くつもりですか。また部屋が汚れちゃうじゃないですか」

了衛の足元を目にして多喜が何やら叫んだが、喉を切られているせいかひゅうひゅうとしか聞こえない。

「そんな喉していても、叫ばせるような真似してごめんなさい。今すぐ何とかしてあげますから」

適度な距離を取り足場を確かめると、ちょうど真下に多喜の頭があった。さっきはゴルフスイングだったが、今度はスイカ割りの要領だ。幸いにも多喜はあまり頭を動かさない。

「せーのっ」

満身の力を込めて後頭部に釘抜きを振り下ろす。慣れたのだろうか、もう的を外すこともない。釘抜きの先端は正確に多喜の後頭部を捉えた。

最初の一撃で頭蓋骨は陥没した。

多喜は這いずるのを止めた代わりに、ひくひくと四肢を痙攣させた。

こいつもカエルみたいだな——そう思っていると、いきなり異臭が鼻を衝いた。

多喜の下半身から大量の尿が排出されていた。それが血溜まりの中に溶けているのだ。

それもまた心地良かった。

頭の中に流れる〈ドナウ〉は第三ワルツに入っていた。トランペットと弦楽五部の掛け合いで、気分はどこまでも昂揚していく。

とうとう了衛はその場で踊り出した。

血の臭いと手の平に残存する殺戮《さつりく》の感触が、弥《いや》が上にも心を浮き立たせる。

おっと。

ここで時間を食う訳にはいかないと、さっき自戒したばかりではないか。

気を取り直した了衛は包丁と釘抜きを回収し、まだ血に塗れていない布団で丁寧に拭った。

先ほどまでの作業で、人間の脂が予想以上に切れ味を悪くするのが分かったからだ。こちらの武器は限られている。大事に使わなくては。

道具の手入れを終えると、了衛は静かに玄関から家を出た。辺りを見渡してみたが、どの家にも変化は見られない。隣宅の雀野家にも何ら動きはない。どうやら一軒目はもたつきながらも害虫駆除できたらしい。最初だからこれは仕方ないだろう。

携帯端末では〈ドナウ〉が流れ続けている。

いい。

とてもいい。

この曲が流れている限り、自分はいつでもどこでも平静でいられる。己の感情、心拍数、血圧の全てを自在にコントロールできるような全能感を味わえる。

了衛は雀野宅に向かって踏み出した。

乾いた風が吹いてきた。その感触で顔面に浴びた返り血がほぼ凝固していることに気がついた。試しに表情筋を動かすと、ぺきぺきと罅の入る音がした。要は血糊でパックをしているようなものだ。

肌に違和感があるので拭い取ろうとして――止めた。

どうせこれ以降も返り血を浴びるだろうから、いちいち拭いていても面倒なだけだ。それに首から下は防寒仕様だが、顔は素肌を晒している。凝固した血糊がマスクの代用になって、ちょうどお誂《あつら》え向きではないか。

雀野家の敷地に入る。相変わらず物音はしない。ドアノブに触れてみると、これも抵抗なく回った。

玄関に入った瞬間、同級生の忠雄の顔が脳裏に浮かんだ。すっかり疎遠になってしまい、思い出すのも当時の顔でしかない。

思い出をまさぐると、よく一緒になって遊んだのは小学校までだったような気がする。中学になると、それぞれ別々の友人ができ、次第に家にも立ち寄らなくなった。

忠雄、お前は成功したんだよ。

何がって？

この場所から脱出して、他で家族を作ることができたのだ。自分の家族があるなら故郷に帰って来る必要もない。それこそ都合のいい時に覗きに来るだけで構わないのだ。

だが自分は違う。

人生を失敗し、選《よ》りにも選《よ》って戻って来てしまった。帰郷したのが最大の失敗だった。こんなことなら住む家を失くしても街を離れるべきではなかったのだ。

土地には人を縛りつける力がある。こんな田舎と軽蔑していたはずの自分も、結局は土地から誘《いざな》う声に惑わされて選択を誤った。

ただな、忠雄。たった一ついいこともあるんだ。

お前とは親友というほどの付き合いじゃなかった。

だから今からお前の両親を駆除することに、露ほどの罪悪感も湧かない。この場所を嫌っているらしいお前も、二人の死を知らされたところでそれほど悲しみはしないだろう？　お前の両親は外見、人懐っこいように見えるけれど実際は虎の威を借る狐みたいで、本当に嫌な人間だったんだよ。

音も立てずに廊下を歩く。二階建てだが夫婦の部屋は一階にあるはずだ。老いた二人がわざわざ階段を使うような面倒をするとは思えない。それに薄ぼんやりとした記憶でも、忠雄の部屋は二階にあった。それなら夫婦の部屋は一階にある可能性が高い。

手前の部屋から順番に開けていく。居間、台所、便所、空き部屋――。

五つめの部屋が当たりだった。鼾《いびき》が聞こえるので開けてみたら、六畳ほどの和室で二人が寝ていた。雀野夫婦は寝る時、部屋を真っ暗にするのが習慣らしい。お蔭で懐中電灯を照らさないと寝ている位置も把握できない。

こんなことならライトつきのヘルメットでも購入しておけばよかったのだが、今更どうしようもない。

了衛は素早く頭を巡らせた。下手に起こして騒ぎになれば、大黒の時のように徒《いたずら》に時間を食ってしまう。部屋の灯りなど点けないまま駆除した方が手っ取り早い。

しかし一方、この暗さの中では仕留め損なう危険性も大きい。一人仕留め損なえば、さっきよりも面倒な展開になるのは火を見るよりも明らかだ。

一人を一撃必殺。後は部屋の灯りを点け、残り一人を確実に仕留める――よし、それでいこう。

懐中電灯で雅美の顔を確認しながら忍び足で近寄る。そしてその口元に手を翳した瞬間だった。

ずん。

目覚めたばかりの雀野は足元をよろけさせただけだった。

「うわ」

言いながら、了衛は手にしていた千枚通しを握り締め、身体ごと雀野に突進して行った。

「呼べるものならどうぞご勝手に」

「はっ、はっ、早く出て行け。警察を呼ぶぞ」

「そんな趣味ないですよ。俺は至ってノーマルなもので」

一瞬、爆笑しそうになった。何が悲しくて雅美なんかを相手にしようと思うのか。

「かっ、かっ、嬶に夜這いでもしに来たか」

冷静さを導くメロディがある。

いつもならそれだけで了衛も尻込みしただろう。だが今の了衛には〈ドナウ〉の昂揚がある。

小心者ほど大きな声を出す。雀野は恐怖に強張りながら了衛を精一杯威嚇する。

「お、お、お前は了衛。いったいここで何をしとるかあっ」

される。

立ち上がった雀野がスイッチを入れたらしい。すぐに部屋の中は煌々《こうこう》とした灯りに照らし出
しまった。鼾をかいて熟睡していたのは雅美の方だったのか。

雀野が叫んで飛び起きた。

「だ、誰じゃあっ」

千枚通しの切っ先が相手の肋骨を砕いたのが実感できた。先端は確実に胸を刺している。

だが、深くはなかった。

肋骨によって侵入を妨げられたからだ。

「ひぎゃあっ」

獣のような悲鳴を上げて、雀野は了衛を突き飛ばした。

「ひいひいひいひい」

そんな声を上げれば、今まで鼾を立てていた雅美が目覚めるのも当然だった。うっすらと目を開けた雅美は周囲を見回し、少し遅れて驚愕した。

「あ、あんたあっ?」

「けっ、警察。警察」

くそ、二人とも起こしてしまった。

動くのは雅美が一瞬早かった。了衛が向きを変えるなり、雅美は布団から飛び出て廊下へ逃げ出そうとした。

させるか。

了衛は雅美の腕を捉えようと手を伸ばす。ところが、その手を雀野が振り払う。

「なっ、何のつもりだ。わしたちを殺すつもりか」

「ええ、そうですよ」

平然と答えてみせると、雀野はぎょっとしたようだった。

「何の、恨みがあって」

「色々ありますけどね。強いて言えば俺の大事な相棒を殺したことですよ」

「相棒だって。そ、そんなモンがいたのか」

「ヨハンです。俺が飼っていた子犬ですよ」

「い、犬？　き、貴様、飼い犬が殺されたくらいでこんなことをするのか」

殺されたくらい、という物言いが火に油を注いだ。

もう少しで廊下に逃げ出そうとしていた雅美を捕まえ、強引に引き戻した。

「ひいいいいいっ」

とにかく二人の動きを封じ込めておかなくてはならない。了衛はなりふり構わず、雅美に向かって千枚通しを振り上げた。雅美の顔の真上、急所の存在しない場所――。

「ぐあああっ」

次の瞬間、雅美は野卑な声を上げた。

あまりの激痛に両手を広げたので、損傷箇所が一目瞭然になる。

千枚通しは彼女の左目を貫通していた。

「こ、この野郎っ」

形相を一変させて雀野が突進して来た。小兵ながら力はあったようで、了衛は雀野ごと壁際に押しつけられる。

思わぬ反撃に少しだけ焦った。

だが勝機は依然としてこちら側にある。雀野は身体を丸めて突進して来たので、頭が了衛の眼下にある。了衛はベルトから鎌を抜き取ると、その首の後ろに先端を突き立てた。

「ぎゃあああっ」

頭が持ち上がる寸前に鎌を抜く。下手に相手の手に渡ればこちらの不利になりかねない。

「けけけけけけけ」

泣き声とも笑い声ともつかない奇声を発しながら雀野は布団の上で転げ回る。首の真後ろにも血管が走っているのだろう。動く度に布団が朱色に染まっていく。

寝室の中が赤く染め上げられると、耳に入ってくるオーケストラも音量を上げた。

第四ワルツ。メロディはますます華麗に、そしてますます拡大していく。高鳴るファンファーレのピッコロが縦横無尽に駆け巡る。各章のワルツを跨いでいる和声のコードは一緒なので、楽章の切れ間が有機的に繋がっている。

ホルンがどこまでも伸びやかに歌う。

クラリネットが跳ね遊び、それをオーボエが鎮めにかかるが、隙を見てトライアングルが旋律の間に滑り込む。

ああ、何て楽しいのだろう。血と歌い、肉と踊る。相手が血に塗れ、自分も返り血を浴びると、まるで二人してワルツを舞っているようだ。

了衛は恍惚としながら見えないタクトを振る。

おっと、いけない。また至上の音楽に我を忘れるところだった。

相変わらずもがき苦しむ雀野を見下ろしているうち、不意に仏心が生まれた。

おそらくヨハンは一撃で殺された。あまり苦しむことはなかっただろう。だったら雀野だけをこんなに苦しめておくのは不公平ではないのか。何よりともに遊んだ同級生の父親だ。

しかし最前の駆除で包丁の類は殺傷能力があるものの、一撃で致命傷を与えるには些《いささ》か心許ないことが判明した。

包丁より威力のある物。

判断は一瞬だった。了衛はベルトから大鉈を取り出した。

柄は軽く、刃の部分が不釣り合いなほど重い。この自重だけで相当な破壊力が期待できる。

了衛はゆっくりと大鉈を振り上げる。もう外す訳にはいかない。苦痛を与えないよう、一撃で決めてやる。

首を目がけて全体重をかける。

骨と肉の裂ける感触が同時に伝わる。

その瞬間、視界が遮られるほどの返り血を浴びた。

思惑通り一撃で終わった。雀野は手先を痙攣させるだけで、他には何の抵抗も示さない。

よく見ると大鉈は雀野の首を半分以上割いていた。だから上半身を持ち上げようとすると、首がぷらぷらと宙に揺れる。

「中途半端は雀野さんだって嫌だよね」

それで了衛はもう一度雀野を寝かせ、首の裂け目に二度三度と大鉈を振るい続けた。

ごろり、と首が転がる。首を失った雀野の身体はマネキンにしか見えなかった。

雅美は部屋の隅にいた。了衛に背を向けて四つん這いになっている。相手が視界に見えなければ安全だとでも思っているのだろうか。

了衛は雀野の首をぶら下げたまま彼女に近づき、そして眼前に放り投げてみせた。

今まで茫然としていた雅美は夫の首を見るなり、また騒ぎ始める。

「ひいっ、ひいっ、ひいっ」

「雅美さん、煩い」

狂乱状態でも自分の置かれた立場は分かるのだろう。雅美は引き攣《つ》りながら叫ぶのを止めた。

「近所迷惑だから静かにしてください」

「どどどどうしてこんなことを。わわわわたしたちがあんたに何をしたって」

「あー、もうそれが駄目」

了衛は諭すように人差し指を振る。

「自分でしたことにも気づかない、気づこうとしない。他人の痛みが分からない、分かろうとしない」

話している最中だったが、雅美の額の真ん中に大鉈を突き立てた。雅美は納得がいかないという表情のまま固まった。

「それが一番よくないんですよ」

きっとその言葉までは耳に入らなかったに違いない。雅美は落ちるように上半身を崩した。

倒れた勢いで更に深く大鉈が入ったのか、雅美の頭を中心に血溜まりが拡がっていく。

「雀野さんだけじゃ寂しいか」

雅美の顔を上げて大鉈を抜き取ると、ギロチンの要領で首の後ろに刃を当て、一気に全体重をかけた。

再び骨と肉の裂ける感触。

雅美の首もごろりと転がった。

了衛は二つの首を仲良く並べて枕元に置いてやった。これで不公平なしだ。

両手には滴るほどの血が付着していた。勢いよく払うと、ぴっと音を立てて襖《はし》に飛び散った。

それにしても首を切断した際の出血量は半端ではない。たった二人の首を刎《は》ねただけだというのに、六畳間は血溜まりで足の踏み場さえなくなった。

鎌と千枚通しと大鉈は、拭いたくらいでは落ちようのないほど汚れている。台所の水で洗い流しても脂分だけはなかなか拭い切れない。洗剤を使用してようやく滑《ぬめ》りが取れた。

耳に入る〈ドナウ〉は第五ワルツに突入していた。いったん静かに音が落ち、水面にアメンボが遊ぶようなメロディを刻んだ直後、矢庭に勇壮さを誇示してホール一杯に伸び上がる。

歌うことの歓びと踊ることの愉しさを情熱一杯に語り、そして堂々たるコーダに向かう。

いつ聴いても完璧だ。これほど音楽の崇高さを凝縮したワルツは存在しない。

大黒さんたち、そして雀野さんたち。

本当に残念だった。あなたたちにこのワルツを愉しめる素養があったのなら、ひょっとしてこんなことにはならなかったかも知れないのに。

これは全部あなたたちが悪い。〈ドナウ〉に美を見出せず、卑俗さと野蛮さでしか自分を表現しようとしなかったあなたたちが悪い。

コーダを奏で終えた携帯端末は、また最初から〈ドナウ〉を流し始める。

了衛は半ば踊るようにして六畳間から出て行った。

3

素人ながら畑仕事で筋肉を酷使したのが結果的によかったのだろう。大黒夫婦と雀野夫婦を血祭りに上げても、疲労は露ほども感じなかった。

いや、それどころかアドレナリンが大量に分泌されたのか、身体中に気力と体力が漲っている。自分はデスクワークにしか向かないと思っていたが、案外戦闘向きなのかも知れない。

十一月の深夜、吐く息が白いので外は冷え込んでいるはずだが、肌で凝固した血糊が防寒の役目を果たしているために寒さを感じない。

月は欠けていたが、不思議に夜目が利いている。舗道も家屋も闇の中にぽっかりと浮かんでいるようだ。

全能感が身体を走る。

まるで自分が超人になったような気がする。今なら百キロの道を駆け抜けることも、巨岩を持ち上げることもできそうだ。もちろん、それは耳元で奏でられている〈ドナウ〉が無関係ではない。トランペットが天上を突き刺す度に胸が高鳴る。ヴァイオリンが空気を震わす度に闘志が湧く。

父なるヨハン・シュトラウスⅡ世よ。

今、わたしの魂はあなたと共にある。わたしの力はあなたの音楽と共にある。

あなたのワルツでわたしは偉業を成し遂げてみせる。だから、どうかわたしを祝福してください――。

雀野の家から百メートル、野木元の家はもう目の前だった。朧《おぼろ》な月影でも屋根の歪み方が分かる。

屋根の歪みは住んでいる者の歪みそのものだ。無頼を気取りながら、結局は毎日を自堕落に生きることしか考えていない。自力で生活するよりも年金に頼りきり、遊び呆けてばかりいる。そんな人間を生かしておいても年金の無駄だ。そしてまた怠惰と享楽は周囲に伝染する。害毒が蔓延しないうちに駆除しなければならない。

野木元宅の玄関戸が開かないのは事前に知っているので、裏庭に回る。さすがに足元が暗いので懐中電灯を点ける。

唯一の侵入口である縁側に辿り着き、中の様子を窺う。耳を澄ましても物音どころか野木元の寝息さえ聞こえない。

玄関先の散らかりようを考えれば、家の中が片付いているようには思えない。予想外の障害物に足を取られたくないので、灯りを消さないまま中に侵入する。

家の中は思った通り、家財道具とゴミで溢れ返っていた。これで果たして野木元を探せるのかと不安になったが、よく見ると散乱している中にも一本の道のようなものが確認できる。動線だ。家の中を移動する際、邪魔にならないように最低限の幅を確保しているのだ。

この動線を辿っていけば野木元を見つけられる――了衛は足音を殺しながら軽快に足を運んでいく。慎重さも大事だが、それよりは敏捷さだ。相手を見つけたら直ちに仕留める。警戒されたりこちらが躊躇したりすれば、それだけ失敗の確率が高くなってしまう。

ちょうど携帯オーディオの〈ドナウ〉は第三ワルツを奏でている。行きつ戻りつのメロディは軽快ながらも聴く者に平常心を与えてくれる。ピッコロとクラリネットの協奏は獲物探しに愉悦を与えてくれる。

居間なのか物置なのか判然としない部屋を通り抜けると、やがて襖で閉め切られた部屋に辿り着いた。どんな面倒臭がりも、これだけ寒ければ部屋を閉め切るものだ。

静かに、しかし思いきり襖を開くと、光の輪の中に布団が浮かび上がった。

見つけた――と、ちょうどその時、〈ドナウ〉が第四ワルツを高らかに謳い上げようとしていた。

弥が上にも気分が昂り、了衛は一気に布団を引き剝がす。

野木元はいぎたなく寝入っていた。口を半開きにした顔には知性の欠片も見当たらない。それを見て了衛はほっと胸を撫で下ろす。今から自分の屠ろうとする魂が、下賤で劣悪なものであると確認できたからだ。

このまま首を掻っ捌くのは簡単だが、そんな風に片付けるつもりはさらさらない。眠ったまま死なせるのでは意味がない。何故自分が殺されなければならないのか、どうやって殺されるのか。それを本人に知らせてこその駆除だ。

釘抜きの先端を野木元の頬に押し当てる。

「起きてください、野木元さん」

先端の尖った部分が頬肉に食い込むと、さすがに野木元は目を瞬かせた。

「……うん?」

「おはようございます、野木元さん」

了衛が笑いかけた瞬間、野木元は目を大きく見開き、そして飛び起きた。

あっという間に光の輪から姿が消える。

とても今まで熟睡していた人間の行動とは思えなかった。まるで夜行性動物のような身のこなしだった。

突然明かりが灯され、部屋の中が煌々と照らし出される。野木元が電灯のスイッチを入れたのだ。

「お、お、お前は了衛じゃないか。何だよ、その化粧は」

大量の返り血がメイクアップに見えるらしいが、叩き起こされた野木元はにこりともしない。

「ひ、ひ、人の家上がり込んで何のつもりだ」

長いお喋りをするつもりなど毛頭ない。了衛は釘抜きを大きく振り被った。

相手の脳天を目がけてひと振り。

だが、一瞬野木元の足の方が速かった。振り下ろした釘抜きは空を切り、畳にめり込んだ。

「ひ、人殺し」

意外にも野木元の逃げ足は速い。追い掛けながら二打三打と釘抜きを振り下ろすが、空振りが続く。

ゆらりと不安が頭を擡げてくる。いくら気力が充実しているとはいえ、四人を葬った直後だから確実に体力は消耗している。このまま持久戦に持ち込まれたら、野木元に逃げられてしまう。

では、足を封じるとしよう。

了衛はいきなり縦振りから横振りに変えた。低く大きな放物線を描いて、釘抜きの先端が野木元の右足首を捉える。逃げ回っていた野木元も膝下への攻撃は死角だったらしく、了衛の手の平には骨の砕ける感触が伝わった。

「ぐがあっ」

堪らず野木元は前方に倒れ込む。一時も猶予は与えない。了衛はもう片方の足首も力任せに打ち据える。

再び野木元は獣のような悲鳴を上げる。どうもこの男の仕草には人間らしさが感じられない。それこそ人の皮を被った野生動物なのかも知れない。

「何で、俺が」

「心配しなくていいですよ。野木元さんだけにこんなことしてる訳じゃないんですから」

了衛は背中から馬乗りになる。両方のくるぶしを潰された野木元は為す術もない。

「俺は公平なんです」

「お前っ、野菜作りが失敗したのを逆恨みしてるのか」

「そんなんじゃないんですよ」

あの野卑な野木元の声が怯えて震えているのが、とても心地いい。了衛の耳には甘い囁きのようにも聞こえる。

「俺は私利私欲で動く人間じゃないんです」

「い、いったい何言ってるんだあっ」

知能のない動物は自分で考えることをせず、ただ吠えるだけだから始末に負えない。いくら家と家が離れていても、こんな大声で叫ばれたら残りの始末に支障を来す。

一度判断したら迷いはない。了衛は柳刃包丁を取り出すと、背後から野木元の喉仏辺りに刃を当て、さっと引いた。

老いて皮膚が薄くなっていたのか、野木元の喉はぱっくりと口を開き、大量の血を噴いた。

ふしゅっ、ふしゅうっ。

何事か叫ぼうとしているのだろうか、声帯を開かれた野木元は擦《かす》れた笛のような声しか発しない。

その途端、野木元の身体は大きくえび反りになり、了衛は勢いよく後方に撥ね飛ばされた。

ふしゅううっ、ふしゅううっ。

野木元は喉を両手で押さえて布団の上を転げ回る。その度に大量の血が畳と布団を斑に染めていく。こうなれば後は了衛の思い通りだった。

了衛は獲物の横腹に狙いを定めると、渾身の力を込めて釘抜きを叩き込んだ。

ふしゅっという擦れ声よりも肋骨の砕ける音の方が大きかった。野木元は涙と鼻血で顔面を満艦飾にしながら畳に伸びる。

了衛の耳元ではティンパニがトライアングルを巻き込んで、高らかに勝利を謳っている。ここで手を緩めてはいけない。抵抗らしい抵抗を見せなくなった野木元に対し、更に打擲《ちょうちゃく》を加える。だが早々に意識を失わせるのはもったいない。了衛は足から潰してしまおうと考えた。

両膝関節・大腿骨・尻・脇腹・肋骨・肩甲骨、そして鎖骨。それぞれをフルスイングで叩き潰していくと、次第に野木元は動くのをやめていった。

それでも了衛は打擲をやめようとしない。完全に皮膚が破れ、骨が砕かれ、肉が露出した部分を再三に亘って殴打し続ける。

耳元で響くワルツもまた鳴り止まない。第四ワルツの激烈とも言えるリズムが了衛の身体を支配している。

そしてメロディがいったん鎮まった時、既に野木元の身体は人間の形を成していなかった。関節は有り得ない方向に曲がり、上半身と頭部は左右非対称になっていた。いつの間にか頭頂部は柘榴《ざくろ》のように割れ、中からは脳漿が盛大に吹きこぼれている。

釘抜きを振り上げた際に引っ掛かったのか、真上で箱型のペンダントが大きく揺れている。血と汚物の海の中で、ぼろ雑巾のようになった野木元の姿がゆらゆらと影を伸縮させる。

了衛は釘抜きをベルトに戻そうとしたが、上手く指が動かないことに気づいた。握り締めた右手の指が石膏で固められたようだ。左の指を使って一本ずつ柄から剝がし、ようやく凶器を手放すことができた。

しばらく肩で息をする。右肘から先が返り血でぬらぬらとした。このままでは手が滑って武器を思うように操れなくなる。布団のまだ汚れていない部分で拭い続けると、辛うじて滑りだけは取れた。

部屋を出て行こうとすると、靴の裏に粘りを覚えた。ここで流した血が早くも凝固し始めたらしい。思いのほか野木元の始末で時間を食ってしまった。

もう一刻も無駄にできない。了衛は血溜まりに足を取られないように注意しながら、野木元宅を後にする。

野木元宅の裏手にある坂道を二十メートルほど登れば多々良の家だが、了衛は裏山伝いに進んでそのまま久間宅へと向かう。平時から猟銃を肌身離さず持っている多々良に接近するには、相応の準備と周到さが必要になる。時間に急かされず、慎重に対処したいので順番を最後にするつもりだった。

裏山から回り込んで久間宅の玄関に辿り着く。そっとドアノブに手を掛けるが、やはり鍵は掛かっていなかった。

気配を探る一方で、了衛は足早に廊下を進む。何度も出入りしているので間取りは把握できている。注意すべきは、廊下の脇や畳の上に堆《うずたか》く積まれた書物に足を引っ掛けないことだ。

寝室の襖を開けて中に入る。懐中電灯を照らすと、寝室の四隅も本で埋まっていることが分かる。久間は部屋の中央で布団を被っていた。よく見れば枕元にも数冊の本が置いてある。どうやら寝る間際まで読書に勤《いそ》しんでいたようだ。

了衛は壁のスイッチを押す。途端に寝室は眩《まばゆ》い明かりに照らされる。

「な、何だ何だ」

元より眠りの浅い質《たち》だったのか、久間はすぐに目を覚ました。

「久間さん、おはようございます」

「了衛くん……いったいどうして君がここにいる。近所で火事でも起きたのか」

「いやあ、そういうのはこれから起きるんですけどね」

「何だと」

了衛は両手を広げて武装を誇示してみせる。

久間は目を丸くして上半身を起こす。

「どういうつもりだ」

長々と会話を続けるつもりはない。了衛は出刃包丁を抜き取ると、久間の腹に深々と突き刺した。

「ふぐうっ」

久間の目は信じられないものを見たように、更に大きく見開かれる。了衛は構わず突き刺した凶器を真横に引く。偶然ながらちょうど切腹させるような形になる。

直後の久間の暴れ方が想定外だった。低い唸り声を洩らしながら、布団の外に飛び出て転げ回っている。

その様を見て了衛は思い出した。断腸の思いなどという言葉があるように、腹を掻っ捌かれるのはひどい苦痛らしい。武士が切腹する際に介錯人が首を刎ねるのは、その苦痛を早く終わらせるためだ。

両手で傷口を覆っていても、裂け目からは内臓の一部が顔を覗かせている。転がれば転がるほど露出していく。博識なインテリを気取っていた久間を思えば、滑稽で愚かな振る舞いだった。

なかなかに感興のある見世物なので、少しの間観察することにした。予想通り、久間の両手の間からは大量の血とともに内臓が溢れ出し、その量に反比例して久間の動きは鈍くなっていく。

だが一分ほど経っても、久間の悶絶は止みそうにない。寝室には大きな血溜まりが出来上がり、久間が後生大事にしていたであろう書物が次々と血に塗れていく。

「……どうして……」

ようやく搾り出した台詞がそれだった。

「何の……恨みが……あって」

ああ、これは自分の悪徳や罪悪には無自覚な人間特有の物言いだと思った。

「へえ、あなたには他人の恨みを買う覚えなんて、まるでないみたいですね」

見下ろして久間に話し掛ける。

「インテリぶって、辛辣な意見を口にしてさえいればみっともない最期を迎えずに済む……まさかそんな風に思っていたんですか」

久間からの返事はない。いや、返事をしたくても、もう声を出せないのかも知れない。

当人は忘れても仕打ちを受けた方は忘れない。〈竜川野菜〉にクレームが入って返金を済ませた際、久間の浮かべた冷笑は未だに消えることがない。

「自分は知識をひけらかすだけで、何かあれば他人の失敗を論《あげつら》って笑いものにする。自分は超然としていて誰を批判しても許される。自分よりも知識の乏しい者は、どれだけ嘲笑しても構わない。そんな風に思っていたんですか。だったら、それは大間違いです」

久間は俯せになって背中を丸めていた。了衛はそこに片足を乗せ、いきなり全体重をかけた。

「ぶふうっ」

堪らず久間は大の字に伸びて潰れたカエルのような声を発する。今の衝撃で傷口が開いたのか、更に多くの血が噴き出たようだ。こうなれば放っておいても、出血多量で三十分も保たないだろう。

その時、擦れ声が洩れた。聞き取れないので腰を落として耳を澄ましてみる。

「……ひ、ひとおもいに……」

それが最期の願いということか。

あの傲然としていた久間が自分に慈悲を乞うている。その事実が了衛に愉悦と優越感をもたらした。

だが願いを聞き入れるつもりなど毛頭ない。自分の受けた塗炭の苦しみに比べれば、腹を切られるなどどれほどのものだというのか。この傲慢な男に相応しい絶望を与えてからでなければ、そう易々と死なれて堪るものか。

改めて部屋を見回してみる。壁の三方は本で埋まり、漆喰も見えない。この部屋だけでも目分量で千冊は下るまい。

この無尽蔵の書物こそが久間の知の財産であり、根源だ。食う物にも生活様式にも拘らない久間が、下手をすれば家族よりも大事にしていたものが全てここにある。

了衛は不意に思った。

眩暈がするほどの夥《おびただ》しい書物は、言わば久間の精神そのものだ。久間の肉体が滅したとしても、その精神はこの書物群に宿っているのではないか。

今やすっかり血の池と化した枕元にぽっかりと白い陶器が浮かんでいる。端にマッチ箱が置いてあるので、どうやら寝タバコを愉しんでいたらしい。

思いつきは瞬時だった。

腕を伸ばしてマッチ箱を摘み上げる。確認してみると、本体はまだ血が付着しておらず使用可能だった。早速中の一本を擦って火を点ける。

久間の視界に入るところならどこでも構わない。了衛は、既に動かなくなった顔の正面に積み上げられた書物の塔に近づく。

傍らの一冊を広げて何ページかを破り、軽く丸めて塔の根元に置く。そして丸めた紙片に火を近づける。元々燃えやすい紙質だったのか、それとも空気が乾燥しているせいか、紙片は見る間に燃え上がり、書物の塔に炎の舌を伸ばす。

そこからは一気だった。ちろちろと伸びた炎は瞬く間に塔の壁を駆け上り、大きな火柱となった。

「見えますか？　久間さん」

覗き込むと、久間は一度だけ弱々しく瞬きをした。

よかった。この期に及んでも、まだ意識は失われていなかった。

「あなただけを逝かせるようなことはしない。ちゃんと本も焼いてあげますよ」

久間の目が絶望の色に染まっていくのを、了衛は胸を弾ませながら見守る。

ひときわ大きな火柱となった本の塔が、やがて崩れた。火種が拡散し、別の本に燃え移っていく。

熱気が充満し始めると、了衛の肌もじんわりと汗ばんできた。頬がぬらりとしてきたのは、自分の汗で凝固した返り血が溶けて流れ出したせいだろう。

そのうち久間の周囲を炎が取り囲んだ。この辺が潮時だろう。了衛は襖の近くに設えてあったスチール製の本棚を力任せに倒した。

スチール棚の角が真下にあった久間の頭を正確に捉え、そして粉砕した。

「本棚に潰されたのなら本望でしょう」

そう言い残して寝室を出た。木造で、しかも至るところに本がある。燃え出したらあっという間に全焼するに違いない。

燃えろ、燃えろ。

紅蓮《ぐれん》の炎で全てを焼き尽くせ。

傲慢・狡猾・怠惰・高慢。この地区に蔓延する全ての害毒を浄化してしまえ。

急速に背中へ迫りくる炎を感じながら、了衛は玄関へとひた走る。耳元で流れ続ける〈ドナウ〉が了衛の思考に入り込み、脳髄に直接命令しているのだ。

走れ。

走れ。

走れ。

家の外に出ると露出した肌に冷気が心地良かった。しばらく涼んでいたい気持ちもあるが、今は先を急がなければならない。了衛は誘惑を振り切って多々良の家に足を向ける。

家と家が相当離れていたのは、何にもまして好都合だった。長くて五十メートル、短くても二十メートルの距離があるので、ちょっとやそっとの物音はまず隣宅まで届かないはずだ。

既に午前三時を過ぎた。多々良の朝は早いと聞いている。言い換えれば今は深い眠りの最中ということだ。仕留めるには絶好の時間帯。しかし一方、こちら以上に武装している相手だから決して慎重さを忘れてはいけない。

多々良の家に辿り着き、引き戸に手を掛ける。期待通り、この戸にも施錠はされていない。そろりと玄関を開け、イヤフォンを外して気配を確認するが、物音は聞こえない。

これが最後の獲物だと考えるとより慎重になる。足音どころか息をも殺して了衛は廊下を進んで行く。前日の侵入で寝室の位置は把握していた。手前から二つ目、左側の部屋がそうだ。

息を止めて襖を開く。中央に盛り上がった布団。よし、まだ多々良は夢の中にいる。

敵は自分に比べて体力も身のこなしも上だ。とにかく機先を制する必要がある。布団を剥がすと同時に致命的な傷を負わせなければ――。

そう思った瞬間、首筋に衝撃を受けた。

息が止まり、腰が砕ける。膝を屈すると今度は脇腹に打撃を食らった。途端に全身から力が抜け、了衛は畳の上に突っ伏した。

いきなり眩い光が周囲を照らし出す。

「何だ、溝端の坊主。お前だったか」

真上から多々良の声が落ちてきた。見上げようとすると、畳についていた左手に今度は銃床が落ちてきた。

「ひぎいっ」

骨と肉の砕ける音が伝わってくる。

「近所で散々物音立てやがって。あれで聞こえないとでも思ったのか、馬鹿が」

多々良がこちらにカービン銃を向けていた。

四散する思考の中で後悔を覚える。多々良は狩猟を趣味としている。岩陰や草叢に身を潜めて獲物の出方を窺うのは日常茶飯事だ。そんな男の警戒心を甘くみたのが失敗だった。最前までの騒ぎを聞きつけた多々良は、迎撃の準備を整えて侵入者を待ち構えていたのだ。

とにかく形勢を逆転させなければ。

了衛は膝をついた姿勢のまま、多々良の腰にタックルを仕掛ける。

意表を突いたつもりだったが、一瞬多々良の動きの方が速く、伸ばした手は空しく空を切った。

「野郎っ」

相手の膝蹴りが顎に命中する。激痛で意識が飛びそうになった。

「ずいぶん危なっかしいモノを用意してるじゃないか。それで俺を始末しようと思ってたのか？」

口を開きかけた時、今度は左頬を思いきり蹴られた。堪らず畳に倒れ伏す。今の一撃で間違いなく歯の何本かが折れた。遅れてやってきた疼痛とともに鉄錆のような血の味が口中に広がる。

「えらく返り血を浴びているところを見ると、先に何人か片付けたみたいだな。いったいぜんたい何の恨みでこんなことをしやがる」

「ヨ、ヨハン……」

「ああん？」

「ヨハンを、殺しただろう」

「ヨハン？　ああ、お前の飼ってた犬のことか。まさかお前、犬を殺されたくらいで復讐しようっていうのか。くっだらねえ」

銃口で頭を小突かれた。

「何をとち狂ってるか知らんが、あの犬っころを殺したのは俺じゃないぞ」

信じられるものか。

「お前たちが殺したことに、変わりない」

「けっ、やっぱりおかしくなっていやがる」

今度は銃口で肩甲骨を強烈に押された。容赦ない力に了衛は女のような悲鳴を上げる。

「ほほほほほ」

「俺で何人目だ。ここに来るまでに何人殺した」

多々良はそう訊きながら爪先を了衛の脇腹にめり込ませた。

再び息が止まり、胃の中身が喉元までせり上がる。

「そんなもやしみたいな身体つきで、他のヤツらと同じように俺を始末できるなんて考えてたのか。馬鹿の上に身の程知らずだ」

多々良の姿が少し遠のく。

「かかってこいよ。そうしたら正当防衛が成立する。散々痛めつけて半殺しにしてから警察に突き出してやる」

　半殺しだと。

　そんな風にされて堪るか。

　上半身を起こした了衛は右手を後ろに回し、柳刃包丁の柄を摑む。自分の腕の長さと刃渡りを計算すれば、ぎりぎり多々良に届く距離だった。

　相手の油断も幸いした。了衛の振り回した柳刃包丁の切っ先は、多々良の足首を見事に切り裂いた。

「うわあっ」

　これには多々良も驚いたらしく二、三歩後ろによろけて尻餅をついた。

　チャンスだ。

　了衛は畳の上を這いながら、もう一度凶器を振り回す。腰を落とした多々良が動ける範囲は狭く、切っ先は次々と露出した肌を襲う。

「馬鹿、やめろ」

　急に慌て出した多々良の顔が痛快だった。手を休めずに攻撃を繰り返していると、次第に相手も血塗れになってきた。

「いい加減にしろおっ」

　ひと声叫ぶなり、多々良は真横に飛んですぐに立ち上がる。足首から出血しているが、立ち姿にはわずかな揺らぎもない。

「前言撤回だ」

カービン銃を構え直す。銃口はぴたりと了衛の顔に向けられていた。

「その腐った頭、吹っ飛ばしてやる」

標的を定めた時の癖なのだろうか。多々良は舌で上唇を舐めると引き金を絞った。

思わず了衛は目を閉じた。

だが次の瞬間、銃声の代わりに異質な破砕音が耳を劈《つんざ》いた。

こちらに向けられていた銃身の中ほどの部分が割れ、その破片が多々良の顔面を直撃した。

「ぐあっ」

カービン銃を取り落として、多々良は顔面を覆う。見る間に指の隙間から血が溢れ出た。

この機を逃してなるか。

了衛は柳刃包丁を逆手に持ち替えると、その切っ先で相手の胸を刺し貫く。服の上からでも刃はずぶずぶと身体の中に入っていく。

ふぶっと何か吐き出すだけで、多々良は叫びも呻きもしなかった。了衛は更に力を加える。凶器の刃先は遂に反対側に達したらしく、貫通すると楽々押し込むことができた。渾身の力で包丁を引き抜くと、それこそ噴水のような勢いで血が溢れた。

ここで手を緩めてはならない。了衛は次に釘抜きを取り出し、大きく振り被って敵の鎖骨に一撃を見舞った。確実な手応えとともに、多々良は再度腰を落とす。

やっと発砲してくれたか。

了衛はしてやったりとほくそ笑む。

朝方、家に侵入してライフルに施した仕掛けがようやく役に立ってくれたのだ。

家の中にあった三挺のライフル。その全ての銃口に速乾パテを詰め込んでおいた。パテはものの十分で硬化し始め、半日ほど経過するとＦＲＰ（繊維強化プラスチック）並みの硬度を獲得する。そのままで弾丸を発射すれば、暴発するのは当然だった。

銃を複数所持する者は必ずと言っていいほど日替わりで使いこなす。未使用のままの銃は故障の原因を作り易いからだ。もちろん了衛はここ数日間の多々良を観察し、担いだ銃が日替わりになっていることを確認していた。だからこそ家の中にあった三挺のうちどれかを迎撃用に使うと踏んだのだ。

利き腕を脱臼でもしたのか、多々良は右肩を不自然に下げている。こうなれば抵抗する術はもうない。了衛は二度三度と攻撃を重ねる。服と皮膚が破れ、血飛沫が了衛の顔にかかる。打撃の度に多々良は体勢を崩し、七回目の打撃で遂に畳の上へ倒れ伏した。

「あんたが好きな暴力の味はどうだ」

「……野……郎……」

驚いたことにまだ口が利けるらしい。了衛は嬉しくなった。まだ粉砕できる部分が残っているからだ。

了衛は今まで外していたイヤフォンを耳に装着し直す。するとあの軽快で優雅なメロディが甦ってきた。ボリュームを上げると、もう多々良の呻き声は全く聞こえなくなった。

緊張感が霧のように消え、了衛の胸は歓喜に震える。第一ヴァイオリンとチェロ、トランペット二本と第一ホルンが主題を奏でる中、要所要所でハープ、シンバル、大小の太鼓が滑り込んでくる。了衛はメロディに合わせて身体を揺らし始めた。

取りあえず、もう反撃はできないようにしておくべきだろう。了衛は釘抜きを手放し、代わりに大鉈をベルトから引き抜いた。これなら片手だけで充分な威力がある。

多々良の右手に狙いを定めて振り下ろす。

ごりっとした感触が伝わる。多々良の右手は腕から離れ、宙を舞った。

多々良は破裂しそうな顔をして仰向けに転がる。切断面からは冗談のような量の血が噴出する。

第二打はティンパニの音とともに振り下ろす。今度は左手。だが勢い不足から皮一枚で繋がってしまった。

さすがに絶叫が聞こえたが、ワルツの旋律が掻き消してくれた。

両手を失った多々良は匍匐《ほふく》前進のように身をくねらせながら逃げようとする。

逃がすものか。悠然とその後を追い、無防備に露出した右足首に大鉈を振る。

全体重をかけたつもりだったが、やはり手首を分断するようにはいかない。刃先は足首の半分まで食い込んで止まった。多々良は背中を反らせて悶絶するが、それで手を緩めるような真似はしない。いったん大鉈を引き抜き、また同じ箇所に振り下ろす。多々良はまた背中を反らしたが、さっきよりも動きが鈍くなった。

各ワルツはピアノやメゾピアノからフォルテに進み、メロディの最後がフォルティッシモで締められる。了衛はその強弱に同調して多々良の足首を削っていく。両足が胴体から離れたのは第四ワルツの終わる頃だった。

四肢の先端を失くした多々良は、自分の血でできた池の中を芋虫のように這いずるしかなかった。了衛はその尻に足を乗せ、そして踏みつけた。多々良は呆気なく大の字に潰れる。

いよいよ〈ドナウ〉は終結部に入った。

たゆたうようにメロディが漂い、波が次第にうねりを持ち始める。第一ヴァイオリンが激しくかき鳴らされ、曲は頂点を目指して疾走する。

多々良は瀕死の獣だった。了衛はその首筋に大鉈の刃を当てた後、徐《おもむろ》に大きく振り上げた。

旋律がいったん切れ、すぐに第一ワルツを再演する。それと同時に了衛は大鉈を振り下ろした。

やはり雀野夫婦よりも筋骨が硬く、同じような手際にはならない。しかし一方でワルツはクライマックスを迎えようとしている。第一ワルツを奏で、いったん動きが止まったかと思うと再び流麗に流れ出す。

了衛はリズムに合わせて大鉈を振るい続ける。大鉈が頸部の骨を割く度に、顔面に返り血を浴びる。生臭い粘液の中に顔を突っ込んだような感触だ。何滴も何滴も、畳に真っ赤な汗が滴り落ちる。そして〈ドナウ〉は小鳥の囀《さえず》りをしばらく聴かせた後、急峻な坂を駆け上がり、一気に爆発する。

フィナーレとほぼ同時に多々良の首がごろりと転がった。

終わった。

やったぞ、ヨハン。

イヤッホイ！

見下ろした血の海には獣の胴体と頭部が浮いていた。達成感がこの上ない快感となり、了衛は危うく射精しそうになる。

目的を果たすと、一気に疲労が襲ってきた。了衛は重力に押されるように、へなへなと腰を下ろす。時刻は四時過ぎ。つまり四時間近く殺戮を繰り返していた計算になる。疲労困憊《こんぱい》するのは当たり前だった。

長居をする必要はない。急に重たくなった身体を引き摺るようにして、了衛は多々良の家から出て行く。今は一刻も早く自分の布団に包まって、惰眠を貪りたかった。

ばちばちと爆《は》ぜる音に振り向くと、久間の家から赤々と火の手が上がっている。やはり古書を山ほど溜め込んだ木造平屋建てだ。予想以上によく燃える。

ぎょっとしたのは自分の家がある方角を見下ろした時だった。

家の手前に続く道路の向こう側から、回転灯を回しながら消防車両が迫ってきた。微かに聞こえるサイレンにはパトカーらしきものも混じっている。

まずい。了衛は己の出で立ちを確認して焦る。こんな格好のままで自宅に戻れば、即刻現行犯逮捕されるに決まっている。しかし地区の出入り口はあそこ一カ所しかない。

逃げなくては。

とにかく逃げなくては。

了衛は身を翻すと多々良の家の裏手に回り、裏山の茂みに足を踏み入れた。山の地理も獣道の在処《ありか》も分からなかったが、迫りくる追手から逃げ果《おお》すためには、山中を走破する以外に途《みち》はなかった。

体力はとうに限界を超えていたが休んでいる暇はない。了衛は獣のような荒い息をしながら山林を掻き分けて行く。

いつしか狩人は追われる立場となっていた。

4

二十三日早朝。

家の外に出た能見は、背伸びをしながら新鮮な空気を胸一杯に吸い込む。隣の久間宅が全焼し、まだ消火剤混じりのきな臭さが漂っているが、能見は一向に気にならなかった。

郵便受けから配達されたばかりの朝刊を抜き取る。一面は思った通り、溝端了衛の逮捕を報じる内容だった。

『二十二日午前、五日市署は西多摩郡依田村竜川地区で発生した連続殺人事件で手配中の容疑者溝端了衛（三九）が同地区木勢山中に潜んでいるところを確保、現行犯で逮捕した。発見当時、溝端容疑者は錯乱状態で譫言《うわごと》を繰り返しており、五日市署では本人の回復を待って取り調べを始めることとしている』

あっさりとしたリードだが、この三日間、竜川地区を襲った連続殺人事件は日本中の話題を攫《さら》った。連続七人という数もさることながら、いち集落のほぼ全員が犠牲者となった点で耳目を集めたのだ。

二十日早朝、久間宅出火の知らせを受けて出動した消防隊の面々は現場に到着して腰を抜かした。出火元である久間宅から本人らしき焼死体が発見されたのは当然として、避難勧告のために訪問した近隣全てに死体が転がっていたからだ。しかもその殺され方も尋常ではなく、頭部を原形なきまで破壊された者、首を刎ねられた者、身体中の骨という骨、肉という肉を潰された者、手足と首を切断された者と、猟奇と呼ぶのも雅な惨状だった。

まるで昭和の時代に戻ったかのような陰惨な事件に、当初は報道する側も戸惑った様子だったが、ただ一人難を逃れていた住人能見求の証言から容疑者溝端了衛の存在が浮かび上がると、目下の興味はその行方と逮捕に向けられた。というよりも、あまりに不明な点が多過ぎて容疑者が逮捕されるまでは様子見を決め込んだという方が正しい。

それはここ数日、能見に集った報道陣の困惑ぶりで推測できた。

惨劇の繰り広げられた夜、偶然にも依田村の居酒屋で一人酒を決め込んだ能見は酔い潰れて一夜を明かした。翌朝目覚めて竜川地区に戻ってみると自分以外の住人が全員殺されている。

まさに九死に一生を得た生き証人として、能見は引っ張りだことなったのだ。

いったい竜川地区ではどんな人間関係が形成されていたのか。

溝端了衛という人間は如何《いか》なる人物だったのか。

矢継ぎ早に繰り出される質問に対し、能見はこう答えるしかなかった。

『大黒地区長をはじめ、竜川地区に住む人たちは皆穏やかな方ばかりで、行方の分からなくなっている溝端さんも感じのいい人で、とてもこんなことをする人間には見えませんでした』

そのうち能見の受け答えが通り一遍であることが分かると、ようやく報道陣は能見からマイクを遠ざけた。これが二日間の出来事だ。

竜川地区の地形、そして目撃証言を加味すると溝端容疑者は裏山伝いに逃亡した可能性が大きい。早速、五日市署と地元消防団が山狩りと主要幹線道路への緊急配備を実施したところ、三日目の午前に山頂付近で溝端了衛が発見された。能見が知り合いの消防団員に訊いてみると発見当時の了衛は極度の精神錯乱に陥っており、携帯端末から流れる〈美しく青きドナウ〉に合わせてメロディを口ずさんでいたらしい。二日間の逃避行で何も口にしていなかったのか軽度の飢餓状態でもあった。

一方、捜査本部は了衛が主宰していた〈竜川野菜〉のサイトに着目した。有機栽培を謳い文句に立ち上げたベンチャーはすぐに頓挫したのだが、サイトに綴られた了衛の独白は日を追う毎に異常性が増している。捜査本部は了衛の回復を待って事情聴取を進めるとしているが、当然了衛の精神異常について起訴前鑑定を実施することも考慮しているのだと言う。

これで了衛に心神喪失もしくは心身耗弱の鑑定結果が出れば、おそらく不起訴になる。仮に裁判になったとしても刑法三十九条が適用され、了衛は罪に問われなくなる。そうなれば少しは彼にとって救いになるのだが、と能見は思う。

ともあれ、これで竜川地区の住人は自分一人だけとなった。眼下に点在する家屋は既に空き家だ。元々老朽化しているから住む者がいなくなれば、あっという間に廃墟と化すだろう。

「……お山の大将、俺一人――」

自然に口をついて出たフレーズだった。

それが妙に可笑しくて、能見は一人でくすくすと笑い始めた。惨劇のあった集落にいながら和んでいる自分も可笑しかったが、了衛によって屠られた七人が最期に浮かべた驚愕の表情を想像するのも可笑しく、また自分の手足のように動いてくれた了衛も可笑しく思えた。

そうだ。本当にあの男は使い易かった。能見の企みを代行してくれるには格好の人物だった。根が単純で、一度善人だと決めつければずっと固定観念を抱いてくれる。心が折れそうな時に優しい言葉一つ掛けただけで、その相手に忠誠を誓うような単細胞だった。きっと街では浅薄な人間関係しか築いてこなかったのだろう。だから朴訥な表情の裏に隠された深慮遠謀も、慈愛の言葉に秘められた悪意にも全く気づかなかった。

能見が今回の計画を立てたのは、彼が竜川地区に越してきたその日からだった。子供の頃から了衛を知っていたが、まさかあんな風に純粋培養された形で成長しているとは思いもしなかった。

幼稚な正義感と潔癖性。洞察力のなさ、自覚のない自己顕示欲。そして社交性のなさ。中途半端に進歩的で、その癖根性なし。何もかもが理想的だった。日頃の言動で周囲から浮くのは目に見えていた。能見が地区の排他性を吹き込むことで、彼が殊更疎外感を覚えるのも計算のうちだった。試しに、了衛がなけなしの予算で借り受けたカラオケセットを破壊してやると、すぐに脆弱さを露わにした。

だから了衛が〈竜川野菜〉を立ち上げようとした時には、内心小躍りしたものだった。スーパーでしか野菜を見たことのない素人が手掛ける野菜作りなど成功するはずもない。了衛の皮算用は必ずや惨憺たる結果に終わるに決まっている。

問題はその後の展開だった。竜川の住人の性格を考えれば、失敗した了衛には苛烈な仕打ちが待っているだろう。しかしそれだけでは足らない。了衛が大黒たちを心底から憎悪し、揺るぎない殺意を醸成するまで誘導する必要がある。

そこで能見は、了衛の疎外感と被害妄想を助長させようと仕向けた。方法は馬鹿らしいほど簡単だった。溝端家の庭に糞尿をばら撒く。猫の死骸を放り込む。了衛が泣き言を言い出しそうになる頃を見計らい、現金を手渡しながらお前は正しいのだと言い募る。窓に向かって投石し、愛用の自転車を使い物にならなくする。物置小屋に火を放つ。そうやって精神を徹底的に痛めつけた上で、それが全て大黒たちの仕業のように吹き込むのを忘れない。

最後の仕上げがあの飼い犬だった。遠くから観察していても、あの子犬が了衛の理性を繋ぎ止めておく唯一の安全弁だった。あの犬を抹殺してしまえば、たちまち了衛は暴走する。能見の目論見では、子犬の惨殺を機に二人くらいと刃傷沙汰になってくれれば御の字だった。ところが了衛は期待以上の成果を挙げてくれた。よほど追い詰められていたのだろう。何と能見を除く住人全員を血祭りに上げてくれたのだ。まことに予想外の収穫、嬉しい誤算だった。久間宅からは尚も異臭が漂っている。既に久間の遺体は回収済みだったが、火が燃え盛っている時には、それこそ久間の焼ける臭いも混じっていただろう。

だが能見にとって、それは不快な臭いではない。勝利を喚起させる芳しい臭いだ。

もう一度深呼吸をしてから能見は家の中に引っ込む。

居間に入り、机の上のフォトスタンドに近づく。写真の中では今日も妻と息子が変わらぬ笑みを浮かべている。能見は写真の表面を愛おしそうに撫でながら、二人に向かって話し掛ける。

「見ていたかい。お父ちゃん、ちゃんと仇を取ってやったからな」

息子と妻が結核に罹《かか》った際、大黒たちから受けた仕打ちを忘れた日は一日たりとてなかった。まるで病原菌扱いし、地区に医師が往診に来ることさえ妨害した。もし、もっと迅速にまともな治療ができていたら少なくとも片方は助かったかも知れない。二人が死去してからも同様だった。二人の亡骸をまるで核廃棄物のように扱い、地区の外へ掃き出さんばかりの勢いだった。

あんな仕打ちを受けて二人が成仏するはずもない。能見はあの時から昏い情念を抱き続けてきた。意趣返しのつもりで生活保護の不正受給を密告すると、逆恨みよろしく村八分にされたのも怨嗟の元となった。今度の計画に了衛を利用しようと思いついたのは、彼の父親である享保が大黒たちと行動をともにしていたからだ。親の罪を子供が償うのは当然ではないか。

だが、それも全て終わった。憎むべき人間は一人残らず死に絶えた。今頃はあの世とやらで、能見の妻子に詫びているに違いない。

能見はここ数十年久しく味わうことのなかった安寧に身を委ねていた。


その男が能見を訪ねて来たのは翌々日のことだった。

「警察庁生活安全局の宮條と申します」

およそ警察官らしくない風貌だった。ひょろりとした体躯の上に細面の小さな顔が乗っている。細い眉と縁なし眼鏡が神経質な印象を与えるが、一方で顔面の数カ所に残る傷痕が危険な香りを漂わせていた。

「生活安全局……？」

「そんなに怖がらなくて結構ですよ。要はこの辺一帯の水質調査ですから」

「そういうことは役場の仕事だと思っていましたが」

「今回、この集落で起きた事件と関連していましてね。それにしても能見さんは僥倖《ぎょうこう》でしたね。あの日、運よく居酒屋で酔い潰れていなかったら、あなたも犠牲者の一人にカウントされていたかも知れない」

「いやあ、酒にはとんと弱いもので」

「下戸なのに、わざわざ一人で呑みに行ったんですか？」

宮條は意地の悪そうな笑みを浮かべて訊いてきた。

能見の中で警戒心が発動する。この刑事はいったい何を疑っているのか。

あの夜は、自宅に帰れない理由が必要だった。だから呑めない酒を無理に喉へ流し込んだ。傍目からもヤケ酒に見えたはずだ。

「何かの憂さ晴らしだったんですか」

「こんな齢になっても嫌なことはあります。生活安全局というのは、年寄の飲酒を規制する部署なんですか」

「ははは、まさか。わたしはあなたが幸運だと申し上げているだけです。一方、とことん運に見放されたのは溝端さんでしたね」

「不運と言えば確かにそうかも知れませんな。付き合う人間に恵まれてさえいれば、彼もあんな形で孤立せずに済んだ」

「人間関係もさることながら、彼の運のなさは彼自身があまりにも繊細だったことです」

いつの間にか宮條は上がり框《かまち》に腰を下ろしていた。

「溝端さんが管理人をしていたサイトを覗いてみました。所轄署はあの内容から彼の精神障害を疑ったようですが、わたしの見方は少し違います」

「何がでしょう」

「書き込みを追っていくと事業に失敗したせいで、彼がどんどん内向的になり猜疑心に凝り固まっていく様子が分かります。しかし内容を読み込んでいくと、窓ガラスを割られたり放火されたりという記述も見当たります。都会育ちの溝端さんにすれば理不尽な仕打ちがあったものと想像できます。決して彼が一方的に正気を失くしていったのではない。不特定多数あるいは特定の人物が彼を追い込んでいったフシがある」

「それこそ刑事さんの穿《うが》った見方なんじゃありませんか。記者さんの前では大っぴらに言えませんでしたが、〈竜川野菜〉のプロジェクトが失敗してからというもの、住人の了衛さんに対する仕打ちにはそりゃあ酷いものがありました。あれじゃあ仕返しを考えるのも当然です。不謹慎な言い方ですが、彼らにも殺されても仕方のない理由があったんですよ」

「彼が可愛がっていた子犬は誰が殺したのか」

宮條はいきなりそう切り出した。

「ヨハンをどうして殺した。彼が集落の家々に向かって叫んでいるのを聞いた人がいました。それだけ大声で叫んだのでしょうね。犬の亡骸は裏庭に埋められていました。まださほど腐敗が進行していなかったので、致命傷も見事に残っていました」

「あ、あなたはわざわざ墓を暴いたのか」

「眉間の少し上を一撃。そこは犬の急所とも言うべき部分で、犯人にはそういう知識があったのでしょうね。ああ、その傷痕から凶器を特定することも可能ですよ」

宮條は口角を上げてみせた。

間違いない。この男は自分を疑っている。

「何やら思わせぶりな言い方ですね。まるでわたしが了衛さんを追い詰めた張本人のように聞こえますが」

「いえいえ、そんなことはありません」

宮條は片手をひらひらと振りながら言う。

「いずれにしても当の溝端さんがあの精神状態では、その証言にどれだけの信憑《しんぴょう》性が認められるか。それに何らかの殺人教唆めいたものがあったとしても、わたしの見る限り、とても公判を争えるような事案にはならないでしょう」

それはもちろんそうだろう。能見にしても起訴も立件もできないという勝算があったからこそ、この計画を実行したのだ。

「ところで、さっき水質調査と言われましたね。あれはどういう趣旨なんですか」

「ああ、すっかり本題から外れてしまいましたね。能見さん、この集落が所沢市の神島町に隣接しているのはご存じですよね」

「ええ」

「数年前のことですが、その神島町に研究所を置いていた外資系の製薬会社が突然閉鎖になりました」

「それなら知ってますよ。確か去年の暮れに建物が全焼してしまったんじゃないのかな」

「調べてみるとこれがとんでもない施設でしてね。軍事用の向精神薬を開発していました。ほんの数グラムでヒトの闘争本能を煽り、人間兵器に変えてしまう……まあ究極の麻薬ですね。ところが研究所を閉鎖する際、その向精神薬が鳥獣の食物連鎖の中で地下水脈に流れ込んでしまったのです。そしてその地下水脈は、ここ竜川地区に続いています」

不意に合点がいった。

そうか、了衛がこちらの期待以上に活躍してくれたのは、その向精神薬の力のせいだったのか。

「それで納得できました。了衛さんは毎日の飲料水に井戸水を使っていました。その井戸水には向精神薬の成分が混入されていた。だから彼の精神は異常を来したのですね」

「いや、それはちょっと違うのですよ」

「違う？」

「確かに溝端さんは日常的に井戸水を飲んでいたようですが、あの家の下を流れている水脈は神島町とは別方向、つまり木勢山を源流とするものです。神島町からの水脈はですね、能見さん。あなたの家の真下を流れているんです」

「何だって」

「先ほど庭を拝見しましたが、あなたも井戸水をお使いのようですね。これからは使用を控えた方がいいでしょう。それと設備の整った病院での精密検査もお勧めします」

「わ、わたしの体内に麻薬の成分が紛れているというんですか」

「可能性を否定するものは何もありません」

宮條の口調はひどく冷酷だった。薄笑いを浮かべているようにも見える。

「妙な期待を抱かせる訳にはいきませんから詳しい説明をしますと、クスリの主成分はアゼルファリンという脳内物質です。ただし抽出後に手を加えていて体内で消化することができなくなっています。つまり砒素《ひそ》のように溜まる一方という訳です。試験段階の報告では、ある一定量蓄積されると精神面に変化が生じるらしい」

「解毒剤はないのですか」

「現在、クスリの開発に当たった研究者が解毒剤に取り組んでいますが、未だ朗報は聞いていませんね」

「そのクスリを服用した者は最終的にどうなるんですか」

「既に何人か病院に収容された患者がいますが、ほとんどが廃人になっているようです。能見さんもお気をつけになって。それでは失礼します」

そう言って宮條は玄関を出て行った。

後に残された形の能見は衝撃に打たれて身動き一つ取れなかった。

攻撃本能を煽る向精神薬だと？

それでは自分が大黒たちに向けた憎悪もクスリの力によるものだったというのか？

いきなり胃の中身が喉にせり上がってきた。三和土《たたき》に向かって咳《えず》いてみたが、空咳《えずき》ばかりで何も出ない。この体内にはまだ狂気が潜んでいるというのか。

了衛を破滅に向かわせたのはヒトが本来持つ狂気だった。その狂気が七人もの人間を屠らせた。では件《くだん》の向精神薬を内在させた自分は、近い将来にどんな凶行を繰り広げるのだろうか。

能見は自分の肩を抱いて、がたがたと震え始めた。

この作品は「ポンツーン」（平成26年9月号〜平成27年6月号）に
連載されたものに加筆・修正したものです。

〈著者紹介〉
中山七里　1961年岐阜県生まれ。2009年『さよならドビュッシー』で第8回『このミステリーがすごい!』大賞を受賞。圧倒的なリーダビリティとラストの意外性で話題に。同作は映画化もされベストセラーとなる。また、『贖罪の奏鳴曲』はWOWOWで連続ドラマ化された。他に『おやすみラフマニノフ』『切り裂きジャックの告白』『七色の毒』『アポロンの嘲笑』『テミスの剣』『ネメシスの使者』など著書多数。

ワルツを踊ろう
2017年9月5日　第1刷発行

GENTOSHA

著　者　中山七里
発行者　見城 徹

発行所　株式会社 幻冬舎
〒151-0051 東京都渋谷区千駄ヶ谷4-9-7

電話:03(5411)6211(編集)
03(5411)6222(営業)
振替:00120-8-767643
印刷・製本所:図書印刷株式会社

検印廃止

ISBN978-4-344-03169-2 C0093
幻冬舎ホームページアドレス　http://www.gentosha.co.jp/

この本に関するご意見・ご感想をメールでお寄せいただく場合は、
comment@gentosha.co.jpまで。